Rainer Wekwerth

Camp21

Grenzenlos gefangen

Weitere Bücher von Rainer Wekwerth im Arena Verlag:

Blink of Time
Das Labyrinth erwacht
Das Labyrinth jagt dich
Das Labyrinth ist ohne Gnade
Damian. Die Stadt der gefallenen Engel
Damian. Die Wiederkehr des gefallenen Engels

Rainer Wekwerth,
in Esslingen am Neckar geboren, schreibt aus Leidenschaft.
Er ist Autor erfolgreicher Bücher, die er teilweise unter Pseudonym veröffentlicht und für die er Preise gewonnen hat. Zuletzt die »Segeberger Feder«, die »Ulmer Unke« und die »Goldene Leslie« für den 1. Band der Labyrinth-Trilogie. Neben dem Schreiben coacht er Autoren und Schreibschüler, ist Ehemann und Vater einer Tochter. Der Autor lebt mit seiner Familie im Stuttgarter Raum.
www.wekwerth.com

Rainer Wekwerth

CAMP 21

GRENZENLOS GEFANGEN

Arena

FSC
www.fsc.org
MIX
Papier aus verantwortungsvollen Quellen
FSC® C110508

1. Auflage als Sonderausgabe im Arena-Taschenbuch 2018

Ein Projekt der AVA international GmbH
Autoren- und Verlagsagentur (www.ava-international.de)
Cover- und Umschlaggestaltung: ZERO, unter Verwendung
eines Fotos von © FinePic®, München
Umschlagtypografie: KCS GmbH · Verlagsservice &
Medienproduktion, Stelle/Hamburg
Gesamtherstellung: Westermann Druck Zwickau GmbH
ISSN 0518-4002
ISBN 978-3-401-51135-1

Besuche uns unter:
www.arena-verlag.de
www.twitter.com/arenaverlag
www.facebook.com/arenaverlagfans

1.

Es war heiß. Die Sonne brannte vom Himmel herab. Mike konnte sie auf seinen nackten Armen kribbeln spüren. Er sog die warme Luft ein, die nach Fichten und Kiefern roch und ihm das Gefühl gab, frei zu sein, während er über die einsame Landstraße raste, das Vibrieren des Sechszylindermotors spürte und den Wind über sein Gesicht streichen ließ. Ein gutes Gefühl, nach allem, was geschehen war. Monate der Trauer fielen in diesem Moment von ihm ab und er konnte endlich wieder durchatmen.

Neben ihm saß sein Bruder Ricky und zog sich gerade einen Joint rein. Der süßliche Duft waberte heran, kitzelte Mike in der Nase. Er sah zu ihm hinüber. Ricky hatte sich weit im Sitz zurückgelehnt. Seine Lider waren geschlossen. Die wilden dunklen Haare umwehten sein Gesicht, ließen ihn wie ein übernatürliches Wesen wirken.

»Willst du auch?«, fragte Ricky, ohne die Augen zu öffnen, und hielt ihm den Joint hin.

»Nein.«

»Du bist echt ein Spießer, Mann.«

»Und du ziehst dir zu viel Shit rein.«

»Es entspannt mich.«

»Ricky, du bist sechzehn. Da ist man entspannt.«

»Und du bist gerade mal ein Jahr älter und hörst dich an wie Dad.«

Ist das wirklich so? Klinge ich wie unser Vater? Nein, so bin ich nicht.

»Sie haben dich schon zweimal an der Schule mit dem Zeug erwischt. Dad hat gesagt, wenn du den Scheiß nicht lässt, gibt es Ärger mit ihm.«

»Er hat sich als Student auch ab und zu mal einen Joint reingezogen. Hat er uns doch selbst erzählt.«

»Das ist lange her. Er macht sich Sorgen um dich. Seit Moms Tod ist er nicht mehr derselbe.«

»Musst du mir nicht sagen, Mike. Immerhin war ich für ihn da, als sie gestorben ist. Du bist nach der Beerdigung für eine Woche abgehauen. Hast uns alleingelassen.«

Obwohl das schon ein Jahr her war, hörte Mike immer noch die Bitterkeit in Rickys Worten. Er hatte es damals nicht mehr im Haus ausgehalten. Alles erinnerte ihn an seine Mutter. Ihre Sachen lagen herum, selbst der Duft ihres Parfums hing noch in der Luft. Er hatte rausgemusst, einfach raus, oder er wäre verrückt geworden. Im Nachhinein tat es ihm leid, dass er seinen Dad und Ricky in dieser Situation im Stich gelassen hatte. Das würde nie wieder passieren.

Eine Weile sagte keiner von ihnen etwas. Jeder hing seinen Gedanken nach.

»Wenn der Alte mitkriegt, dass wir uns seine Karre ausgeliehen haben, flippt er aus«, meinte Ricky schließlich und nahm einen weiteren tiefen Zug.

»Sag mir was, was ich noch nicht weiß.«

Der Tag war einfach zu schön, um nicht durch die Gegend zu fahren. Ihr Vater hatte den Zug in die Stadt genommen und würde erst spät am Abend zurückkehren. Zeit genug, die Sonne zu genießen, während all ihre Freunde in der Schule saßen und für die nächste Prüfung büffelten.

Eigentlich war es Rickys Idee gewesen, blauzumachen und sich den Wagen für einen Ausflug zu schnappen. Zuerst hatte er sich nicht darauf eingelassen, aber Ricky konnte einen echt bequatschen, und wenn er seinen Kleinerbruderblick aufsetzte, war es schwer, ihm etwas abzuschlagen.

Nun röhrte der 78er Ford Mustang II King Cobra mit seinen sechs Zylindern über die Landstraße und es fühlte sich gut an.

Verdammt gut.

Das Gefühl hielt nicht lange.

Etwas erregte seine Aufmerksamkeit. Mike blickte in den Rückspiegel. Hinter ihm war ein Streifenwagen aufgetaucht und kam rasch näher. Was gerade noch Spaß, das Gefühl von Freiheit und Abenteuer gewesen war, wurde ernst. Nicht nur, dass er viel zu schnell fuhr. Nicht nur, dass er erst siebzehn Jahre alt war und noch keine zwölf Monate seinen Führerschein hatte. Nicht nur, dass dies das Auto seines Vaters war, das er sich, ohne zu fragen, »ausgeliehen« hatte, nein, neben ihm saß auch noch sein Bruder mit einem Joint in der Hand. Mike spürte, wie sein Magen nach unten sackte.

»Hinter uns sind die Cops«, rief er. Der Fahrtwind riss ihm die Worte aus dem Mund.

Ricky öffnete die Augen, wandte sich ihm zu. »Was ist?«

»Polizei!« Mike deutete nach hinten.

»Ich verstehe dich nicht. Was sagst du?«, brüllte Ricky.

Mike setzte erneut an, aber eine Sekunde später war das nicht mehr nötig. Das Polizeifahrzeug hinter ihm hatte die Sirene eingeschaltet und jagte nun mit aberwitzigem Tempo und zuckenden blauen und roten Lichtern heran. Einen Moment lang, nur einen Augenblick, dachte Mike daran, das Gaspedal durchzutreten und sein Glück in der Flucht zu versuchen, aber dann wurde ihm bewusst, dass er Ricky und sich dadurch erst recht in Schwierigkeiten bringen würde. Sein Bruder hatte in der Schule schon genug Ärger am Hals.

»Schmeiß den Joint weg«, schrie Mike.

Ricky sah ihn überrascht an, dann begriff er, dass Mike sich den Cops stellen würde. In hohem Bogen flog die Kippe aus dem Wagen.

Mike ging vom Gas. Der Streifenwagen war nun so dicht heran, dass er beim Abbremsen darauf achten musste, dass er nicht auf ihn auffuhr. Vorsichtig zog er auf den Seitenstreifen und ließ den Mustang ausrollen.

Als sie standen, schaute er Ricky an.

»Am besten, du sagst nichts. Lass mich reden.«

»Dad wird uns umbringen.« In Rickys Augen stand die Angst vor dem Ärger, der auf sie zukommen würde.

»Wird schon werden.«

»Das denke ich nicht«, murmelte Ricky und Mike glaubte einen Moment lang, ihn falsch verstanden zu haben.

Kayla ging den düsteren Hausflur entlang und fühlte sich unwohl. Der ganze Häuserblock war schäbig. Überall lag Müll herum. Es roch nach Alkohol und Urin. Papierfetzen und Graffiti säumten ihren Weg und ihre Turnschuhe machten tappende Geräusche auf dem schmierigen Linoleum.

Während sie auf der Suche nach Wohnung 1198 B den Flur hinunterschritt, hatte sie das Gefühl, die Wände rückten mit jedem Meter, den sie zurücklegte, näher. Links und rechts befanden sich schwere Metalltüren, die zu Wohnungen führten, aber besser in eine unterirdische Bunkeranlage gepasst hätten.

Im trüben Licht vereinzelter Glühbirnen war es schwer, die Nummern an den Wänden zu lesen. Alle Leuchtmittel waren vergittert, aber die meisten von ihnen waren dennoch zersplittert oder funktionierten aus anderen Gründen nicht.

Obwohl es draußen heiß war, kroch im Haus eine merkwürdige Kühle durch die Gänge. Kayla trug Shorts und ein ärmelloses Shirt. Sie fröstelte und rieb sich die Arme, während sie versuchte, eine weitere Wohnungsnummer zu entziffern.

1193 A.

Es konnte nicht mehr weit sein. Kayla war verunsichert. Sie begann zu schwitzen. Es fühlte sich falsch an, hier zu sein. Sie gehörte nicht in diese Gegend, alles Mögliche konnte passieren. Für einen Moment fragte sie sich, ob es nicht vollkommen verrückt gewesen war hierherzukommen.

Vor ihr machte der Flur einen rechtwinkligen Knick und bog nach links ab. Hier war es noch dunkler als im übrigen Gang.

Oh Tom, wo bist du nur gelandet? Wie konnte es so weit mit dir kommen?

Sie und Tom kannten sich seit dem Kindergarten. Er war ihr bester Freund gewesen, aber dann hatte er sich verändert, sich von ihr zurückgezogen, und schließlich, vor einem halben Jahr, hatte er jeden Kontakt zu ihr abgebrochen.

Sechs Monate lang kein Lebenszeichen von ihm.

Bis heute.

Um 11.38 Uhr war eine Nachricht auf ihrem Handy eingegangen.

Ich bin verloren. Hilf mir.
Hickary Street 28, Wohnung 1198 B.
Tom

Sie hatte seinen Hilferuf erst in der Pause gelesen, Handys waren im Unterricht verboten, und war sofort losgefahren, um ihn zu treffen.

Kayla wusste, dass es deshalb Ärger geben würde. Erstens versäumte sie unentschuldigt den Unterricht und zweitens setzte sie sich über den Willen ihrer Eltern hinweg. Schon vor seinem Verschwinden hatten sie ihr aus Sorge, Tom hätte einen schlechten Einfluss auf sie, jeden Umgang mit ihm verboten. Immer wieder hatte Kayla versucht, mit ihren Eltern über ihn zu sprechen, aber die Antwort blieb stets die gleiche: »Halt dich von ihm fern!«

Aber das konnte sie nicht. Niemals. Tom wohnte in ihrem Herzen. Er war der Bruder, den sie nie gehabt hatte. Ebenso gut hätten ihre Eltern verlangen können, sich von ihrem rechten Arm fernzuhalten. Es ging nicht, sie waren miteinander verwachsen und all die Monate ohne Nachricht von Tom waren dunkel gewesen.

Nun würde sie ihm wieder gegenüberstehen.

1198 B.

Verschmiert, aber noch lesbar prangte der Schriftzug neben der Tür. Kayla holte tief Luft, sammelte ihren Mut für das, was sie wohl erwartete.

Sie klopfte an.

Einmal.
Zweimal.
Nichts geschah.
Dann bemerkte sie, dass die Tür nicht abgeschlossen war, sondern einen Spalt offen stand.

2.

Mike sah im Rückspiegel, wie zwei Polizisten aus dem Wagen stiegen. Sie trugen verspiegelte Brillengläser. Das Blaulicht zuckte noch immer. Machte Mike nervös.

Verdammt, das würde Ärger geben. Richtigen Ärger.

Einer der Cops kam näher, während sein Kollege ihn absicherte, die Hand über der Waffe an seiner Seite. Der Mann war groß, mindestens einen Kopf größer als er selbst. Er hatte harte Gesichtszüge und einen schmalen blassen Mund.

Einen Meter hinter ihm blieb er stehen. Mike musste den Kopf verdrehen, um ihn zu sehen. Er kurbelte das Fenster herunter.

»Die Hände aufs Lenkrad!«, befahl der Officer. »Sehen Sie nach vorn.«

Mike gehorchte.

»Der Beifahrer soll das Fenster herunterlassen und seine Hände rausstrecken.«

»Sir?«

»Ich will seine Hände sehen.«

Ricky neben ihm rührte sich nicht. Mit verkniffenem Gesichtsausdruck saß er da.

»Mach schon, Ricky«, zischte Mike ihm zu, aber sein Bruder verzog nur verärgert den Mund.

»Der kann sich ins Knie ficken.«

»Ricky, bau jetzt keine Scheiße, streck die Arme raus.«

Mike wandte sich um. Der Polizist wurde unruhig. Er konnte seine Augen hinter den Brillengläsern nicht sehen, aber er spürte, wie ihn die Blicke des Mannes festnagelten.

»Die Hände. Jetzt!«

Hart. Unmissverständlich.

»Sofort, Sir«, sagte Mike und dann, zu Ricky gewandt: »Bitte tu es.«

»Mann!«, stöhnte Ricky, aber er kurbelte das Fenster herunter und streckte beide Hände durch. Mike atmete erleichtert auf.

»Sie ...«, der Cop deutete auf Mike, »steigen aus. Ich will die Fahrzeugpapiere und den Führerschein sehen. Wo sind sie?«

»Im Handschuhfach, Sir.«

»Nehmen Sie die Sachen langsam heraus. Machen Sie keine schnellen Bewegungen.«

»Okay.«

Er beugte sich zu Ricky hinüber, öffnete die Klappe zum Handschuhfach.

»Ich hab keinen Bock mehr«, maulte sein Bruder. »Außerdem ist mir nicht gut. Ich glaube, ich muss kotzen.« Er würgte.

»Ricky ...«

Der Blick, den er auffing, traf ihn bis ins Mark. Bisher hatte er es nicht richtig wahrgenommen, aber Ricky war vollkommen zugedröhnt. Seine Augen waren glasig. Er wirkte schläfrig und abwesend.

»Ich steig jetzt aus.«

»Nein ... nein, tu das nicht.«

Aber Ricky schüttelte den Kopf. Mike wusste nicht, was er machen sollte. Wenn er nach Ricky griff, konnte der Polizist die Bewegung falsch deuten, aber keinesfalls konnte er seinen Bruder gegen den Befehl des Cops aus dem Wagen steigen lassen.

»Sir«, rief er. »Meinem Bruder ist schlecht. Er muss sich übergeben.«

»Sie bleiben, wo Sie sind!«, brüllte der Polizist.

Ricky rülpste. Etwas in seinem Magen gluckerte laut.

»Bitte, Sir ...«

»Nein!«

Neben ihm stöhnte Ricky. »Ich muss ...« Er würgte erneut.

Der Polizist riss seine Waffe aus dem Halfter. Mike fasste nach der Schulter seines Bruders.

Die Zeit blieb für einen Moment stehen.

Dann drückte Ricky den Türöffner herunter und taumelte aus dem Wagen.

Es ging alles schnell. So schnell. Der zweite Cop stürzte heran, packte Ricky im Genick und drückte ihn zu Boden, noch während sich dieser übergab. Der andere Polizist richtete seine Waffe auf Mikes Gesicht. Mike blickte in die Mündung und hatte das Gefühl, in einen Tunnel zu sehen. Eine Hand riss die Fahrzeugtür auf und zog ihn aus dem Wagen.

Mike prallte hart auf den heißen Asphalt. Seine Kiefer klappten abrupt zusammen. Dann spürte er das Knie des Polizisten in seinem Rücken. Heißer Schmerz jagte durch seine Zähne. Seine Hände wurden brutal nach hinten gebogen, Handschellen schnappten um seine Handgelenke zu.

»Ich ... bekomme keine Luft«, wollte Mike sagen, aber es kam nur ein dumpfer Laut heraus.

Sein Kopf dröhnte. Das Atmen fiel ihm schwer. Alles wirbelte durcheinander. Ein Kaleidoskop wirrer Bilder tanzte vor seinen Augen, dann durchzuckte ein Gedanke seine Verwirrung.

Ricky?

Ricky war so still. Warum hörte er seinen Bruder nicht?

Er versuchte, sich aufzurichten. Wollte nach seinem Bruder sehen. Ihm sagen, er solle ruhig bleiben, alles werde gut, aber der Mann auf seinem Rücken presste ihn unerbittlich nieder.

»Rühr dich keinen Millimeter, Junge«, zischte der Polizist. »Oder ich breche dir jeden Knochen im Leib.«

Mike gab seinen Widerstand auf. Sein Körper erschlaffte.

»Unter Kontrolle«, rief der Mann seinem Kollegen zu.

»Hier auch«, kam es zurück.

Gott sei Dank. Ricky hatte sich nicht weiter gewehrt. Die Sache würde sich klären lassen. Sie waren keine Verbrecher, nur zwei Jungs, die ein bisschen Spaß haben wollten. Das würden die Polizisten verstehen.

Es war ein schöner Tag.

Er wurde an den Handschellen gepackt und so grob auf die Füße gerissen, dass er das Gefühl hatte, beide Schultern kugelten sich aus. Sein erster Blick galt Ricky, der auf der anderen Seite des Wagens auf die Motorhaube gepresst wurde. Ricky schrie schmerzerfüllt auf. Klar, der Motor war heiß und das Blech zusätzlich durch die Sonne erhitzt.

»Was tun Sie da?«, rief Mike. »Lassen Sie ihn los.«

Wieder schrie Ricky. Er wehrte sich gegen den Griff. Mike

konnte sehen, dass seine Hände nicht gefesselt waren. Irgendwie gelang es ihm, sich zu befreien. Er wirbelte herum.

»Nein!«, brüllte Mike, aber es war zu spät.

Ricky stieß den Polizisten von sich.

Der Mann stolperte einen Schritt nach hinten, fing sich aber gleich wieder. In einer einzigen fließenden Bewegung zog er seinen Schlagstock vom Gürtel und schlug zu. Mike konnte nicht sehen, wo Ricky getroffen wurde, aber sein Bruder brach augenblicklich zusammen. Stumm, ohne jedes Geräusch, sackte er zu Boden.

Entsetzen machte sich in Mike breit.

»Ricky?«, brüllte er, aber es kam keine Antwort. »Ricky?«

Der Cop in seinem Rücken trat ihm die Beine weg. Mike sackte nach hinten, wurde aber aufgefangen und zum Streifenwagen gezogen. Wie einen Sack Getreide schleifte ihn der Mann hinter sich her, öffnete die Tür zum Rücksitz und stieß ihn hinein.

»Was ist mit meinem Bruder?«, rief Mike. »Tun Sie ihm nichts.«

Aber der Polizist antwortete nicht, sicherte Mike an einer Vorrichtung im Fahrzeug und zog ihn in eine aufrechte Position.

»Verhalte dich ruhig!«, befahl er, dann ging er zu seinem Kollegen hinüber und begutachtete die Lage. Kurz darauf war er zurück, öffnete die Beifahrertür, griff nach dem Funkgerät und machte eine Meldung an die Zentrale. Mike verstand kaum etwas, aber er bekam mit, dass ein Abschleppwagen für den Ford Mustang angefordert wurde. Seine Hoffnung, alles noch einigermaßen unter Kontrolle zu halten, flog dahin. Sie saßen bis zum Hals in der Scheiße.

Noch schlimmer war seine Sorge um Ricky.

War er verletzt? Bewusstlos?

Mike reckte den Hals und versuchte, durch das Absperrgitter, das die Frontsitze von der Rückbank trennte, etwas zu erkennen, aber der Mann vor ihm verdeckte die Sicht. Der Polizist beendete seine Meldung und drehte sich zu ihm um.

Mike sah ihn an. »Sir, bitte. Ich mache keinen Ärger. Bitte sagen Sie mir, was mit meinem Bruder ist.«

Das Gesicht des Mannes blieb ausdruckslos, aber er wandte sich seinem Kollegen zu, von dem nur der Kopf hinter dem Mustang zu sehen war.

»Mit ihm ist alles okay.«

Mike beobachtete, wie der Cop Ricky auf die Füße zog. Sein Bruder trug nun ebenfalls Handschellen. Jeder Widerstand in ihm war erloschen. Den Blick gesenkt, stolperte er neben dem Polizisten her. Ein schmaler Blutstreifen zog sich aus seiner Nase das Kinn hinunter.

Als beide heran waren, wurde Ricky zu Mike auf den Rücksitz bugsiert und gesichert, dann die Fahrzeugtür zugeschlagen. Er schaute zu seinem Bruder und erschrak.

Rickys Schultern hingen nach unten, er keuchte wie nach einem Hundertmeterlauf. Alles an ihm wirkte zerbrochen.

»He, Ricky? Alles gut?«

Was für eine dämliche Frage. Nichts war gut und würde es so bald auch nicht werden.

Ricky antwortete nicht.

»Ricky, bist du verletzt? Hast du Schmerzen?«

Drei sich eine Ewigkeit anfühlende Sekunden antwortete Ricky nicht, dann sagte er leise: »Ich hab mich angepisst.«

»Ach, Ricky, das ist doch ...«

»Wie ein kleines Kind ... angepisst.«

Mike holte tief Luft. Irgendetwas stimmte nicht mit Ricky. Die Situation war schlimm, aber die Art, wie sein Bruder neben ihm saß und mit tonloser Stimme sprach, machte ihm mehr Angst als alle Cops der Welt.

»Hast du Schmerzen?«, fragte er erneut.

»Weiß nicht«, kam es zurück.

»Ricky, bitte konzentrier dich. Ich muss wissen, was mit dir los ist. Brauchst du einen Arzt?«

Ricky drehte den Kopf. Das Blut, das aus seiner Nase gelaufen war, begann zu trocknen. Er sah um Jahre älter aus. »Nein, ich denke nicht.«

Neben dem Streifenwagen hatten die beiden Polizisten ihre Besprechung beendet. Die Fahrertür wurde aufgerissen, einer der Cops beugte sich ins Wageninnere. Es war der Mann, der Mike festgenommen hatte.

»Ist der Wagen gestohlen?«

»Nein, Sir. Er gehört meinem Vater.«

»Henry, hol die Fahrzeugpapiere. Sie sind im Handschuhfach.«

Eine Minute später war der Kollege mit den Zulassungspapieren zurück.

»Führerschein und Ausweis?«, wurde Mike gefragt.

»In meiner Hosentasche.«

Der zweite Cop öffnete die Fahrzeugtür. Mike musste sein Gesäß anheben, damit der Mann an seinen Geldbeutel herankam.

Er reichte ihn dem Kollegen, der den Ausweis herauszog und sorgfältig studierte.

»Mike Sanders, ist das dein Name?«

»Ja, Sir.«

»Das Foto sieht dir nicht besonders ähnlich.«

»Ich hatte da noch längere Haare.«

Der misstrauische Blick des Mannes glitt über ihn hinweg, dann schien er zufrieden zu sein.

»Ist das dein Bruder?«

»Ja.«

»Name?«

»Richard Sanders.«

»Ausweis?«

Ricky antwortete nicht, saß nur da und starrte dumpf auf den Boden.

»Hast du deinen Ausweis dabei?«, fragte Mike.

Ricky schüttelte den Kopf.

»Nun ja, spielt keine Rolle«, sagte der Cop. »Die Kollegen sind gleich da. Ihr werdet zur Fulton County Police Station gebracht. Dort überprüfen sie eure Identität und nehmen eure Aussagen auf. Außerdem wird ein Test auf Alkoholkonsum und Drogenmissbrauch gemacht. Wir schreiben einen Bericht, ein Richter wird entscheiden, ob gegen euch ein Haftbefehl erlassen wird.«

Haftbefehl?

»Sir«, sagte Mike. »Ist das nötig? Wir haben nichts Schlimmes getan. Sind nur ein wenig herumgefahren.«

Der Mann nahm seine Sonnenbrille ab. Ein Blick aus harten Augen traf Mike. »Fahren mit überhöhter Geschwindigkeit. Verkehrsgefährdung. Widerstand gegen die Polizei. Das sind ernste Vergehen, mein Junge. Du bist siebzehn, dein Bruder sieht sogar noch jünger aus, aber das wird euch nicht helfen. In diesem County herrschen Recht und Ordnung.«

Mike wurde schwindelig. Das alles klang, als wären sie Schwerverbrecher. Er musste unbedingt etwas unternehmen.

»Wir haben einen Fehler gemacht, sicher, aber doch niemanden gefährdet. Ich habe nichts getrunken und auch keine Drogen genommen. Okay, wir waren zu schnell, aber jetzt kennen Sie unsere Identität. Gibt es denn keine andere Möglichkeit? Ein Bußgeld oder so etwas?«

»Nein. Dein Bruder hat sich der Festnahme widersetzt, einen Polizisten angegriffen.«

»Sir, ich bitte Sie!«

Die Fahrzeugtür wurde wieder zugeschlagen.

»Verdammt, verdammt, verdammt«, fluchte Mike. »Verdammte Scheiße.«

»Dad wird uns umbringen«, murmelte Ricky vor sich hin.

»Ach ja«, ätzte Mike. »Das sagtest du bereits. Ricky, falls du es noch nicht bemerkt hast, wir haben ganz andere Probleme. Ich wünschte, Dad wäre hier. Ich wünschte, er würde uns so richtig zusammenstauchen, drei Monate Hausarrest verpassen oder sonst etwas tun. ER IST ABER NICHT HIER! Begreifst du es nicht? Die bringen uns zur County Police Station. Wir werden verhört und womöglich einem Haftrichter vorgeführt und DANN IST ALLES MÖGLICH. Mann, wenn es dumm läuft, verbringen wir die Nacht im Knast. Hast du Bock darauf?«

»Nein«, gab Ricky kleinlaut zu und sofort tat Mike sein Ausbruch leid. Statt rumzubrüllen, sollte er sich um Ricky kümmern, den das alles schon genug verwirrte. Er musste ruhig bleiben, egal, wie er sich selbst fühlte, und versuchen, seinem Bruder Zuversicht zu vermitteln. Auch wenn er selbst keine Zuversicht in sich spürte.

»Okay, tut mir leid, ich habe übertrieben. Wird schon nicht so schlimm werden. Dad holt uns da raus.«

Ricky sah zum ersten Mal seit Langem auf. Sein Blick flehte nach Trost. »Meinst du?«

»Sicher, mach dir keine Sorgen.«

Fünf Minuten später wurden sie in einen Transporter mit der Aufschrift »Fulton County Police« verladen. Bevor Mike einstieg, wandte er sich noch einmal an den Polizisten, der ihn festgenommen hatte.

»Das Ganze tut mir leid, Sir.«

Nichts regte sich in dem Gesicht des Mannes. Die Sonne spiegelte sich in der silbernen Brille.

»Nein, noch nicht«, sagte der Cop. »Aber bald.«

3.

Der Gestank war atemberaubend. Es roch nach kaltem Rauch und abgestandenem Essen. Darunter mischte sich der Geruch von saurem Bier und Erbrochenem.

Es war düster im Zimmer. Nur durch die Schlitze der zugezogenen Vorhänge fiel ein schmaler Lichtstreifen, der kaum ausreichte, um etwas zu erkennen. Kayla nahm nur grobe Formen wahr, aber immerhin stellte sie fest, dass der gesamte Fußboden mit Abfall bedeckt war. Ihr Fuß stieß gegen einen leeren Pizzakarton, als sie vorsichtig einen Schritt nach vorn machte.

Es war still hier drin. Unnatürlich still.

»Tom?«

Ein Rascheln drang an ihr Ohr. Kayla wirbelte herum, entdeckte eine weitere Tür.

»Tom, bist du da?«

Nebenan stöhnte jemand.

»Tom? Bist du dadrin? Sag bitte etwas!«

Ihre Stimme zitterte. Kayla fragte sich, ob es eine gute Idee gewesen war, allein hierherzukommen.

Erneut erklang ein Stöhnen.

Verdammt!

Kayla raffte ihren Mut zusammen. Ihre Augen hatten sich inzwischen an die Lichtverhältnisse gewöhnt. Sie schaute sich um, suchte sich einen Weg ins andere Zimmer. Dafür musste sie einem umgekippten Sofa und einem schweren Sessel ausweichen.

Schließlich stand sie vor der Tür zum Nebenzimmer. »Ich komme jetzt rein, okay?«

Niemand antwortete ihr. Sie legte die Hand an die Tür und schob sie auf.

Was sie sah, ließ ihr Herz erstarren.

Die Vorhänge waren auch hier zugezogen, aber es fiel genug Licht ins Zimmer, damit Kayla ihren Freund sehen konnte.

Er lag da, auf einer alten, stinkenden Matratze, wie eine achtlos weggeworfene Puppe, und rührte sich nicht. Tom hatte sich wie ein Embryo zusammengekrümmt. Sein Kopf ruhte auf dem rechten Arm, mit dem linken bedeckte er sein Gesicht. Beide Knie waren angezogen.

Er sah so dünn aus.

Er ist tot, war ihr erster Gedanke. Kayla erschrak bis in ihr Innerstes, aber dann hörte sie ein leises Keuchen. Sie brauchte einen Moment, um zu erkennen, dass das Geräusch von Tom kam.

Hastig kniete sie sich neben ihn. »Tom?«

Nichts.

Sie fasste nach seiner Schulter. Noch immer bewegte er sich nicht.

Kayla rüttelte ihn.

»Tom!«, rief sie.

Dann schrie sie seinen Namen.

Ein kaum hörbares Stöhnen war die Antwort.

Sie packte Tom fest und wälzte ihn auf den Rücken. Sein Kopf kippte nach hinten, aber er zeigte noch immer keine Reaktion. Seine Augen standen offen, leer starrten sie zur Zimmerdecke. In seinen Mundwinkeln hatte der Speichel Schaumblasen gebildet.

Kayla war kurz vor einer Panik. Alles in ihr vibrierte. Sie blickte auf ihren Freund nieder. Was war mit ihm geschehen? Er lebte, aber er war bewusstlos. Ihr Blick fieberte umher.

Plötzlich stutzte sie. Neben der Matratze lagen eine benutzte Spritze, ein verrußter Löffel und verbrannte Alufolie. Nicht weit davon ein leeres Plastiktütchen. Drogenbesteck!

Oh Tom, was hast du nur gemacht?

Schlagartig wurde ihr bewusst, wie ernst die Lage war. So wie es aussah, hatte sich Tom einen Schuss gesetzt. Was auch immer in dem Tütchen gewesen war, anscheinend hatte es bei ihm für eine Überdosis gesorgt.

Kayla fasste an seinen Hals, suchte den Puls.

Schwach und flatternd.

Tom brauchte sofort einen Arzt. Hier ging es um Leben und Tod.

Kurz dachte sie daran, dass sie durch diese Sache in große Schwierigkeiten geraten würde, aber das spielte jetzt keine Rolle. Sie musste dafür sorgen, dass ihm geholfen wurde. Alles andere war im Moment zweitrangig.

Kayla fingerte ihr Handy aus der Hose. Mit zitternden Fingern tippte sie die Nummer der Notrufzentrale ein.

Zwei Sekunden später meldete sich eine weibliche Stimme.

»Ich brauche Hilfe«, sagte Kayla.

Sie saßen in einem fensterlosen Raum, rechts und links von einem Tisch, der im Boden festgeschraubt war. Die Stühle waren aus Metall, ebenfalls fest verankert.

Seit Stunden saßen sie hier. Menschen kamen und gingen. Stellten ihnen Fragen. Fragen zu den Vorkommnissen auf der Landstraße, Fragen zu ihrer Lebenssituation. Irgendwie schien jeder alles von ihnen wissen zu wollen.

Ricky und er waren auf die Toilette geführt worden und hatten eine Urinprobe abgeben müssen. Das Ergebnis der Auswertung hatte man ihnen nicht mitgeteilt.

Mike hatte gefragt, ob er seinen Vater anrufen dürfe. Das hatte man verneint, aber eine Polizistin hatte sich die Handynummer geben lassen und gesagt, er werde verständigt. Etwas später hatte sie ihnen mitgeteilt, er wäre auf dem Weg hierher.

Das war vor drei Stunden gewesen. Warum sein Vater nicht sofort kam, konnte sich Mike nicht erklären.

Ricky hatte beide Arme auf den Tisch gelegt und sein Gesicht darin vergraben. Sie sprachen nur wenig miteinander und das wenige ließ Mike bewusst werden, dass sein Bruder mit der Situation nicht umgehen konnte.

Das High des Joints war verflogen und hatte einer kindlichen Traurigkeit Platz gemacht. Ricky weinte nicht, aber er war wie betäubt. Mike war zweimal zu ihm hinübergegangen und hatte ihm tröstend den Arm um die Schultern gelegt, doch sein Bruder hatte nicht darauf reagiert, genauso wenig wie auf die Worte, die ihn beruhigen sollten. So hockte er nun auf seinem harten Stuhl und schloss die Welt aus.

In Mike sah es ganz anders aus. Er war unruhig. Eine finstere Ahnung hatte sich in ihm breitgemacht. Die Vorgänge auf dem Polizeirevier machten deutlich, dass niemand diese Sache auf die leichte Schulter nahm.

Noch immer war er der Meinung, dass nichts Schlimmes geschehen war. Sie hatten niemanden verletzt oder gefährdet und bis auf die Geschwindigkeitsüberschreitung keine Straftat begangen, aber hier wurde ein ganz anderes Bild vermittelt. Die Männer, die mit ihm sprachen, blickten durchweg ernst und ließen keinen Zweifel daran, dass Rickys Gegenwehr bei der Festnahme keine Lappalie war. Niemand ging auf Mikes Fragen ein. Er saß mit seinem verzweifelten Bruder in diesem Raum und grübelte, was mit ihnen geschehen würde.

Wird man uns anklagen?

Vor einen Jugendrichter stellen?

Und dann? Was dann?

Eine Strafe auf Bewährung? Ein Bußgeld? Sozialer Dienst? Oder Jugendgefängnis?

Alles schien möglich. Und das beunruhigte ihn von Minute zu Minute mehr.

Mike trommelte mit seinen Fingern auf der Tischplatte.

»Lass das«, knurrte Ricky und hob den Kopf an, um ihn anzusehen.

»Ich bin nervös.«

»Ich auch. Trotzdem.«

»Wo bleibt Dad nur?« Es war keine Frage, denn Ricky kannte auch keine Antwort darauf.

»Ich bin nicht wild drauf, ihn zu sehen.«

»Sie haben das Auto beschlagnahmt.«

»Ich hab's gehört.«

Mike schaute in Rickys gerötete Augen. Er wusste nicht, ob er geweint hatte, aber es sah so aus. »Wie geht es dir?«

»Ich bin okay.«

»Wirklich?«

»Ja. Ich will nur nach Hause. Denkst du, sie lassen uns bald gehen?«

Mike zögerte. Was sollte er antworten? Er machte sich Sorgen, dass man sie über Nacht hierbehalten würde. In einer Zelle. Aber das konnte er Ricky nicht sagen.

»Sie werden warten, bis Dad hier ist.«

»Ob er einen Anwalt mitbringt?«

»Nein, denke ich nicht«, meinte Mike. »So wild ist die Sache nun auch wieder nicht.«

Eine Lüge. Das Ganze war sehr ernst.

»Ich habe Hunger«, sagte Ricky.

Mike sah ihn an. Hunger? Wie konnte Ricky in dieser Situation ans Essen denken? Sie hatten beide ein Dr Pepper bekommen, um ihren Durst zu löschen, aber mehr hatte es nicht gegeben.

»Ich frag mal nach einem Sandwich, wenn sie zurückkommen.«

»Das dauert alles ganz schön lang.«

»Ja, Ricky. So ist das nun mal.«

Danach verfiel sein Bruder wieder in Schweigen.

Ungefähr dreißig Minuten später öffnete sich die Tür zum Vernehmungsraum und ihr Vater trat ein. Man hatte ihnen die Handys abgenommen, daher wusste Mike nicht, wie weit der Tag vorangeschritten war, aber er vermutete, dass es früher Abend war.

Der Anzug seines Vaters war verknittert und sah aus, als habe er darin geschlafen. Die Krawatte hing schief, sein Gesicht war so grau wie die schütteren Haare an den Schläfen. Um die Mundwinkel lag ein harter Zug. Frustration sprach aus jeder seiner Bewegungen, als er mit einem Polizisten hereinkam, der den Raum aber gleich wieder verließ. Dann waren sie allein.

Mike und Ricky standen auf.

»Dad ...«, setzte Mike an, aber sein Vater gebot ihm zu schweigen.

»Geht es dir gut?«, fragte er. Seine Stimme klang beherrscht und ernst.

»Ja, Dad.«

»Was ist mit dir, Ricky?«

»Alles okay.«

»Ich muss euch nicht sagen, dass ihr in Schwierigkeiten steckt.«

Beide schüttelten stumm den Kopf.

»Setzt euch.«

Er selbst blieb stehen.

»Können wir gehen, Dad?«, wollte Ricky wissen.

»Nein.«

Ein Wort. Nur wenige Buchstaben, aber es hallte wie Donner durch Mikes Bewusstsein.

»Wie lange müssen wir noch hierbleiben?«, fragte er und fürchtete die Antwort.

»Ihr kommt nicht nach Hause.«

»Was meinst du damit?«

»In Rickys Urin wurde THC nachgewiesen. Man hat mir gesagt, das ist der Wirkstoff von Marihuana.«

»Dad«, mischte sich Ricky ein. »Es war nur ein wenig Gras. Ich ...«

»Das ist in diesem Bundesstaat verboten. Sie können dich deswegen anklagen, aber ich habe mit dem Staatsanwalt gesprochen, darum komme ich auch so spät. Ich musste zwei Stunden in seinem Büro warten, bis er fünf Minuten Zeit für mich hatte.«

Mike spürte wieder dieses seltsame Gefühl im Magen. Es war, als würden zwei Kugeln hin und her rollen und immer wieder aneinanderstoßen. Er schaute zu Ricky hinüber, aber der hatte den Kopf gesenkt und starrte auf den Fußboden.

»In dieser Sache hängt ihr beide drin. Ricky wegen Drogen, du wegen Verkehrsgefährdung. Dazu der Widerstand, als man euch angehalten hat.«

Mike wollte etwas einwenden, aber sein Dad hob die Hand.

»Es gab zwei Möglichkeiten für euch«, fuhr er fort. »Entweder eine Anklage und eine Verhandlung vor einem Jugendrichter oder die freiwillige Teilnahme an einem Erziehungsprogramm. Staatsanwalt McCormick hat mit dem zuständigen Richter telefoniert, der sein Einverständnis gegeben hat. Ihr werdet an einem Erziehungsprogramm teilnehmen.«

Mike atmete tief aus. Alles würde gut werden. Ein Erziehungsprogramm? Kein Problem, sie würden ein paar Wochen lang irgendeinen Kurs besuchen, über ihre Fehler sprechen, Rollenspiele und Übungen in Sozialverhalten machen. Das alles hatte er schon im Fernsehen gesehen. Sie hatten noch einmal Glück gehabt.

Ricky hob den Kopf. Irgendetwas Merkwürdiges lag in seinem Blick. »Du hast gesagt, wir gehen nicht nach Hause, Dad. Was hast du damit gemeint?«

»Ihr werdet in ein Erziehungscamp am anderen Ende des Staates geschickt. Dort verbringt ihr die nächsten sechs Monate. Danach entscheidet ein Therapeutenteam, ob ihr in den Alltag zurückkehren könnt. Ich habe dem zugestimmt. Die Papiere sind unterzeichnet. In einer Stunde geht es los. Ich war auch schon zu Hause und habe eure Sachen gepackt. Die Taschen stehen draußen.«

Die Worte kamen beherrscht. Vielleicht war es die Ruhe, mit der sein Vater sprach, die Mike erschütterte. Das konnte doch nicht wahr sein. Sie wurden fortgeschickt. Sechs Monate lang. In ein Camp?

Damit konnte nur eines dieser Bootcamps gemeint sein, von denen man immer wieder Gerüchte hörte.

Nein, nein, nein, brüllte es in ihm.

Ein rascher Blick zu Ricky zeigte ihm, dass sein Bruder nun offen weinte. Er hätte ihn gern getröstet, aber es ging nicht. Irgendwie konnte er sich nicht bewegen.

Eine Minute verging in Schweigen, dann sagte Mike: »Warum tust du uns das an?«

Sein Vater sah ihn an. Härte lag in seinem Blick. »Du fragst mich das? Ich habe mich auf dich verlassen, dir vertraut, und was machst du? Nimmst mein Auto, rast damit herum. Verantwortungslos gefährdest du dich, deinen Bruder und andere. Ricky nimmt Drogen und du lässt das zu. Und wenn man euch bei euren Ausflügen schnappt, widersetzt ihr euch auch noch der Polizei.«

»So war das nicht, Dad. Wir ...«

»Wie war es dann?«

»Wir wollten nur ein wenig Spaß haben.«

»Geht es darum? Immer nur darum? Spaß haben.« Sein Vater trat vor ihn. »Eure Mutter ist tot. Jeder Tag ohne sie kostet Kraft. Das Leben ist kein Spaß, je früher ihr das erkennt, desto besser. Ich dachte, wir kommen klar, aber da habe ich mich wohl getäuscht. Vielleicht lernt ihr in diesem Camp ja etwas für die Zukunft.«

»Was ist mit der Schule?«, fragte Ricky kläglich. »Wir können nicht einfach fehlen, sonst müssen wir das Schuljahr wiederholen.«

»Ich spreche mit der Rektorin. Uns wird schon etwas einfallen.«

»Mann, Dad, wenn das in der Schule rumgeht, sind wir erledigt«, meinte Mike.

Zehn Sekunden lang sagte sein Vater nichts, dann zischte er: »Übertreib es nicht! Meine Entscheidung steht und jetzt will ich nichts mehr hören. Ihr habt einen Fehler begangen, also lebt mit den Konsequenzen.«

»Ist das jetzt echt wahr?«, hakte Ricky nach. »Du willst uns nicht nur Angst machen?«

»Ja, Ricky, so ist es.«

Ricky schüttelte ungläubig den Kopf.

»Kommst du uns besuchen?«, fragte Mike gepresst. Wut war in ihm aufgestiegen, brannte heiß in seiner Kehle. Am liebsten hätte er seinen Dad angeschrien, aber das würde alles nur noch schlimmer machen.

»Nein, das ist nicht vorgesehen«, sagte sein Vater. »Man hat mir erklärt, es wäre kontraproduktiv, also sehen wir uns erst in sechs Monaten.«

»Dad!«

»Ihr zieht das jetzt durch. Ich will nichts mehr hören.«

Für eine Minute schwiegen alle drei. Dann umarmte sein Dad erst ihn, dann Ricky.

»Wir sehen uns bald wieder«, sagte er, dann ging er.

4.

Kayla saß vornübergebeugt, die Ellbogen auf ihre Oberschenkel gestützt. Sie ließ den Kopf hängen. Seit über drei Stunden wartete sie nun auf diesem Krankenhausflur, dass jemand kam und ihr sagte, was mit Tom war.

Der Rettungsdienst hatte zwanzig Minuten gebraucht, bis er bei ihr und dem noch immer bewusstlosen Tom eingetroffen war. Ein Notarzt und zwei Sanitäter waren den Flur hinuntergerannt und hatten nach ihr gerufen. Kayla hatte die Tür zur Wohnung aufgerissen und ihnen gezeigt, wo sie waren.

Danach war alles sehr schnell gegangen. Der Arzt hatte Toms Blutdruck und den Puls kontrolliert und alarmierende Werte festgestellt. Rasch wurden über Kanülen zwei Infusionsbeutel an seinen Handrücken gelegt. Man befestigte eine Sauerstoffmaske auf Toms Gesicht, dann wurde er auf die Krankentrage gehoben und zum Rettungswagen gebracht.

Kayla lief neben der Trage her. Sie hielt Toms Hand, flüsterte ihm immer wieder zu, dass alles gut werden würde, aber sie hatte große Angst, dass es zu spät war und er es nicht schaffen würde.

Im Fahrzeug wurde Tom sofort an ein EKG-Gerät angeschlossen, das Atmung, Blutdruck und Herzschlag kontrollierte. Die Elektroden waren noch keine fünf Sekunden an seinem schmalen Brustkorb befestigt, als schon der erste schrille Warnton ausgelöst wurde.

Der Arzt, ein junger Afroamerikaner, dem bei diesem Wetter der Schweiß in Strömen über die Stirn lief, gab Tom daraufhin eine Spritze mit einem Wirkstoff, den er Kayla nannte, den sie aber noch nie gehört hatte.

Obwohl alles rasch ging, kam es Kayla dennoch so vor, als wate sie durch zähen Nebel. Die Zeit schien irgendwie langsamer als normal zu verlaufen, das Atmen fiel ihr schwer und ihr ganzes Sichtfeld hatte sich eingegrenzt. Sie nahm auf einer harten Bank Platz und legte den Sicherheitsgurt an, dann ging es in rasender Fahrt und mit apokalyptischem Sirenengeheul ins Krankenhaus.

Der Wagen hielt direkt vor dem Eingang der Notaufnahme. Die Sanitäter luden Tom aus und brachten ihn fort, ohne dass sie Kayla sagten, was jetzt mit ihm geschehen würde.

Kayla war wie betäubt zum Empfang der Notaufnahme gestolpert. Eine Frau mittleren Alters mit stark blondierten Haaren drückte ihr ein Klemmbrett und einen Stift in die Hand und forderte sie auf, den Patientenbogen für Tom auszufüllen.

Viel war es nicht, was Kayla eintragen konnte. Im Textfeld für Toms Anschrift trug sie die Adresse der Wohnung ein, in der sie ihn gefunden hatte, obwohl sie sich nicht vorstellen wollte, dass man in so einem Loch leben konnte. Es wurde noch nach dem Namen der Krankenversicherung und Personen gefragt, die im Notfall verständigt werden sollten. Hier schrieb sie den Namen seiner Mutter hin, aber sie kannte die aktuelle Telefonnummer oder ihre Anschrift nicht.

Irgendwann kam die blonde Frau wieder und nahm ihr den Fragebogen ab, dann führte sie Kayla in einen langen Flur, deutete auf eine Reihe Plastikstühle und sagte ihr, sie solle hier warten. Sobald es Neuigkeiten zu Toms Gesundheitszustand gäbe, würde jemand kommen und sie informieren.

Das war vor drei Stunden gewesen.

Während sie wartete und immer wieder leise vor sich hin weinte, vibrierte ihr Handy in der Tasche. Sie zog es heraus und ahnte schon, wer da versuchte, sie zu erreichen.

Drei Anrufe in Abwesenheit und eine Textnachricht. Von ihrer Mutter.

Wo bist du? Die Schule hat angerufen, du hast den Unterricht ohne Erlaubnis verlassen. Dad ist losgefahren und sucht dich. Ich mache mir Sorgen. Melde dich sofort!!!

Irgendwie schaffte es ihre Mutter mit den wenigen Worten dieser Nachricht, zugleich ängstlich und wütend zu wirken. So als könne sie sich nicht für ein Gefühl entscheiden. Es war offensichtlich, dass Kayla in Schwierigkeiten steckte und sie besser anrufen sollte, aber ihre Mutter würde sicher verlangen, dass sie augenblicklich nach Hause kam, und das konnte sie nicht. Sie konnte nicht gehen, ohne zu wissen, wie es um Tom stand, mochten ihre Eltern auch ausflippen. Sie beschloss, nicht auf die Nachricht zu antworten, denn es bestand durchaus die Gefahr, dass ihr Vater im Krankenhaus auftauchte und sie nach Hause schleppte.

Weitere zwanzig Minuten vergingen, während Kayla auf ihrer Lippe herumkaute und immer unruhiger wurde. Die Angst vor der Reaktion ihrer Eltern und die Sorge um Tom machten sie fast verrückt.

Sie kannte Tom von Kindesbeinen an. Sie hatten alles miteinander geteilt, waren zusammen in die Vorschule, die Grundschule und später auf die Highschool gegangen. Aber dann war etwas mit Tom geschehen, was sie sich nicht erklären konnte. Aus dem fröhlichen Jungen war ein düsterer junger Mann geworden, der seine Haare nicht mehr schneiden ließ und ständig dunkle Klamotten trug. Die natürliche Bräune vieler Stunden unter freiem Himmel verblasste und machte einer ungesunden Blässe Platz. Irgendwann hörte Tom auf, regelmäßig zu essen, und wurde immer dünner. In der Schule verpassten sie ihm den Namen »Spider«, aber das schien ihn nicht zu stören, denn außer Kayla hatte er inzwischen sowieso keine Freunde mehr. So war es mit Tom beständig bergab gegangen und Kayla hatte seinen Absturz weder verhindern noch verlangsamen können.

Sie fragte sich, wann alles begonnen und ob sie den Zeitpunkt verpasst hatte, als es noch die Chance gab, einzugreifen und mit Tom zu reden. Die Scheidung seiner Eltern mochte eine Rolle bei seiner Veränderung gespielt haben, aber sicher war sie sich nicht. Tom und sein Vater hatten ein schwieriges Verhältnis zueinander gehabt und er schien beinahe erleichtert gewesen zu sein, als sein Dad das Haus verließ und nach Chicago zog. Allein mit seiner Mutter schien alles bestens zu laufen.

Doch dann kamen die Veränderungen. Erst in kleinen Schritten, fast unmerklich, schließlich immer auffälliger. Als Tom begann, sich die Augen dunkel zu schminken und schwarzen

Lippenstift aufzulegen, konnte niemand mehr übersehen, dass etwas mit ihm geschah.

Zu dieser Zeit hatte er angefangen, ihr aus dem Weg zu gehen. Jeden Tag rief Kayla bei ihm an, schickte ihm unzählige Nachrichten, flehte ihn an, ihr zu erzählen, was mit ihm los war, aber niemals kam eine Antwort zurück. Schließlich hatte sich Kayla verletzt zurückgezogen.

Irgendwann hieß es, Tom wäre von der Schule geflogen. Am selben Tag fuhr sie mit dem Bus in die Robert Adams Street, rannte zu dem kleinen Haus, in dem sie so viel Zeit verbracht hatte, aber da war niemand mehr. Keine Gardinen hinter dem Fenster, kein Leben, keine Geräusche, kein Tom.

Das war vor sechs Monaten gewesen.

Kayla wurde aus ihren Gedanken gerissen, als ein Arzt in grünem OP-Kittel auf sie zukam. Sie versuchte, in seinen Augen zu lesen, entdeckte aber nur Erschöpfung darin. Der Mann war vielleicht Ende zwanzig, wahrscheinlich ein Assistenzarzt, der Notdienst hatte. Seine Wangen waren eingefallen, so als habe er seit Tagen nicht geschlafen. Der Geruch von Seife und Desinfektionsmittel stieg Kayla in die Nase, als er vor ihr stehen blieb und sie ernst anblickte.

»Sind Sie die junge Frau, die Tom Wyler begleitet hat?«

Kayla nickte. »Wie geht es ihm?«

»Nicht gut, aber er wird durchkommen. Ist er Ihr Freund?«

»Nein, ein normaler Freund.«

»Wissen Sie, was passiert ist?«, fragte der Arzt.

Kayla schüttelte den Kopf. »Er hat mir eine Nachricht geschickt und mir gesagt, dass er Hilfe braucht, da wusste ich aber noch nicht, was mit ihm los war. Ich habe ihn dann bewusstlos in einer Wohnung gefunden. Neben der Matratze, auf der er lag, habe ich eine benutzte Spritze und andere Sachen entdeckt. Da war es nicht schwer zu erraten, dass er Drogen genommen hat.«

»Heroin. Er hat sich eine Überdosis gesetzt. Wissen Sie etwas über seine Drogensucht?«

»Nein, wir hatten seit Monaten keinen Kontakt. Seine Nachricht kam für mich völlig überraschend.«

»Glauben Sie, er hat versucht, Selbstmord zu begehen?«

Kayla dachte kurz darüber nach. »Dann hätte er sich nicht bei mir gemeldet. Es war ein Hilfeschrei. Vielleicht hat er beim Spritzen gemerkt, dass irgendetwas anders ist als sonst, dass es schiefläuft.«

»Ja, danach sieht es aus«, sagte der Arzt. »Tom hatte einen Zusammenbruch aller Vitalsysteme. Während wir uns um ihn gekümmert haben, ist sein Herz stehen geblieben, aber wir konnten ihn zurückholen und stabilisieren.«

Kayla hielt erschrocken die Luft an.

»Er liegt jetzt auf der Intensivstation und wird beobachtet. Sobald es ihm ein wenig besser geht, machen wir Tests mit ihm. Wir vermuten bei ihm Hepatitis B oder C, aber er kann sich auch mit HIV infiziert haben. Gibt es jemanden, den wir benachrichtigen können? Sie haben angegeben, dass Sie die Adresse seiner Mutter nicht kennen. Ist das richtig?«

»Ja.«

»Was ist mit seinem Vater?«

»Toms Eltern sind geschieden. Sein Vater lebt in Chicago, glaube ich.«

»Die Behörden werden seine Eltern ausfindig machen. Sonst noch jemand? Irgendwelche Verwandte?«

»Nicht dass ich wüsste.«

»Das ist eine ernste Sache. Ihr Freund hat sich strafbar gemacht. Ich muss einen Bericht schreiben. Die Polizei wurde von der Krankenhausleitung verständigt und schickt jemanden, der Sie nach Hause bringt und Ihre Aussage aufnimmt.«

Kayla erschrak. Polizei? Ihre Eltern würden durchdrehen.

»Muss das sein?«, fragte sie zaghaft.

»So ist die Vorgehensweise in diesen Fällen. Ihr Freund ist noch minderjährig und ich vermute, Sie auch. Der Staat hat eine Fürsorgepflicht.«

Das klang gut. Es klang verständnisvoll, aber Kayla wusste, dass es so nicht war. Auf Tom, vielleicht sogar auf sie selbst kamen unangenehme Dinge zu, und wie ihre Eltern reagieren würden, wenn sie das Wort »Drogen« hörten, konnte sie sich lebhaft vorstellen. Wahrscheinlich hatte sie die restlichen acht Monate bis zu ihrem achtzehnten Geburtstag Hausarrest, und Tom wiederzusehen, würden sie ihr auch nicht erlauben, dabei brauchte er sie gerade jetzt.

»Kann ich Tom sehen?«

»Nein, er schläft. Rufen Sie morgen an, die Stationsschwester wird Ihnen Auskunft über seinen Zustand geben. Sie sollten jetzt nach Hause gehen.«

»Wann kommt der Polizist?«, wollte Kayla wissen.

»Ich denke, der ist schon da«, sagte der Arzt und nickte mit dem Kopf in Richtung Tür.

Eine junge Frau in Uniform kam auf Kayla zu. Unter der schwarzen Schirmmütze wippte ein brauner Zopf. Sie hatte ein offenes Gesicht und reichte Kayla die Hand.

»Ich bin Officer Sandra Smith. Ich bin hier, um dich nach Hause zu bringen.«

»Mein Auto steht in der Hickary Street. Können wir es abholen?«

»Nein, leider nicht, das kannst du später mit deinen Eltern machen. Ich muss dich jetzt begleiten und deine Aussage aufnehmen. Okay?«

Kayla nickte.

»Dann lass uns gehen.«

5.

Es waren zwei Männer, groß, muskulös. Sie trugen schwarze T-Shirts mit der Aufschrift »Black Hill Camp«. Beide hatten harte Gesichter und lächelten nicht, als sie sich als Mr Brown und Mr Salisbury vorstellten.

»Ich bin Mike, das ist mein Bruder Ricky«, sagte Mike.

»Wir bringen euch jetzt ins Camp. Seid ihr bereit?«, fragte Brown.

Nein, das waren sie nicht, aber was sollte er schon sagen, also nickte Mike.

»Nehmt eure Taschen. Der Wagen steht auf dem Parkplatz.«

Der Wagen entpuppte sich als Minivan, schwarz wie die T-Shirts der Männer und mit dem gleichen Schriftzug, nur dass darunter noch der Slogan »Welcome to nature« stand. Wer immer sich diesen Spruch ausgedacht hatte, wusste anscheinend nicht, dass so etwas Jugendliche abtörnte, aber hier ging es ja auch nicht um einen freiwilligen Aufenthalt.

Salisbury lud die Taschen in den Kofferraum. »Irgendwelche technischen Geräte? Handys? MP3-Player?«

»Ja«, sagte Mike. Ricky schwieg beharrlich, auch wenn er aufmerksam alles um sich herum verfolgte.

»Gebt mir die Sachen.«

»Unsere Handys?«, fragte Mike.

Salisbury nickte. »Ihr kriegt sie zu bestimmten Zeiten wieder, damit ihr nach Hause telefonieren könnt, aber ansonsten gilt Handyverbot im Camp.«

»Aber da ist meine ganze Musik drauf«, protestierte Mike.

Salisbury zuckte mit den Schultern.

Mike fasste in seine Hosentasche und reichte ihm das Mobiltelefon. Gerade erst hatte es ihm eine Polizeibeamtin wiedergegeben, nun war es schon wieder weg.

»Was ist mit dir?«, fragte der Mann Ricky.

»Das gebe ich nicht her.« Ricky hatte die Lippen zusammengekniffen und blickte Salisbury trotzig an.

»Junge, mach keine Schwierigkeiten. Wir haben eine lange Fahrt vor uns und die kann so oder so verlaufen. Außerdem nehme ich dir das Ding ab, ob du willst oder nicht, nur dann wird es für alle etwas unangenehm.«

»Gib ihm das Scheißding«, sagte Mike, der nicht fassen konnte, dass sein Bruder schon wieder bereit war, Ärger zu machen.

Ricky sah ihn an. »Dann kann ich nicht mit Ashley telefonieren. Wenn ich mich nicht melde, wird sie denken, ich will nichts mehr von ihr.«

Ashley war seine neueste Flamme. Mike wusste nichts Genaues, vermutete aber, dass die beiden seit einer Woche zusammen waren. So richtig.

»Kann mein Bruder kurz telefonieren?«, fragte Mike.

Salisbury schüttelte den Kopf. »Kein Kontakt zur Umwelt. Anordnung des Richters. Und jetzt her damit.«

Mike flehte seinen Bruder mit Blicken an, das Handy zu

überreichen. Ricky gab nach einem Moment des Zögerns nach und Mike seufzte erleichtert auf.

»Steigt ein, Jungs. Beide auf die Rückbank«, sagte Brown.

Mike musterte den Mann. Brown wirkte nicht unfreundlich, aber distanziert, wie ein Wächter im Gefängnis, der Abstand zu den Gefangenen hielt.

So etwas Ähnliches sind wir jetzt ja auch.

»Wie lange fahren wir?«, fragte er.

»Sir!«

»Was?«

»Du sprichst mich mit Sir oder Mr Brown an.«

»Entschuldigung.« Mike war etwas verwirrt über die Kompromisslosigkeit, mit der diese Worte ausgesprochen wurden. Vielleicht hatte er Brown doch falsch eingeschätzt und er war ein Arschloch.

»Entschuldigung, Sir!«, wiederholte Brown.

Mike stieß die Luft aus. »Entschuldigung, Sir.«

Brown nickte zufrieden und deutete auf den Van. »Einsteigen.«

»Sie haben meine Frage nicht beantwortet, Sir«, hakte Mike nach.

Ein Blick wie aus geschmolzenem Eisen traf ihn. »Drei Stunden. Und jetzt rein in die Karre, bevor ich ungemütlich werde.«

Die Fahrt dauerte sogar noch länger und verlief zumeist schweigend. Die beiden Männer sprachen kaum mit ihnen und auch nur wenig miteinander. Ricky hatte die Augen geschlossen und döste vor sich hin. Mike vermutete, dass die Aufregung nun ihren Tribut von seinem Bruder forderte.

Er selbst war viel zu aufgedreht und ständig rasten Fragen durch seinen Kopf.

Wie wird es im Camp sein?

Wie viele Jugendliche sind da wohl untergebracht?

Werden wir mit ihnen klarkommen?

Und Ricky?

Ich hoffe nur, er macht keinen Stress und fügt sich der Sache.

Draußen vor dem Fenster war die Nacht hereingebrochen. Schwarze Schemen flogen vorbei, während sie über den Highway fuhren. Auf der Gegenspur kamen ihnen unzählige Fahrzeuge in endlosen Lichterketten entgegen, während auf ihrer Seite fast niemand unterwegs war.

Im Auto war es warm und er hatte Durst, wagte aber nicht, nach etwas zu trinken zu fragen. Warum, wusste er selbst nicht, denn eigentlich gab es keinen Grund, vor den Männern Angst zu haben. Allerdings hatte ihm der Vorfall mit den Handys auch gezeigt, dass ihre Begleiter durchaus bereit waren, einen härteren Ton anzuschlagen, wenn man ihnen nicht sofort Folge leistete. Mike konnte das sogar nachvollziehen. Wahrscheinlich hatten sie es jeden Tag mit widerspenstigen Jugendlichen zu tun. Zudem waren Ricky und er von einem Polizeirevier abgeholt worden und auf Anweisung eines Richters unterwegs ins Jugendcamp. Andere junge Menschen wurden wahrscheinlich von ihren Eltern wegen Erziehungsproblemen in so ein Camp geschickt, bei ihnen lag der Fall klar, sie hatten eine Straftat begangen. Aber warum das Ganze in so kurzer Zeit derartig eskaliert war, wollte ihm immer noch nicht in den Kopf gehen.

Tja, es war, wie es war, und je schneller er sich mit der neuen Situation abfand, desto besser würde er sich eingewöhnen. Vor ihnen lagen sechs Monate, sie mussten das Beste daraus machen, und wer wusste schon, was alles geschehen konnte? Vielleicht war die Sache gar nicht so schlimm und sie lernten coole neue Leute kennen.

Neben ihm regte sich Ricky plötzlich. Er richtete sich auf und sagte: »Ich muss mal aufs Klo.«

Ja, eigentlich muss ich auch.

»Sir?«, rief er nach vorn.

»Ja?«, antwortete Salisbury.

»Könnten Sie irgendwo anhalten? Auf einem Parkplatz oder einer Tankstelle? Mein Bruder und ich müssten mal.«

»Kein Problem«, meinte Brown. »Aber kommt nicht auf die Idee abzuhauen.«

Daran hatte Mike gar nicht gedacht. Warum auch? Wo sollten sie denn hin mitten in der Nacht an einem fremden Ort, ohne Geld und ohne Handy?

»Ganz bestimmt nicht.«

Im vorbeistreifenden Licht eines entgegenkommenden Autos sah Mike, dass Ricky ihn eindringlich ansah. Eine Aufforderung lag in diesem Blick. Verdammt, sein Bruder musste gar nicht austreten.

Mike checkte mit einem kurzen Blick, ob ihn Brown, der den Van lenkte, im Rückspiegel beobachtete, aber der starrte konzentriert durch die Frontscheibe. Als Mike sich sicher fühlte, schüttelte er betont langsam den Kopf. Ricky kniff den Mund zusammen und nickte verbissen.

Dann lagen ihre Gesichter kurzzeitig im Schatten. Im Schein des nächsten Fahrzeugs formte Mike ein stummes »Nein!« mit den Lippen. Ricky zeigte ihm wütend den Mittelfinger.

Brown setzte den Blinker und bog in die Einfahrt eines Rastplatzes. Der größte Teil des Geländes lag bereits im Dunkeln, lediglich ein kleines Häuschen aus grobem Sandstein war hell beleuchtet. Es parkten keine Autos davor, sodass Brown direkt bei der Toilette anhalten konnte. Er schaltete den Motor ab und stieg aus. Salisbury folgte ihm. Beide stellten sich neben das Fahrzeug und öffneten die Türen, damit Mike und Ricky ebenfalls aussteigen konnten.

»Ihr habt zwei Minuten, mehr nicht«, sagte Brown.

Ricky ging vor ihm her, Mike folgte ihm dichtauf. Er wollte den Abstand zu seinem Bruder nicht zu groß werden lassen, falls der etwas Dummes vorhatte. Das musste er unbedingt verhindern.

Als beide den Waschraum betraten, wirbelte Ricky herum. Seine Augen blitzten zornig. »Ich habe echt keine Lust auf diesen Mist. Ich haue ab.«

»Das kannst du nicht bringen. Wo willst du überhaupt hin?«

»Irgendwohin, bloß nicht in dieses Scheißcamp. Die haben uns die Handys abgenommen. Mann, geht's noch? Da mache ich nicht mit.«

»Ricky!«

»Mal ehrlich, Mike, wenn Ashley sechs Monate nichts von mir hört, ist sie weg. Zieht mit einem anderen Typen los.«

»So lange dauert das nicht. Du hast ja gehört, man darf telefonieren.«

»Und das glaubst du? Für mich klingt das nach irgendwann einmal und auch nur dann, wenn wir schön brav sind.«

Mike trat vor ihn. »Willst du es einfach nicht kapieren? Was ist los mit dir? Wenn du jetzt abhaust und sie kriegen dich, und das werden sie, dann wanderst du in den Jugendknast.

Lass uns die Sache mit dem Camp locker abreißen, wird schon nicht so schlimm werden. Nicht lange und wir sind wieder daheim.«

»Nein, ich versau mir die Sache mit Ashley nicht.«

Mike wollte Ricky die Hand auf die Schulter legen, aber der entzog sich ihm durch eine unwirsche Geste.

»Wenn dich Ashley wirklich mag, wird sie auf dich warten«, versuchte er, seinen Bruder zu beruhigen.

»Nicht, wenn sie so lange nichts von mir hört. Nein, mein Entschluss steht fest. Ich haue ab. Jetzt gleich. Entweder du kommst mit oder eben nicht!«

»Tu das nicht«, sagte Mike leise.

»Was ist jetzt? Bist du dabei?«

»Nein. Und ich kann nicht zulassen, dass du so etwas Dummes machst.«

»Du kannst nichts dagegen tun«, zischte Ricky.

»Er nicht, aber wir«, sagte eine Stimme am Eingang des Waschraumes. Brown und Salisbury standen in der Tür.

Sie hatten die Unterhaltung belauscht. Von Anfang an hatten sie geahnt, dass Ricky etwas vorhatte. Mike wurde schlecht. Sein Magen drehte sich und schien auf die Lunge zu drücken, denn plötzlich bekam er keine Luft mehr.

»Sir, er hat das nicht so gemeint«, versuchte Mike, seinen Bruder zu schützen.

»Jedes Wort!«, knurrte Ricky. »Ihr zwei Arschlöcher werdet mich nicht aufhalten.«

»Oh doch, das werden wir.« Salisbury lächelte finster.

Ricky warf sich nach vorn, versuchte, zwischen den beiden Männern hindurch ins Freie zu gelangen, aber es war aussichtslos. Brown packte ihn, während Salisbury Rickys Arme auf den Rücken zwang und ihm Plastikhandfesseln anlegte. Ricky begann nun, mit den Füßen zu strampeln und nach den Betreuern zu treten, aber das brachte ihm nur eine weitere Fessel um die Fußknöchel ein.

Ricky warf den Kopf nach vorn und spuckte dem Betreuer ins Gesicht. Salisbury fluchte laut. Er und Brown schleiften Ricky aus dem Waschraum direkt zum Van. Mike stolperte hinterher. Am Fahrzeug angekommen, riss Brown die hintere Tür auf. Gemeinsam stopften er und sein Kollege Ricky auf den Rücksitz.

Dann legten sie ihm einen Mundknebel an. Ricky zappelte und bäumte sich auf, aber es war aussichtslos. Ebenso schnell, wie sein Widerstand aufgeflammt war, erlosch er auch wieder. Mike wusste nicht, ob er den Männern etwas vorspielte oder ob er tatsächlich aufgegeben hatte, aber so oder so konnte er nichts mehr ausrichten.

»Ist das wirklich nötig?«, fragte Mike erregt. »Müssen Sie meinen Bruder so grob behandeln?«

Salisbury zog ein Taschentuch aus seiner Hosentasche und wischte sich über das Gesicht. »Steig ein!«, befahl er Mike.

Mike zögerte.

»Ich sage das nicht noch einmal.«

Frustriert zwängte sich Mike auf den Rücksitz. Neben ihm schnaufte sein Bruder durch den Knebel hindurch.

6.

Kayla saß auf dem Sofa und blickte betreten auf ihre Füße. Vor dreißig Minuten war die Polizistin gegangen, nachdem sie ihre Aussage zu Toms Auffinden aufgenommen hatte. Seitdem musste sie sich vor ihren Eltern rechtfertigen.

»Was hast du dir dabei gedacht?«, fuhr ihr Vater sie an.

Kayla sah auf in sein zornesrotes Gesicht. Der Schweiß stand ihm auf der Stirn, an der Schläfe pochte eine Ader. Es sah aus, als krieche ein Wurm darüber. Der Blick seiner Augen verhieß nichts Gutes. Diesmal würde er sie hart bestrafen, ganz gleich, was sie antwortete.

»Er ist mein Freund. Ich konnte ihn nicht im Stich lassen«, sagte sie trotzig.

»Dein Freund?«, zischte ihr Vater. »Der Junge nimmt Drogen. Harte Drogen! Nicht irgendwas. Kein Gras. Nein, Heroin jagt er sich in den Körper. Und so etwas nennst du einen Freund?«

»Ja.«

»Die Schule ist dir anscheinend egal. Dass wir dir verboten haben, Tom zu sehen, ist dir egal. Die Polizei kommt in dieses Haus und *das* ist *mir* nicht egal.«

»Ich habe nichts falsch gemacht. Ohne mich wäre er vielleicht gestorben. Sie konnten ihn nur retten, weil ich rechtzeitig da war«, beharrte Kayla.

Ihr Vater kniff die Augen zusammen. »Der Junge ist verloren, so oder so. Er wird es nicht packen, aber er wird dich mit in den Abgrund ziehen, und das lasse ich nicht zu. Niemals!«

»Tom ist mein Freund, er braucht mich jetzt.«

»Ich verbiete dir den Umgang mit ihm.«

»Das kannst du nicht machen.«

»Du wirst ihn nicht wiedersehen.«

Kayla sprang auf. Ihr Herz klopfte wild in der Brust. »Ist es wegen David? Weil er gestorben ist?«

»Dein Bruder hat damit nichts zu tun.«

Kayla schüttelte den Kopf. Seit dem Tag, als David in Afghanistan gefallen war, ließen ihre Eltern sie nicht mehr aus den Augen. Es war kaum zu ertragen. »Ihr habt zugelassen, dass er zur Armee ging. Ja, richtig stolz wart ihr, als er seine Ausbildung zum Marine abgeschlossen hat. Und jetzt macht ihr euch Vorwürfe, dass ihr es nicht verhindert habt, und ich muss dafür büßen.«

»So ist das nicht«, sagte ihr Vater. »Und das weißt du ganz genau.«

»Oh doch. So und nicht anders. Ihr beobachtet mich. Aus Angst, mir könnte ebenfalls etwas zustoßen, kontrolliert ihr mich bei allem, was ich tue.«

»Und wie sich herausstellt, zu Recht!«

»Ich habe kaum noch Freunde, weil ihr mich zu keiner Party lasst, und jetzt wollt ihr auch noch verhindern, dass ich mich um Tom kümmere.«

»Ich habe dir gesagt, du wirst ihn nicht wiedersehen, und dabei bleibt es.«

»Mom, sag doch auch mal was«, wandte sich Kayla Hilfe suchend an ihre Mutter, aber die hielt den Blick gesenkt und flüsterte nur: »Mach, was dein Vater dir sagt.«

Für einen Moment schloss Kayla die Augen, dann stürmte sie nach oben in ihr Zimmer. Sie knallte die Tür heftig ins Schloss und warf sich aufs Bett. Tränen stiegen in ihr auf und diesmal hielt sie ihre Gefühle nicht zurück, sondern weinte bitterlich. Um Tom, um sich, um dieses verdammte Leben, das immer schwieriger wurde.

Irgendwann schlief sie erschöpft ein.

Kayla wusste nicht, wie lange sie geschlafen hatte, als sie erwachte. Von unten drang die tiefe Stimme ihres Vaters herauf, der mit irgendjemandem telefonierte. Kayla schaute auf ihren Wecker. Es war schon nach zehn Uhr abends, mit wem sprach ihr Vater da? Sie konnte nur Wortfetzen verstehen, aber sie hörte die Eindringlichkeit, mit der ihr Dad sprach.

»In Ordnung, wir bereiten alles vor ... Morgen früh? Okay, ich dachte nicht, dass das so schnell ...«

Wahrscheinlich der Job, überlegte Kayla. Ihr Vater war IT-Manager und arbeitete oftmals bis spätabends. Anscheinend war heute so ein Fall.

Kayla zog sich aus und schlüpfte in ihre Schlafboxershorts und ein bequemes T-Shirt. Noch immer müde, tappte sie mit nackten Füßen hinüber ins Badezimmer, um sich die Zähne zu putzen.

Im Flur hörte sie, wie ihre Mutter sagte: »Ist das wirklich die richtige Entscheidung?«

Ihr Vater schwieg.

Irgendwie klingt das merkwürdig. Um was geht es da?

Um mich?

Hat Dad sich irgendeine Strafe für mich ausgedacht?

Egal, damit würde sie sich morgen auseinandersetzen. Im Moment war sie einfach vollkommen erschöpft. Die Aufregungen des Tages hatten sie körperlich mitgenommen und Kayla fühlte sich zu schwach zum Denken. Mechanisch putzte sie sich die Zähne, dann trottete sie zurück in ihr Zimmer und kuschelte sich ins Bett.

Ihr letzter Gedanke galt Tom, der nicht weit von ihr entfernt auf der Intensivstation lag.

Kayla hatte die Augen noch geschlossen, als sie Tumult von unten hörte. Schwere Schritte ertönten im Haus. Ein Mann und eine Frau sprachen mit ihrem Vater, der leise antwortete. Träge und etwas verwirrt öffnete Kayla die Lider.

Oh mein Gott, schon neun Uhr. Sie hatte verschlafen. Gestern Abend war sie müde gewesen und hatte vergessen, den Wecker zu stellen, aber warum hatte ihre Mom sie nicht geweckt? Seltsam, dabei hatten sich ihre Eltern gestern noch darüber aufgeregt, dass sie Unterricht versäumt hatte, und nun ließen sie Kayla verschlafen.

Sie richtete sich auf, schwang die Beine aus dem Bett und versuchte dahinterzukommen, was hier los war. Ihr Vater, der jeden Morgen spätestens um sieben das Haus verließ, war an einem normalen Wochentag nicht ins Büro gefahren. Ihre Mom ging täglich um diese Zeit ins Fitnessstudio. In den letzten fünf Jahren hatte sie keinen einzigen Trainingstermin verpasst. Nun waren beide zu einer Uhrzeit daheim, an der sie nicht daheim sein sollten. Niemand hatte sie geweckt und fremde Menschen waren im Haus.

Was ist hier los?

Noch während sie auf dem Bett saß und grübelte, wurde ihre Zimmertür geöffnet und ihre Mutter trat ein. Ihr Gesicht war eingefallen und es sah aus, als habe sie die ganze Nacht geweint.

Schreck durchfuhr Kayla.

Ist jemand gestorben? Ist was mit Grandpa?

Ihr Großvater wohnte mit seiner zweiten Frau in Boston. Kaylas Großmutter lebte schon seit zehn Jahren nicht mehr und andere Großeltern hatte sie nicht, denn ihr Vater war als Waisenkind in einem Heim aufgewachsen.

Kayla suchte den Blick ihrer Mutter, aber die wich ihr aus, starrte auf irgendetwas, was sich hinter ihrem Rücken befand. Dabei knetete sie ihre Hände.

»Ist was, Mom?«, fragte Kayla vorsichtig.

Zuerst antwortete sie nicht, dann sagte ihre Mutter leise: »Du musst dich anziehen.«

Kayla verstand nicht. Warum sollte sie sich anziehen? Für die Schule war es zu spät. Wohin wollten ihre Eltern? Und warum musste sie mit?

»Was ist los?«

Ihre Mutter wandte sich ab und ging zu ihrem Kleiderschrank. Sie öffnete die Holztüren und zog Kaylas Reisetasche heraus. Wortlos begann sie, Kleidungsstücke hineinzupacken.

»Was machst du da?«, wollte Kayla wissen.

»Du gehst für eine Weile weg«, kam es zurück.

»Ich tue was?«

»Dein Vater hat es so beschlossen. Er sagt, es ist das Beste für dich.«

»Was? Wer ... wohin soll ich? Zu Tante June? Zu Grandpa nach Boston? Ich habe Schule ...«

»Du gehst nicht zu deinem Großvater und auch nicht zu June. Wir schicken dich in ein Jugendcamp.«

Kayla kapierte immer noch nicht. »Ich verstehe nicht, was du meinst. Wohin wollt ihr mich schicken? In ein Camp?«

»Ja, es wird dir guttun. Du wirst dort wieder zu dir selbst finden. Norman Geddrick war auch in einem Jugendcamp und diese Zeit hat ihn positv verwandelt. Heute ist er ein ganz anderer Junge, trinkt und raucht nicht mehr und hat die Highschool mit Auszeichnung abgeschlossen.«

»Norman ist ein Arschloch, war immer ein Arschloch und wird immer eines sein.«

»Mag sein, aber er ist kein kriminelles Arschloch mehr, das ständig Ärger mit der Polizei hat, weil er sich prügelt und Autos klaut. Es war abzusehen, dass es mit ihm kein gutes Ende nimmt, und jetzt geht er sogar aufs College. Das Camp wird auch dir helfen zu erkennen, was wichtig im Leben ist.«

»Ich will aber nicht weg.«

»Das entscheidest du nicht.« Plötzlich klang die Stimme ihrer Mutter hart wie zerbrechendes Glas.

»Ihr könnt mich doch nicht einfach wegschicken! Für wie lange überhaupt?«

»Sechs Monate.«

»Sechs Monate? Seid ihr verrückt geworden? Jetzt beginnen die Prüfungen. Wenn ich die versäume, verliere ich dadurch ein ganzes Schuljahr.«

»Das ist uns bewusst.«

»Ihr könnt das nicht machen.« Kayla warf den Kopf zurück. »Ich gehe nicht. Auf keinen Fall.«

»Unten sind zwei Betreuer. Sie werden dich ins Camp bringen. Sie haben gesagt, entweder du ziehst dich an oder sie nehmen dich so mit, wie du bist.«

»Ihr seid verrückt!«

Ihre Mutter verschloss die Reisetasche und stellte sie neben der Tür ab. »Kayla, diesmal gibt es keine Wahl für dich. Zieh dich an.«

»Mom«, versuchte es Kayla noch einmal, aber ihre Mutter wandte sich ab, nahm die Tasche und sagte: »Du hast zehn Minuten.«

Wie betäubt saß Kayla auf dem Bett und versuchte zu begreifen, was ihre Mutter ihr gerade eröffnet hatte. Weil sie sich ihren Eltern widersetzt hatte, wurde sie fortgeschickt. Für sechs Monate. Einhundertachtzig Tage. Sie würde an einen Ort kommen, an dem sie nicht sein wollte, mit Menschen, die sie nicht kannte.

Sie war noch nicht einmal nach ihrer Meinung gefragt worden. Der Gedanke war bitter.

Und Tom? Was war mit Tom?

Er brauchte sie. Gerade jetzt.

Mach dir nichts vor. Du kannst ihm nicht helfen. Er wird vom Krankenhaus aus direkt zum Entzug in eine Klinik gebracht werden. Und vielleicht kommt er sogar ins Gefängnis.

Kayla fluchte stumm. Gestern um diese Zeit war noch alles in Ordnung gewesen und heute war sie auf dem Weg in ein Jugendcamp.

Ein metallischer Geschmack hatte sich in ihrem Mund ausgebreitet. Sie schluckte. Mit schwerfälligen Schritten ging sie zu ihrem Kleiderschrank und suchte eine Jeans, Unterwäsche und ein bequemes Sweatshirt aus. Als sie in ihre Turnschuhe schlüpfte, wich der Schock der Traurigkeit.

Warum hatten ihre Eltern nur so wenig Verständnis für sie?

Was ist mit uns schiefgelaufen?

Liebt ihr mich nicht mehr?

Dann kann ich auch gehen.

Kayla putzte sich noch schnell die Zähne und richtete ihren Beautycase. Schließlich holte sie tief Luft und ging nach unten.

Im Wohnzimmer standen ein hochgewachsener Mann und eine hart aussehende Frau neben ihrem Vater, der ihr ohne jede Gefühlsregung entgegenblickte. Kaylas Mutter saß auf dem Sofa. Sie weinte nicht, hatte aber das Gesicht abgewandt.

Kayla straffte die Schultern. »Ich bin so weit.«

7.

Die Tür des Vans wurde aufgerissen. Salisbury packte Ricky und zog ihn grob aus dem Wagen. Ricky schrie schmerzerfüllt auf, aber der Betreuer ließ sich davon nicht beeindrucken, sondern schob ihn auf ein Haus zu, das wie eine Blockhütte aussah. »Campleitung« stand über dem Eingang.

»Los, raus aus dem Wagen«, knurrte Brown Mike an.

Mike war etwas durcheinander. Er war eingenickt, obwohl er versuchte hatte, wach zu bleiben, aber die Ereignisse der letzten Stunden und die Aufregung forderten ihren Preis. Er fühlte sich schwach und übel war ihm auch.

Seit die beiden Betreuer Rickys Fluchtversuch vereitelt hatten, war mit ihnen nicht mehr zu reden gewesen. Mit verkniffenen Gesichtern saßen sie vorn und starrten stumm in die Nacht. Sie hatten Mike ebenfalls die Hände auf den Rücken gefesselt und es war unangenehm gewesen, so den Rest der Fahrt hinter sich zu bringen.

Mike war klar, dass sich ihre Situation wesentlich verschlimmert hatte. Was er nicht wusste, war, welche Konsequenzen das für sie hatte. Eine Zeit lang hatte er sich den Kopf darüber zerbrochen, war aber zu keinem Ergebnis gekommen. Schließlich hatte er erschöpft aufgegeben. Alles, was kam, lag nicht mehr in seiner Hand.

Während er neben Brown die wenigen Stufen zum Eingang des Hauses hochging, nutzte er die Gelegenheit, sich kurz umzusehen.

Im Licht starker Scheinwerfer erkannte er einige flache Gebäude. Vor den Häusern lag ein weitläufiger asphaltierter Platz, auf dem mehrere Fahrzeuge standen. Weiter hinten vor dem Umriss des nahen Waldes machte er einen Sportplatz aus. Mitten in der Nacht wirkte das Gelände düster und feindselig, mehr wie ein Kriegsgefangenenlager als ein Jugendcamp.

Vor ihm wurde die Tür aufgehalten und Mike trat über die Schwelle. Sie befanden sich in einem Vorraum. Hinter einer massiven Holztheke stand ein Schreibtisch mit einem Computerbildschirm darauf. Auf einem kleinen Tisch neben dem Eingang lagen Flyer mit aufgedrucktem Camplogo. Das hier war also der Empfangsbereich für Gäste und Eltern. Alles sah aus wie in einem Feriencamp, aber dieser Eindruck wurde durch den Mann zerstört, der vor der Theke stand und Ricky und ihn finster anstarrte.

»Ihr seid die Sanders-Brüder«, sagte der Mann. Es war keine Frage. »Mein Name ist Wilson, ich bin der Direktor dieses Camps. Wie ich von meinen Mitarbeitern höre, habt ihr versucht zu fliehen.«

Mike öffnete den Mund, um etwas zu sagen, schloss ihn aber wieder. Es gab nichts zu erklären.

Salisbury meldete sich zu Wort. »Es war der jüngere.« Er stieß Ricky gegen die Schulter, sodass er einen Schritt nach vorn stolperte. »Der andere hat versucht, es ihm auszureden.«

Wilsons Blick streifte Mike kurz, dann wandte er sich Ricky zu. »Euer Dad hat euch für die nächsten zwanzig Wochen mir übergeben und mir die Vollmacht erteilt, jedes Mittel einzusetzen, um eure Erziehung voranzubringen. Strafen sind ausdrücklich erlaubt und es steht in meiner Macht, sie einzusetzen, wie ich es für richtig halte.«

Er schaute zwischen Ricky und Mike hin und her.

»Ihr seid hier, weil ihr Drogen nehmt, euch undiszipliniert und aufsässig zeigt. Noch dazu habt ihr euch einer Verhaftung widersetzt und wurdet auf richterliche Anordnung zu mir geschickt. Ihr habt euer Leben nicht im Griff und daher trage ich ab sofort die Verantwortung für euch.« Seine Stimme wurde noch härter. »Es gibt hier Regeln. Einfache Regeln. Tut, was man von euch verlangt, wann man es von euch verlangt. Fügt euch ein und macht keine Schwierigkeiten, dann geht die Zeit hier rasch vorbei. Habt ihr das verstanden?«

Mike überlegte, ob er etwas dazu sagen, sich und seinen Bruder verteidigen sollte. Außerdem war da noch das brutale Verhalten der beiden Betreuer gegenüber Ricky, aber Mike spürte, dass dies kein guter Zeitpunkt war, es anzusprechen. Sein Protest würde nur als Widerstand gedeutet werden. Besser war es, gute Miene zum bösen Spiel zu machen und erst einmal abzuwarten, bis sich alles ein wenig beruhigt hatte. Stumm nickte er.

Neben ihm starrte sein Bruder verbissen in die Luft.

»Was ist mit dir?«, fragte ihn Wilson.

Ricky presste die Lippen aufeinander.

»Nun gut«, meinte der Direktor. »Mike, du gehst mit Mr Brown zum Schlafsaal. Ricky verbringt die Nacht im Isolationsraum.«

Plötzlich kam Leben in Ricky. Sein Kopf ruckte hin und her. Wild riss er die Augen auf.

»Ich will nach Hause!«, schrie er. »Sie können mich nicht hierbehalten.«

»Oh doch, ich kann«, sagte Wilson ruhig und gab Salisbury ein Zeichen, der Ricky an den gefesselten Handgelenken packte und nach draußen schleppte.

Mike versuchte, sich umzudrehen, aber Brown hielt ihn fest.

»Du bleibst hier, Junge«, befahl Wilson. »Beweg dich nicht vom Fleck.«

Mike wusste nicht, was er tun sollte. Vor der Tür erklangen Rickys Schreie und automatisch rührte sich sein Beschützerinstinkt.

Wilson sah es. »Du kannst ihm nicht helfen, sondern machst alles nur schlimmer, wenn du dich jetzt nicht fügst. Schlimmer für dich und schlimmer für ihn.«

»Sir, ich möchte meinen Bruder begleiten«, sagte Mike.

»Das bestimme ich und ich habe anders entschieden.«

»Aber wenn ich ...«

Wilsons eiskalter Blick ließ ihn verstummen.

»Mr Brown, bringen Sie ihn in den Schlafsaal.«

»Aus den Betten und draußen antreten!«, brüllte der Betreuer.

Mike schreckte aus dem Schlaf hoch. Orientierungslos richtete er sich auf und blickte sich um. Um ihn herum waren Jungs in seinem Alter und etwas jünger damit beschäftigt, sich hastig anzukleiden. Mindestens zwanzig von ihnen schlüpften nun in ihre Sportsachen und zogen Turnschuhe an.

Brown hatte Mike auf dem Weg zu den Unterkünften in kurzen Sätzen die Regeln des Camps erklärt. Auf ihn wartete täglich ein straffes Programm, beginnend morgens um sechs Uhr mit einem Zehnmeilenlauf noch vor dem Frühstück. Danach stand Unterricht auf dem Programm, bei dem es sich nicht um die normalen Schulfächer handelte. Statt Biologie und Mathematik würde man sie in Ethik und Sozialverhalten unterrichten. Anschließend gab es eine Stunde Mittagspause, danach Gruppen- und Einzelsitzungen mit Therapeuten. Vor dem Abendessen würden sie erneut Sport treiben, danach hatten sie zwei Stunden zur freien Verfügung.

Es gab einen Freizeitraum mit Tischfußball, Billard und einer Tischtennisplatte, dazu eine Bibliothek und einen Leseraum.

Fernseher oder Computer suchte man vergeblich. Die Handys hatte man ihnen nicht wiedergegeben, sodass sie vollkommen von der Außenwelt abgeschnitten waren.

Mike hatte in der Nacht kaum geschlafen. Unruhig und voller Sorge hatte er sich auf dem metallenen Militärbett mit flacher Matratze herumgewälzt. Nun stand er vor seinem Spind und überlegte verzweifelt, wohin er seine Sportsachen gepackt hatte.

Plötzlich stand jemand neben ihm. »Ich bin John, der Saalälteste, und für alles verantwortlich, wenn kein Betreuer anwesend ist. Ich habe mitbekommen, wie Brown dich letzte Nacht hergebracht hat. Zieh dich an. Wir müssen in fünf Minuten antreten oder es gibt Ärger.«

»Ich finde meine Sportsachen nicht.«

»Mach hin.«

»Verflucht, ich hab dir ...«

Plötzlich erklang die Stimme eines Betreuers vom Saaleingang. Wie Donner rollten die Worte durch den Raum. »Was ist hier los?«

John zuckte zusammen. Mike sah, dass er versuchte, irgendwie Haltung anzunehmen. Es sah kläglich aus.

»Es gibt Schwierigkeiten mit dem Neuen, Sir«, sagte er.

Der Mann, der sie vor wenigen Minuten aus den Betten gescheucht hatte, kam auf sie zu. Er war so groß wie Mike und trug einen schwarzen Trainingsanzug. Blasse blaue Augen starrten ihn an.

»Warum hast du deine Sportsachen nicht an?«, fragte er gefährlich leise.

Mikes Ärger war verflogen. Er spürte, wie ihm ein Schauer über den Rücken lief. Der Typ verstand keinen Spaß, das war ihm sofort klar.

»Sir, ich ...« Er deutete hilflos auf seinen Spind, in den er letzte Nacht alles einfach hineingestopft hatte.

»Er sagt, dass er seine Sachen nicht findet, Sir«, erklärte John für ihn.

Der Mann lächelte bösartig. »Bei dem Saustall wundert mich das nicht.«

Mit beiden Händen fasste er in den Spind und riss die Klamotten heraus. Achtlos warf er alles auf den Boden.

»Da sind sie ja«, knurrte er gehässig. »Ich gebe dir zwei Minuten Zeit, dann stehst du draußen vor der Tür oder gnade dir Gott.«

Ohne ein weiteres Wort drehte er sich um und ging davon. Mike stand da wie erstarrt.

John stieß ihn in die Seite. »Los jetzt.«

So schnell es ging, schlüpfte Mike in seine Sachen, dann rannten sie nach draußen.

Vor dem Schlafsaal befanden sich die Parkplätze des Camps. Die Sonne erschien gerade hinter den hohen Fichten und ihre warmen Strahlen ließen den feuchten Asphalt dampfen. In der Nacht hatte es geregnet und so sah es aus, als führten unsichtbare Geister einen Schleiertanz auf.

Obwohl es nicht wirklich kalt war, fror Mike in seinen Shorts und dem kurzen T-Shirt. Den anderen Jungs schien es genauso zu ergehen, denn alle traten auf der Stelle, um sich warm zu halten. Kleine Atemwolken stiegen von den Mündern auf, Hände rieben Arme und Beine. Nach und nach bildeten sie geordnete Reihen.

Überraschenderweise waren nicht nur Jungs auf dem Platz. In zehn Meter Entfernung verließen etwa zwanzig Mädchen ebenfalls ihren Schlafsaal und machten sich für den Morgenlauf bereit. Eine Betreuerin mit blondem Pferdeschwanz, klein und drahtig, stellte sich vor ihnen auf und wurde von der Gruppe mit einem lauten »Guten Morgen, Ma'am« begrüßt.

Mike wandte sich an John, der neben ihm stand. »Hier gibt es auch Mädchen? Ich dachte, das wäre ein Camp nur für Jungen.«

John sah ihn verwundert an. »Wie kommst du denn auf die Idee?«

»Weiß nicht. Einfach so. Als ich gestern Nacht ankam, habe ich niemanden gesehen und der Campleiter hat nichts davon erzählt.«

»Na, nun siehst du es ja.«

»Machen wir auch was mit denen gemeinsam oder läuft das hier getrennt ab?«

»Beim Morgensport teilen sie uns in zwei Gruppen ein, ansonsten sind wir ständig zusammen. Beim Essen und in der Freizeit sowieso, aber auch im Unterricht und bei der Therapie.« John grinste ihn an. »Aber mach dir keine Hoffnung, bei allem sind Betreuer dabei und passen auf, dass sich niemand absondert und etwas tut, was unseren Eltern gar nicht gefallen würde.«

»Was meinst du?«

»Na, stell dir mal vor, eines der Mädchen würde schwanger, da wäre die Hölle los. Das Camp könnte zumachen. Auch wenn es hier einigermaßen gemäßigt zugeht, wir sind nicht zum Spaß hier, sondern um etwas zu lernen und an unserer Persönlichkeit zu arbeiten.«

»In sechs Monaten sind wir hier raus.«

»Wer ist ›wir‹?«, wollte John wissen.

»Mein Bruder Ricky und ich. Ihn haben sie auch hierhergeschickt, aber er hat auf der Fahrt ins Camp versucht abzuhauen. Jetzt haben sie ihn in den Isolationsraum geschickt.«

»Scheiße.«

Mike zuckte zusammen. Das klang nicht gut. Bisher hatte er sich vorgestellt, dass sein Bruder in eine Art Einzelzimmer gebracht worden war, wo er über sein Verhalten nachdenken sollte. Johns Reaktion zeigte ihm, dass es nicht so harmlos war.

»Kannst du mir was dazu sagen?«

»Das ist die Hölle.«

»Was meinst du?«

»Sag ich dir später. Besser, wenn uns keiner der Betreuer hört.«

Mike spürte, dass er so nicht weiterkam. John würde ihm nicht mehr erzählen. Trotzdem war es wichtig, das Gespräch am Laufen zu halten. Der andere wusste, wie es hier im Camp ablief, und er brauchte Informationen, vielleicht sogar einen Freund, um Ricky helfen zu können.

»Was hat dich hierhergebracht?«, fragte er.

»Stress mit meinen Eltern.«

»Wie lange bist du schon da?«

»Sechs Monate. Ich bin im Winter hergekommen. Glaub mir, da war es eiskalt und bei den Morgenläufen sind wir oft durch kniehohen Schnee gewatet.« John nickte in Richtung eines großen, bulligen Jungen mit wirren roten Haaren. »Das ist Steve, der ist schon über ein Jahr hier. Fällt immer wieder auf. Widersetzt sich den Betreuern. Jedes Mal, wenn er kurz davorsteht, hier rauszukommen, gibt die Campleitung seinen Eltern den Rat, ihn noch hierzulassen. So verlängert sich sein Aufenthalt jeweils um drei Monate. Seine Familie hat ihn hier regelrecht geparkt, weil er zu Hause auch nur Schwierigkeiten macht. Dabei ist das Camp scheißteuer.«

»Sie müssen Geld dafür bezahlen?«

»Ja, so ist das bei den meisten von uns. Ein dreimonatiger Aufenthalt kostet um die sechstausend Dollar. Steve scheint nicht aus einer reichen Familie zu kommen, aber vielleicht erhalten seine Eltern Unterstützung von irgendeiner Stiftung. Du bist ein Staatlicher?«

»Was meinst du?«

»Der Staat hat dich hierhergeschickt, richtig?«

»Ja.«

»Dann trägt er die Hälfte der Kosten, die andere Hälfte müssen deine Eltern aufbringen.«

Das überraschte Mike. Sein Vater musste also für Ricky und ihn eine Menge Geld bezahlen.

Dadurch wird seine Meinung uns gegenüber auch nicht gerade besser, und wenn er jetzt noch mitbekommt, dass Ricky Schwierigkeiten macht ...

Seine Gedanken wurden von Salisbury unterbrochen, der sich vor die Gruppe stellte. Auch er trug Sportkleidung.

»Guten Morgen«, rief er den Jungs zu.

»Guten Morgen, Sir«, antworteten alle wie aus einem Mund.

»Mr Hancock ist beim Direktor, daher übernehme ich den Morgenlauf. Ist das für euch in Ordnung?«

»Ja, Sir!«, kam die Antwort.

Salisbury grinste. »Hatte ich auch nicht anders erwartet.«

Er nickte in Richtung der Mädchen. »Ausnahmsweise laufen wir heute gemeinsam. Also reißt euch zusammen und macht mir vor den Mädchen keine Schande. Wer zurückfällt oder den Lauf abbricht, hat die nächsten zwei Wochen Dienst im Waschraum.«

»Er meint die Scheißhäuser«, raunte John. »Das will keiner, also halt dich ran.«

Mike war ihm für den Tipp dankbar, auch wenn er bei einem Zehnmeilenlauf keine Probleme erwartete. In der Highschool war er Cornerback im Footballteam und Ausdauerläufe standen ständig auf dem Trainingsplan.

Wieder dachte er an Ricky. Innerlich betete er dafür, dass sein Bruder keinen weiteren Mist baute und ihn der Campleiter davon überzeugen konnte, sich in sein Schicksal zu fügen. Vielleicht konnten sie die Sache hier einigermaßen glimpflich hinter sich bringen.

Salisbury blies in seine Trillerpfeife und die ganze Gruppe setzte sich in Bewegung. Als sie an den Mädchen vorbeikamen, scherten die hinter ihnen ein. So ging es an den Gebäuden vorbei zum Camptor hinaus. Vor ihnen erstreckte sich ein leichter Hügel, dahinter begann der Wald.

Mike fiel in einen gleichmäßigen Rhythmus und achtete auf seine Atmung. Der Hügel stellte kein Problem dar und kurz darauf bogen sie auf einen Waldweg ab.

Die nächsten zwei Meilen liefen sie noch geordnet zwischen den hohen dunklen Fichten entlang, dann begannen sich die beiden Gruppen aufzulösen und zu vermischen.

John trabte neben ihm, hinter ihnen war ein Mädchen mit braunen Haaren und Augen aufgetaucht. Sie hielt das Tempo gut mit, schnaufte aber schwer.

Untrainiert, dachte Mike.

»Ist es erlaubt, gemeinsam zu laufen?«, wandte er sich an John.

Der Junge wischte mit dem Arm über seine Stirn. »Salisbury und Miss Winter, die Betreuerin der Mädchen, haben was miteinander laufen, da achtet er nicht so darauf, solange wir nicht laut reden, stehen bleiben oder uns zu weit von der Gruppe entfernen.«

»Und du bist dir mit den beiden sicher?«

»Ganz sicher. Die Betreuer wohnen etwas abseits von den Schlafsälen in kleinen Wohnhäusern. Jeder für sich, aber sie treiben es täglich miteinander.«

»Woher willst du das wissen?«

»Man kann sie hören. Miss Winter stöhnt manchmal so laut, dass man glauben könnte, Salisbury foltere sie zu Tode. Die Hälfte der Jungs schläft nicht wegen ihr.«

Ohne dass es Mike bemerkt hatte, hatte das Mädchen zu ihnen beiden aufgeschlossen.

»Was hast du gesagt?«, fragte sie John keuchend.

»Nichts, was dich interessieren müsste, Linda.«

»Du bist ein Arschloch, John.«

»Erzähl mir mal was anderes zur Abwechslung.«

»Wer ist das hier?«, fragte sie und deutete auf Mike.

»Frag ihn.«

»Mein Name ist Mike«, kam er ihr zuvor.

»Du bist neu hier.«

»Ja.«

»Hab schon von dir und deinem Bruder gehört. Ihr seid letzte Nacht angekommen und habt gleich Stress mit Wilson.«

Nachrichten brauchten hier nicht lang, um durch das Camp zu ziehen.

»Mein Bruder hat noch Eingewöhnungsprobleme, aber das wird schon«, meinte Mike.

»So nennst du das?« Sie lachte. »Ich hab gehört, er hat versucht abzuhauen und jetzt ist er im Isolationsraum. Wenn er Glück hat, bleibt es dabei. Sonst ...« Sie sprach nicht weiter, sondern blickte ihn nur vielsagend an.

Mike verlangsamte sein Tempo. Das Mädchen hatte das auf merkwürdige Weise gesagt. »Was meinst du?«

»Nicht stehen bleiben«, zischte John.

Mike lief wieder schneller, aber sein Blick blieb auf Linda gerichtet.

»Hab ich nur so gesagt«, behauptete Linda.

Mike bemerkte, wie sie und John sich einen Blick zuwarfen.

»Was ist los?«

»Nichts«, antwortete John. »Wir sollten mit dem Reden aufhören. Salisbury ist schon auf uns aufmerksam geworden. Er beobachtet uns.«

Was verheimlicht ihr mir?

Hinter ihm ertönte ein Warnpfiff. Mike konzentrierte sich wieder auf den Lauf. Er würde später nachhaken, was Linda gemeint hatte.

8.

Nach dem Lauf ging es zum Duschen. Mike hielt nach seinem Bruder Ausschau, aber der war noch nicht zurück. Das beunruhigende Gefühl in seinem Magen war stärker geworden. Während er sich das heiße Wasser über den Körper laufen ließ, dachte er darüber nach, was er als Nächstes tun sollte. Mike entschloss sich, einen der Betreuer nach Ricky zu fragen.

Er war so in Gedanken, dass ihm erst nach einer Weile auffiel, dass einer der anderen Jungs ihn anstarrte. Es war Steve, der große, rothaarige Typ, der immer Schwierigkeiten machte. Die Augen zu Schlitzen zusammengekniffen, beobachtete er ihn.

Was ist denn mit dem los?

Mike wandte sich ab, um den anderen nicht zu provozieren, aber auch danach spürte er dessen brennende Blicke in seinem Rücken. Mike beeilte sich mit dem Waschen und schlüpfte danach rasch in seine Klamotten.

In der Umkleidekabine herrschte jede Menge Trubel. Die Jungs lachten und alberten herum. Es wurde mit Handtüchern aufeinander geworfen. Alle wirkten ausgelassen. Mike begann, sich langsam zu entspannen. Plötzlich tauchte John neben ihm auf. Während er sich bewusst langsam trocken rieb, beugte er sich zu Mike.

»Steve glotzt dich die ganze Zeit an«, flüsterte er.

»Ja, ist mir aufgefallen. Was ist los mit dem Typ?«

»Das weiß hier keiner so richtig.«

»Ist er schwul?«

»Steve?« John schüttelte leicht den Kopf. »Nein, er spricht den ganzen Tag von Mädchen und wie viele er schon hatte, aber so recht glauben will ihm das keiner. Alle halten ihn für ein Großmaul. Allerdings ist er ein kräftiges Großmaul, daher sagt keiner etwas zu ihm.«

»Warum macht er das?«

»Vielleicht will er dich beeindrucken, gleich mal klarstellen, wer hier der Boss ist.«

»Und ist er das?«

»Hier gibt es keinen Anführer. Ich bin der Saalälteste, was Steve gewaltig stinkt. Den Titel hätte er gern, aber daraus ist natürlich nichts geworden, weil er ständig Probleme macht. Am Anfang hat er mich permanent provoziert, aber als ich mich nicht darauf eingelassen habe, hat er irgendwann aufgegeben. Nimm dich trotzdem vor ihm in Acht, bei Steve weiß man nie. Es gibt Gerüchte, dass er hier im Camp jemanden zusammengeschlagen hat, aber das war vor meiner Zeit, ich hab also keine Ahnung, ob da was dran ist. Mach dich jetzt fertig. Gleich geht's zum Frühstück, danach beginnt der Unterricht und fürs Zuspätkommen gibt es Strafen.«

»Was hat das Mädchen vorhin gemeint, als sie sagte: ›Wenn Ricky Glück hat‹?«

»Ach, die quatscht doch nur.«

»So klang das aber nicht.«

»Egal, lass uns jetzt nicht darüber reden.«

Als Mike nachhaken wollte, wandte sich John ab und ging zu einer Gruppe Jungs hinüber.

Als Kayla ausstieg, fühlte sie sich steif und ihr Nacken schmerzte. Neben dem Auto blieb sie stehen, streckte ihre Arme und ließ den Kopf rollen, erst dann blickte sie sich um.

Vor ihr lag ein weitläufiges Gelände mit flachen Gebäuden, hinter dem sich dunkler Wald erstreckte. Manche der Häuser waren größer als andere und Kayla vermutete, dass sich darin die Schlafsäle befanden.

Auf dem Weg hierher hatten ihr die beiden Betreuer erklärt, wie es im Camp ablief, sie selbst hatte kaum gesprochen. Die Regeln waren einfach: Tu, was man dir sagt, dann, wenn man es dir sagt, und mach keinen Ärger.

Kayla sorgte sich um Tom. Wie ging es ihm? War er noch auf der Intensivstation oder hatte man ihn bereits verlegt?

Wenn ich doch nur bei ihm sein könnte. Oder wenigstens mit ihm telefonieren dürfte.

Aber das würde nicht geschehen. Sie war von allen Informationen abgeschnitten und würde an diesem Ort die nächsten Wochen verbringen. Wenn sie hier rauskam, konnte Tom sonst wo sein. Oder tot.

Heißer Zorn wallte in ihr auf. Sie fluchte stumm und schimpfte über ihre Eltern, die ihr das antaten. Was sollte sie jetzt tun? Was *konnte* sie tun?

Ich will nicht in diesem Scheißcamp bleiben, aber wie komme ich hier weg?

Kayla presste die Lippen aufeinander, bis sie wehtaten. Sie

war so wütend, aber da war auch die Angst vor dem, was sie erwartete.

»Wir müssen dich anmelden. Der Direktor will dich begrüßen«, sagte die weibliche Betreuerin, die sich als Ms Kean vorgestellt hatte.

Der Name des Mannes neben ihr war Robertson. Er war ein schweigsamer Typ, hager mit verkniffenem Gesicht, der nur wenig sprach, und wenn er es tat, dann mit kratziger Stimme, als habe er zu viel geraucht in seinem Leben.

Kayla nickte und folgte den beiden zu einem Haus, das aussah wie der Empfang einer Ferienanlage. Es war im Blockhüttenstil erbaut mit groben Balken, einem Hirschgeweih über der Tür und Drehständern mit bunten Prospekten davor, die mit Sicherheit das Camp in den höchsten Tönen lobten.

Sie betraten einen Vorraum, der einer Hotellobby ähnelte. Eine Frau in mittleren Jahren saß hinter dem Tresen an einem Computer und blickte auf, als Kayla und die Betreuer hereinkamen.

»Hi, Sam. Hi, Lucy«, begrüßte sie Kaylas Begleiter. »Ihr könnt gleich rein.« Sie nickte in Richtung einer Holztür, die Kayla bisher nicht aufgefallen war.

Das Zimmer des Direktors wirkte sauber, aufgeräumt und machte einen warmen Eindruck. Der Schreibtisch, hinter dem ein Mann um die fünfzig mit schütterem Haar saß, war aus Naturholz, ebenso wie sämtliche Stühle im Raum. An den Wänden hingen Fotos von Angelausflügen und Fangerfolgen. Auf ihnen allen war der Mann zu sehen, stets hatte er ein Lächeln im Gesicht, so wie auch jetzt. Im Gegensatz zu den Fotos wirkte es allerdings professionell und einstudiert. Als Kayla vor ihm stehen blieb, stand er auf und reichte ihr die Hand.

»Ich bin Direktor Wilson. Du musst Kayla sein.« Er hob einen schmalen Ordner so hoch, dass Kayla ihren Namen darauf lesen konnte. »Wir erwarten dich bereits. Nimm Platz.«

Er deutete auf den Stuhl, der vor dem Schreibtisch stand. Die beiden Betreuer verließen den Raum.

Wilson setzte sich und schlug den Ordner auf. Kayla war sich sicher, dass er den Inhalt bereits kannte, aber so lief das Spiel nun mal.

»Deine Eltern schicken dich für sechs Monate zu uns. Sie hoffen, dass du deine Einstellung ihnen gegenüber änderst und den Umgang mit Personen einstellst, die nicht gut für dich sind.« Er blickte sie eindringlich an. »Nimmst du Drogen?«

»Nein, ich ...«

Er hob gebieterisch die Hand. »Bitte keine Erklärungen. Du kannst mit den Therapeuten darüber sprechen. Beantworte einfach meine Fragen. In Ordnung?«

Nichts war in Ordnung, dennoch nickte Kayla.

»Ms Kean und Mr Robertson haben dir erklärt, wie es hier läuft?«

»Ja.«

»Füg dich ein, nimm fleißig am Unterricht teil und sprich ausgiebig mit den Betreuern. Sechs Monate vergehen wie im Flug.«

Wenn er jetzt noch sagt, sieh das Ganze als Chance, dann kotze ich auf seinen Schreibtisch.

»Das ist eine Chance für dich, alles zu überdenken und wieder zu einer respektvollen Beziehung zu deinen Eltern zu finden. Sie lieben dich und wünschen dein Bestes.«

Kayla musste sich zusammenreißen, um die Augen nicht zu verdrehen. Als Wilson sich erhob, stand sie ebenfalls auf.

»Ms Kean wird dich zu den Unterkünften führen, dort kannst du dich einrichten. Nach dem Mittagessen steht eine Gruppensitzung auf dem Plan. Du kannst gehen.«

Wilson deutete zur Tür. Sein Lächeln war noch immer so falsch wie in dem Moment, als Kayla eingetreten war.

9.

Kayla stand vor einem Holzspind, der ihren Namen trug. Tränen stiegen in ihr auf, aber sie unterdrückte sie. Während sie ihre Sachen in Fächer einräumte, stand Ms Kean die ganze Zeit hinter ihr und verfolgte jede ihrer Bewegungen. Hin und wieder gab sie Kayla einen Tipp, wie sie den wenigen Platz im Spind am besten nutzte, aber ansonsten schwieg sie.

Als Kayla fertig war, zeigte ihr die Betreuerin ihr Bett. Es hatte ein Metallgestell und eine dünne Schaumstoffmatratze. Ms Kean reichte ihr Laken und Bettwäsche, damit sie das Bett beziehen konnte. Danach ging es zum Mittagessen.

Gemeinsam schritten sie über den Platz vor dem Gebäude und gingen auf einen Flachbau zu, aus dem gedämpfte Unterhaltungen und das Klappern von Geschirr drangen. Kayla trat ein und wurde von einer Flut von Eindrücken überwältigt. Der Raum war groß und bot zwei langen Tischreihen Platz, an denen auf beiden Seiten Stühle standen. Die meisten von ihnen waren mit Jungen und Mädchen in ihrem Alter belegt.

Rechts von ihr standen weitere Jugendliche vor der Essenausgabe an. Es roch nach Kartoffelbrei und Bratensoße. Hier drin war der Geräuschpegel wesentlich höher. Irgendwie schien jeder mit jedem zu quatschen. Hinzu kamen noch die Geräusche von klapperndem Besteck und quietschenden Stuhlbeinen auf Linoleum.

Kayla fühlte sich verloren im Angesicht so vieler fremder Menschen und hätte den Saal am liebsten verlassen, ohne etwas zu essen, aber Ms Kean forderte sie auf, sich ein Tablett zu nehmen und anzustellen.

Direkt vor ihr stand ein Junge mit verstrubbelten blonden Haaren, der Salat aus einer großen Schüssel auf seinen Teller schaufelte. Kayla nahm sich ebenfalls davon, dabei stieß sie ihn aus Versehen an.

»Entschuldigung«, sagte sie sofort.

Ohne aufzublicken, antwortete er: »Ist schon okay.«

Die Schlange rückte auf und eine dicke Köchin mit Kochmütze und verschwitztem Gesicht klatschte eine Portion Kartoffelbrei auf einen Teller, packte ein Stück weiches Fleisch darauf, das wie Rinderbraten aussah, und goss dunkle Soße darüber. Sie reichte die Portion dem Jungen vor ihr, dann kam Kayla an die Reihe. Als sie fertig war und sich umdrehte, war der Junge verschwunden. Sie schaute sich um, suchte nach einem freien Platz an einem der Tische und da entdeckte sie ihn wieder. Er saß mit hängenden Schultern vor seiner Mahlzeit und starrte auf das Essen.

Kayla ging zu ihm hinüber. »Ist hier frei?« Sie deutete auf den Stuhl ihm gegenüber.

Er verzog den Mund, als passe es ihm nicht, gestört zu werden, dann nickte er.

Kayla nahm Platz und begann zu essen. Während sie nach

und nach ihren Teller leerte, rührte er sein Essen kaum an, sondern stocherte nur darin herum.

»Schmeckt es dir nicht?«, fragte sie.

Er hob den Kopf und Kayla betrachtete ihn neugierig.

Er sieht verdammt gut aus, aber irgendetwas stimmt nicht mit ihm.

Kayla konnte seine Unruhe fast körperlich spüren. Seine Hände waren die ganze Zeit in Bewegung. Wenn sie nicht gerade das Essen von einer Seite des Tellers zur anderen schoben, trommelten die Fingerspitzen nervös auf den Tisch. Abwechselnd starrte er auf seinen Teller oder suchte den Saal nach jemandem ab, den er anscheinend erwartete.

»Hast du was gesagt?«, fragte er schließlich.

»Ja, ich fragte, ob dir das Essen nicht schmeckt.«

Kurz senkte er den Blick auf den Teller, dann schaute er wieder auf. »Keine Ahnung, hab nicht darüber nachgedacht.«

»Probier mal, ist gar nicht so übel.«

Seine Augenlider flatterten für einen Moment. »Keinen Hunger.«

»Wie lange bist du schon hier?«

Kayla sah, wie er sich streckte, erneut umsah, dann schaute er sie an. »Nimm's mir nicht übel, aber ich habe keine Lust auf Small Talk.«

»Okay«, sagte Kayla und dachte: Arschloch.

Das war ja ein prima Start in ihren Campaufenthalt. Gleich der erste Junge ließ sie eiskalt abblitzen. Kayla griff ihren Teller und erhob sich.

»Na dann, man sieht sich«, sagte sie, so cool sie konnte, aber er beachtete sie schon nicht mehr.

Wie es wohl Ricky ging? Der Unterricht war an Mike vorbeigezogen, ohne dass er irgendetwas vom Inhalt mitbekommen hatte. Während er noch darüber nachgegrübelt hatte, was er für ihn tun konnte, war dieses Mädchen aufgetaucht und hatte sich zu ihm an den Tisch gesetzt. Am Anfang war das ja ganz okay gewesen, denn so saß er nicht zu exponiert herum und fiel nicht gleich als Neuer auf, aber als sie dann versuchte, ein Gespräch mit ihm zu beginnen, war ihm das zu viel gewesen. Mike wusste nicht mehr, was er zu ihr gesagt hatte, aber sie war ziemlich zickig aufgesprungen und gegangen.

Nun war er wieder allein. Während die anderen Jugendlichen nach und nach ihre Mahlzeit beendeten, saß er immer noch vor seinem vollen Teller und dachte an Ricky. Der Saal leerte sich zusehends. Mike wusste, er musste sich beeilen, denn gleich stand eine Gruppensitzung auf dem Programm, was immer das bedeuten sollte. Entweder er aß jetzt etwas oder er würde bis zum Abend hungrig bleiben. Hastig schob er sich ein paar Löffel Kartoffelbrei in den Mund, aber das Zeug schmeckte pappig. Das Fleisch war auch nicht besser, trocken und faserig. Das Mädchen von vorhin hatte keine Ahnung von gutem Essen.

Angewidert schob er den Teller von sich und legte sein Besteck ab. Zeit für die Gruppensitzung.

10.

Mike saß mit sechs anderen in einem Halbkreis. John war da, Steve ebenso und noch vier andere Jungen, die er nicht kannte. Sie alle hatten sich um einen Mann namens Herhoven gesetzt, der sich ihm als Leiter der Gruppensitzungen vorgestellt hatte.

Obwohl Herhoven noch keine dreißig war, hatte er schon eine Glatze. Es war nicht erkennbar, ob es dafür einen medizinischen Grund gab oder ob er sich einfach nur den Schädel glatt rasiert hatte, in jedem Fall wirkte der Kopf überdimensional groß auf seinem dünnen Hals. Herhoven trug trotz der draußen herrschenden Hitze einen schwarzen Pulli und eine schwarze Stoffhose. Als er die riesige Nerdbrille auf seiner Nase zurechtschob und seine Beine übereinanderschlug, bemerkte Mike, dass seine Füße ohne Socken in Lederslippern steckten.

»Stell dich doch bitte kurz vor, Mike«, sagte der Therapeut.

Mist, er hatte Herhovens einleitende Worte verpasst und nun glotzten ihn alle an. Okay, er sollte etwas über sich sagen. Szenen dieser Art hatte er tausendmal in schlechten Sitcoms gesehen, aber es kostete ihn trotzdem alle Kraft, sich vom Stuhl zu erheben und sich den anderen zu präsentieren.

»Ich bin Mike«, sagte er lahm. Irgendwie hatte er plötzlich zu viele Hände und wusste nicht, wohin damit. Außerdem schien die Temperatur im Raum gerade um zehn Grad gestiegen zu sein.

»Hallo, Mike«, murmelte die Gruppe gelangweilt.

»Sag uns bitte, warum du hier bist«, forderte ihn Herhoven auf. »Es ist wichtig, dass wir unsere Taten anerkennen. Je früher das geschieht, desto schneller können wir die damit verbundene Schuld abtragen.«

Schuld? Sind wir hier in einer Kirche?

Zuerst wollte er aufbrausen und fragen, was der Blödsinn solle, aber dann überlegte er, dass er für den Moment schon genug Probleme hatte. Wenn er jetzt auch noch die Mitarbeit verweigerte, würde es weder seine noch Rickys Situation verbessern.

»Mein Bruder und ich sind mit dem Auto meines Dads herumgefahren. Wir waren zu schnell. Eine Streife hat uns angehalten.«

»Und dann?«, hakte Herhoven nach und nickte aufmunternd.

»Ricky hatte Gras geraucht und war nicht ganz bei sich ... er hat sich der Festnahme widersetzt.«

»Er ist tätlich geworden«, sagte Herhoven und zog eine dünne Mappe aus dem geöffneten Aktenkoffer neben seinem Stuhl. »Ich habe den Polizeibericht hier.«

»Das stimmt so nicht«, presste Mike zwischen zusammengebissenen Zähnen hervor. »Er hat den Cop nur weggestoßen.«

»Aha. Und das ist keine Tätlichkeit?«

»Nicht so richtig«, versuchte es Mike erneut.

Der Therapeut wandte sich an die anderen Jungs der Gruppe, aber die schauten alle ihre Füße an. »Was meint ihr?«

Niemand meldete sich.

»Steve?«

Der Rothaarige war der Einzige, der nicht zu Boden blickte, sondern Mike anstarrte. »Ich sage, er ist ein Idiot.«

»Bitte, Steve ... aber okay, erklär uns, warum du das denkst.«

Steve verzog den Mund. »Wenn man Scheiße baut, sollte man versuchen, sich dabei nicht erwischen zu lassen, und wenn sie einen doch irgendwann kriegen, spielt man ihr Spiel. Alles andere ist dämlich. Kinderkram.«

Mike schoss das Blut ins Gesicht. »Du warst nicht dabei«, zischte er.

Steve lehnte sich lässig auf seinem Stuhl zurück. Er wirkte vollkommen ruhig, von sich überzeugt. »Muss ich auch nicht. Ich kenne Arschlöcher wie dich und deinen Bruder. Vorstadtkids, die glauben, sich alles erlauben zu können, und dann nach Daddy rufen, wenn es mal schwierig wird.« Er grinste breit. »Hat diesmal aber nicht geklappt, so wie es aussieht. Nun hockt dein dämlicher Bruder im Isolationsraum und flennt sich die Augen aus dem Kopf.«

Wut kochte in Mike hoch. Er spürte, dass sich seine Fingernägel in seine Handfläche gruben. Am liebsten hätte er sich auf diesen aufgeblasenen Arsch geworfen und ihm gezeigt, was Vorstadtkids so draufhatten, aber er musste ruhig bleiben.

Sei cool. Lass dich nicht provozieren. Der Wichser will nur, dass du einen Fehler machst.

Er wandte sich an Herhoven. »Reicht das?«

»Ja, bitte setz dich wieder und du, Steve, solltest nicht so reden. Demnächst steht deine Beurteilung an, die *ich* schreiben werde, daher gebe ich dir den guten Rat, zügele dich oder du wirst noch sehr lange in diesem Camp sein.«

Zunächst sah es danach aus, als wolle Steve etwas erwidern, aber dann schien er sich zu besinnen und verschränkte die Arme vor der Brust. Den Rest der folgenden zwei Stunden sagte er kein Wort mehr, aber seine Blicke blieben die ganze Zeit auf Mike gerichtet.

Kayla hatte in ihrem Leben noch nie so geschwitzt. Auf ihrem Nachmittagsprogramm stand Sport, aber irgendwie erinnert das Ganze an Folter. In der prallen Sonne standen sie auf einem freien Platz, der nichts anderes war als eine gemähte Wiese, auf die jemand mit weißen Linien die Abgrenzungen eines Volleyballfeldes gemalt hatte. Ein Netz war aufgespannt.

Die Sache hatte mit Dehnungsübungen begonnen, war dann in ein leichtes Aufwärmprogramm übergegangen, das wiederum nahtlos zu einer Abfolge von Übungen führte, die Kayla an den Rand des Zusammenbruchs brachten. Liegestütze und Sit-ups in permanentem Wechsel, alles begleitet von den schrillen Pfiffen aus Ms Keans Trillerpfeife.

Die ersten zehn Liegestütze hatte sie noch geschafft, aber schon in der zweiten Runde ging das Elend los. Sie hatte einfach nicht die Kraft, ihre Arme durchzudrücken und in die richtige Position zu gehen, und fiel gleich wieder in sich zusammen, aber die Betreuerin brüllte sie an, sodass sie es wieder und wieder versuchte. Die Sit-ups waren auch nicht besser. Jedes Mal, wenn sie die Schultern vom Boden hob, brannten ihre Bauchmuskeln wie Feuer und sie bekam keine Luft mehr. Als wäre das nicht genug, hatte Ms Kean damit begonnen, sie zu verhöhnen.

»Zu viele Marshmallows gegessen? Zu viel Coke getrunken? Oder liegt's am Kiffen? Was ist los mit dir?« Sie baute sich vor Kayla auf. »Jeder hier ist fitter als du. Ist dir das nicht peinlich? Los, umdrehen, in den Liegestütz, und dann will ich etwas sehen. Zehnmal blitzsauber hoch und runter.«

Wieder stieß sie einen Pfiff mit dieser verdammten Pfeife aus. Der Ton schmerzte in Kaylas Ohren. Schwerfällig wälzte sie sich herum und versuchte, sich beim Kommando hochzudrücken, aber es ging einfach nicht. In ihr war keine Kraft mehr. Nichts!

»Ich kann nicht«, ächzte sie verzweifelt.

Kean tobte. Mit zusammengebissenen Zähnen schaffte Kayla immerhin zwei Liegestütze, dann sackte sie zu Boden. Keuchend blieb sie liegen.

»Aufstehen«, brüllte Kean. »Wir spielen Volleyball.«

Kayla kannte diese Frau erst seit heute Morgen, aber sie hasste sie jetzt schon, mehr als jeden anderen Menschen, dem sie jemals in ihrem Leben begegnet war. Mit zitternden Knien rappelte sie sich auf und blieb schwankend stehen. Ihr Gesicht glühte, der Schweiß lief in Strömen darüber, brannte in ihren Augen und ließ ihre Lippen nach Salz schmecken. Sie hatte unvorstellbaren Durst. Kayla wollte sich über die trockenen Lippen lecken, aber ihre Zunge klebte wie ein Stück alter Kaugummi am Gaumen.

Kean teilte inzwischen die Mannschaften ein. Es wurden drei Teams gebildet, zwei Mädchen zu Ersatzspielern erklärt. Leider war sie nicht dabei, sondern musste gleich aufs Feld.

Während des Spiels hatte Kayla Mühe, sich zu konzentrieren. Manchmal traf sie den Ball, oft aber nicht. Sie verloren die ersten beiden Spiele, dann hatten sie ein Spiel Pause, weil die beiden anderen Mannschaften gegeneinander antraten. Ihre Mitspielerinnen sprachen leise miteinander, um Kayla kümmerte sich niemand. Immerhin gab Ms Kean ihr eine Wasserflasche aus der Kühlbox.

Kayla trank mit hastigen Schlucken. Danach ging es ihr etwas besser und sie konnte sich in der nächsten Partie einigermaßen einbringen. Als sie zum ersten Mal am Netz hochstieg und einen Ball unhaltbar ins Feld der Gegnerinnen schmetterte, kamen ihre Mitspielerinnen zum Abklatschen. Selbst Ms Kean nickte anerkennend. Die neu gewonnene Kraft hielt aber nicht lange an und Kayla begann wieder, leichte Fehler zu machen, verpasste hier einen Ball oder stellte unsauber zu. Als das Spiel endlich zu Ende war, beugte sie sich nach vorn und atmete heftig ein und aus.

So schwach hatte sie sich in ihrem ganzen Leben noch nicht gefühlt.

Die Betreuerin schickte die Mädchen zum Duschen und Kayla taumelte den anderen hinterher. Als sie endlich den Schweiß des Tages abspülen konnte, zitterten ihre Knie so heftig, dass sie sich kaum auf den Beinen hielt. Die Dusche erfrischte sie zwar etwas, aber gleichzeitig wurde Kayla noch müder. Mit umgewickeltem Handtuch ging sie zu ihrem Bett und warf sich darauf. Sofort fielen ihre Augen zu.

Sie konnte noch keine zwei Minuten gedöst haben, als jemand sie an der Schulter berührte und sanft schüttelte. Kayla schlug die Augen auf. Vor ihr stand ein Mädchen mit braunen Augen und einem braunen Bob. Cherry? Sheryl? So genau wusste Kayla es nicht mehr. Sie war in ihrem Team gewesen und hatte ihr ab und zu ein zögerliches Lächeln geschenkt.

»Was ist?«

»Du darfst tagsüber nicht schlafen«, sagte das Mädchen.

»Was?«

»Steh besser auf.«

»Wir haben Pause bis zum Abendessen.«

»Ja, das schon, aber während des Tages zu schlafen, ist nicht erlaubt.«

»Was soll der Quatsch? Ich bin todmüde.«

»Ich mache die Regeln nicht. Wenn einer von den Betreuern reinkommt und dich auf dem Bett liegen sieht, gibt es Ärger.«

»Echt jetzt?«

Cherry oder Sheryl nickte eifrig.

»Mein Gott.« Kayla rappelte sich müde auf und ließ die Beine baumeln.

»Ich weiß, wie du dich fühlst.«

»Das glaube ich nicht.«

»Doch. Mir ging es am Anfang genauso.«

»Wie lange bist du schon hier?«

»Zwei Monate.«

»Und wie ist es?«

»Ganz okay, wenn man die Betreuer nicht nervt. Sie verlangen Disziplin und Aufmerksamkeit, also spielt man mit und hat seine Ruhe.«

»Wann kommst du hier raus?«

Das Mädchen strahlte. »In vier Wochen. Ms Kean meint, ich habe mich gut geführt.«

»So, hast du das«, murmelte Kayla mehr zu sich selbst. Dann wandte sie sich wieder an Sheryl. Zumindest glaubte sie, inzwischen zu wissen, dass die andere so hieß. »Was macht ihr, wenn Ms Kean nicht gerade damit beschäftigt ist, euch auf dem Sportplatz umzubringen?«

Sheryl kicherte. »Wir spielen Tischtennis oder Brettspiele, reden miteinander oder hängen einfach nur ab.«

»Aber nicht auf den Betten.« Kayla grinste müde.

»Richtig.«

»Was ist mit den Jungs?«

»Die bleiben meistens unter sich. Ab und zu gibt es gemeinsame Veranstaltungen. Wanderungen, Lagerfeuer, so 'n Zeug halt, aber die meiste Zeit sind wir getrennt.«

Kayla konnte das kaum glauben. »Und das funktioniert? Niemand schleicht nachts von einem Schlafsaal zum anderen?«

Nun schüttelte Sheryl wild den Kopf. »Das wäre verrückt. Wenn sie dich dabei erwischen, wanderst du schnurstracks ins Camp21.«

Was war das jetzt? Ein weiteres Camp? Hier in der Nähe? Kayla musste nicht nachfragen, Sheryl lieferte die Erklärung gleich hinterher.

»Dorthin kommen die harten Fälle. Es gibt nur Gerüchte, aber es soll dort extrem zugehen. Die Wächter kennen keinen Spaß …«

»Die haben Wächter?«, fuhr Kayla entsetzt dazwischen.

»Ja, aber es wird auch gemunkelt, es gäbe dort eine neue Methode, um die Leute unter Kontrolle zu halten. Ein technisches System, um Fluchtversuche zu verhindern.«

»Woher weißt du das alles?«

Sheryl zuckte mit den Schultern und wirkte dabei wie zwölf. »Hört man so.« Sie beugte sich geheimnistuerisch nach vorn.

»Heute hat es einen von den Jungs erwischt. Einen von den Neuen. Er kam an, machte Stress und, bingo, ab ins Camp21.«

Ein mulmiges Gefühl machte sich in Kayla breit. »Ist das wahr?«

Sheryl hob die rechte Hand. »Ich schwöre.«

Kayla versuchte, das Unbehagen abzuschütteln. »Wann gibt es Abendessen?«, fragte sie betont unbeschwert.

Sheryl sah auf ihre Armbanduhr. »Zwanzig Minuten.«

»Was, so früh schon?«

»Mit den Hühnern ins Bett und mit den Hühnern wieder raus aus den Federn. Um zehn Uhr ist hier Licht aus.«

Oh Gott, ich bin bei den Pfadfindern.

Plötzlich ertönte ein schriller Pfiff vom Eingang des Saales. Ms Kean stand in der Tür und brüllte: »Spindkontrolle.«

Alle sprangen auf, rannten zu der Wand, vor der die Spinde standen, und nahmen dort Aufstellung. Kayla schleppte sich hinüber, so schnell sie konnte.

Neben ihr stand Sheryl, die ihr leise zuraunte: »Gut, dass du nicht geschlafen hast.«

Und Kayla war ihr dankbar.

11.

Beim Abendessen hatte Mike kaum registriert, was er da aß. Er saß inmitten einer Gruppe quatschender Jungs, zu denen auch John gehörte, aber die Unterhaltung brandete über ihn hinweg und niemand sprach ihn an. Nach dem Essen waren die meisten hinüber in den Freizeitraum gegangen, ein weiteres flaches Gebäude in der Nähe des Eingangs zum Camp. Da er nicht wusste, was er sonst tun sollte, war ihnen Mike hinterhergetrottet.

Nun stand er an die Wand gelehnt da und beobachtete zwei Jungs, die Tischtennis spielten. Es gab noch einen Flipper, um den eine gemischte Gruppe herumstand, und ein Air-Hockey, an dem John mit einem Typen namens Bradley spielte. Der Rest der Jungs und Mädchen verteilte sich im Raum und unterhielt sich.

Wenn man es nicht besser wüsste, könnte man glauben, wir wären im Ferienlager.

Mike entdeckte das Mädchen, das sich beim Mittagessen zu ihm an den Tisch gesetzt hatte. Sie stand etwas abseits mit einer Cola in der Hand, die sie sich aus dem Getränkeautomaten neben ihr gezogen hatte. Er schaute zu ihr hinüber, aber sie beachtete ihn nicht, sondern verfolgte die Tischtennispartie. Vorhin war ihm gar nicht aufgefallen, wie gut sie aussah, aber jetzt wunderte er sich, dass die anderen Typen kein Interesse an ihr zeigten. Vielleicht war es hier einfach so, dass jeder sein eigenes Ding durchzog und versuchte zu vermeiden, die Aufmerksamkeit der Betreuer auf sich zu ziehen.

Sie sieht echt müde aus.

Wie schon den ganzen Tag wanderten seine Gedanken wieder zu Ricky und seinem Problem. Mike hatte sich vorgenommen, Ruhe zu bewahren. Von dem Betreuer hatte er nichts über Ricky erfahren, aber in zwei Tagen war Samstag, dann durfte er mit seinem Vater telefonieren. Er würde ihm von Rickys Situation berichten und ihn bitten, etwas zu unternehmen. Aber vielleicht war Ricky bis dahin ohnehin aus dem Isolationsraum zurück.

Mike war so in Gedanken versunken, dass er Steve erst bemerkte, als er schon vor ihm stand.

»Na, vermisst du deinen kleinen Bruder?«, säuselte er.

Mike blickte ihm in die Augen, die wie verdünntes Wasser aussahen. Ihm war klar, was hier ablief. Der Typ versuchte erneut, ihn zu provozieren, wollte, dass er einen Fehler machte, auf ihn losging. Dann hatte er einen Grund zuzuschlagen und konnte auf Notwehr machen. Steve war einen halben Kopf größer als er. Unter dem T-Shirt zeichneten sich zähe Muskeln ab, die Zeit im Camp hatte ihn hart gemacht. Der lauernde Blick des anderen glitt über sein Gesicht.

Mikes Gedanken waren von einer seltenen Klarheit. Er nahm Steve in allen Details wahr, aber auch den ganzen Raum. Die Tischtennispartie war unterbrochen, die Flipperkugel rollte nicht mehr, niemand sprach, alle starrten herüber. Mike war sich dessen bewusst, aber Steve hatte es in seinem perfiden Spiel noch nicht bemerkt. Das war seine Chance.

Mike nahm all seinen Mut zusammen und fragte deutlich hörbar: »Bist du schwul?«

Steve stutzte. Mit dieser Reaktion hatte er offenbar nicht gerechnet. »Hä?«, machte er und wirkte noch dämlicher als sonst.

»Ich fragte, ob du schwul bist.« Mike grinste ihn an. »Weil du mir dauernd hinterherläufst. Wenn du auf mich stehst, bring das nächste Mal Blumen mit.«

Für eine Sekunde herrschte Totenstille im Raum, dann brach schallendes Gelächter los. Steve drehte sich um. Die anderen brüllten regelrecht vor Vergnügen. In Steves Gesicht wechselten Scham und Wut ab, bis nur noch Wut übrig blieb. Grenzenlose Wut. Sie tobte in den blassblauen Augen.

Er wandte sich wieder Mike zu. »Dafür leg ich dich um«, zischte er leise, dann ging er davon.

Kayla fragte sich, was zwischen den beiden Jungs vorgefallen war. Warum provozierte dieser Typ vom Mittagessen den anderen und stellte ihn vor allen bloß? Der Junge war riesig und muskulös und er wirkte ziemlich fies. Jemandem, der eine solche Brutalität ausstrahlte wie er, ging man lieber aus dem Weg und ganz bestimmt machte man ihn nicht vor anderen lächerlich.

Sie beobachtete, wie der eine Junge den Raum verließ, während der andere sichtlich erleichtert ausatmete.

Kayla hatte kein Mitleid mit ihm. Der Typ sah gut aus, aber seine Unfreundlichkeit ihr gegenüber hatte sie nicht vergessen. Generell war es besser, hier im Camp keine Freundschaften zu schließen und jedem Ärger aus dem Weg zu gehen. Sie schnaubte. Für sechs lange Monate.

Kayla trank die Cola in einem Zug aus und warf die Dose in einen Mülleimer.

Willkommen in meinem Scheißleben.

Steve war gegangen. Mike wusste nicht genau, was er nun tun sollte. Eigentlich hatte er keine Lust, sich weiter von den anderen anstarren zu lassen, in deren Gesichtern er schon die Vorfreude auf die kommende Auseinandersetzung mit Steve entdeckte. Gleichzeitig wollte er auch noch nicht zurück in den Schlafsaal, denn genau dort würde er Steve begegnen, und solange der noch wütend war, schien es Mike besser, ihm aus dem Weg zu gehen.

Vielleicht beruhigte sich der Typ ja mit der Zeit und erkannte, dass er seinen Teil zur Situation beigetragen hatte. Wahrscheinlich war das aber nicht. In Menschen wie Steve loderte ein Feuer aus Wut über die Benachteiligung durch die Welt und irgendjemand musste den ganzen Frust abbekommen. Irgendjemand musste zerstört werden, weil es sie zerstörte.

Ich bin noch keinen Tag hier und schon ist alles schiefgelaufen. Ricky steckt in einer Zelle und ich habe Steve am Hals. Was kommt als Nächstes?

Es war John. Wieder einmal. Lässig schlenderte er herüber und stellte sich zu ihm.

»Coole Nummer. Aber war das klug?«

»Er hat mich provoziert«, verteidigte sich Mike, obwohl er längst wusste, dass John recht hatte.

»Trotzdem. Steve ist nicht der Typ, der so etwas vergisst.«

»Ich auch nicht«, sagte Mike und wünschte, er wäre so entspannt, wie er vorgab zu sein.

»Okay, du musst wissen, was du tust, aber pass ab jetzt auf dich auf. Achte darauf, nicht allein zum Duschen zu gehen, halte dich von dunklen Ecken fern und beim Waldlauf solltest du immer in der Nähe der Betreuer bleiben.«

Mike spürte, dass John es gut mit ihm meinte. Er ließ ein wenig seine Maske fallen. »Danke für den Tipp. Ich werde aufpassen. Vielleicht kriegt er sich ja auch wieder ein.«

»Mit Sicherheit nicht. Ich kenne ihn, seit ich hier bin. Vorher friert die Hölle ein, bevor Steve so etwas durchgehen lässt.«

Mike schluckte schwer und hoffte, dass es John nicht bemerkte.

»Okay, ich bin müde, war ein harter Tag. Ich hau mich hin.«

»Bis dann.«

Mike nickte ihm noch einmal zu, dann verließ er den Raum.

Er lag nackt in einem gekachelten Raum und rührte sich nicht. Hier drin gab es keine Möbel, keine Toilette, nichts zu trinken und nichts zu essen.

Der Boden unter ihm war kalt und hart. Man hatte ihm befohlen, sich auf den Bauch zu legen und nicht zu bewegen. Wie viele Stunden seitdem vergangen waren, wusste er nicht, denn hier drinnen gab es keine Fenster. Eine einzelne Glühbirne hing an einem Kabel von der Decke und warf ihr einsames Licht auf ihn und einen Aufpasser, dessen Namen er nicht kannte.

Der Mann beobachtete ihn. Bei der winzigsten Regung kam er zu ihm und schlug ihn mit einem groben, nassen Handtuch so fest auf den Rücken, dass er aufschrie. Der Ruck, der dann durch seinen Körper ging, zerrte an seinen gefesselten Armen und Beinen und verstärkte die Schmerzen noch.

Jeder Atemzug tat weh, aber noch war sein Widerstand nicht gebrochen. Während er auf dem Boden lag und leise vor sich hin weinte, sann er auf Rache.

12.

Der nächste Tag kam, ohne dass etwas passierte. Ricky war noch nicht aus dem Isolationsraum zurück. Sämtliche Fragen nach ihm prallten von Salisbury und Brown ab, als hätte er sie niemals gestellt. Immer hieß es nur, Ricky gehe es gut, aber davon war Mike keinesfalls überzeugt. Nur, was konnte er tun?

Nichts.

Er musste abwarten. Sie würden seinen Bruder nicht ewig darin festhalten. Im Augenblick hatte er zudem auch noch andere Probleme – sein neuer Feind. Mike wollte ihn lieber nicht aus den Augen lassen. Steve war zwar immer in der Nähe, starrte ihn an, aber immerhin unternahm er nichts, was Mike als Bedrohung deuten konnte. Während des morgendlichen Waldlaufs blieb er hinter ihm zurück und bei der Gruppensitzung sprach er unaufgefordert kein Wort. Am Unterricht nahm er sowieso nur dadurch teil, dass er herumlümmelte und den Tisch vollkritzelte.

Mike begann, sich ein wenig zu entspannen. Beim Laufen war ihm das Mädchen wieder aufgefallen. Kayla. John hatte ihren Namen herausgefunden, indem er Sheryl gefragt hatte, die als Einzige mit der Neuen sprach. Beim Morgenlauf war sie die Letzte in der Gruppe gewesen, hatte mit hochrotem Kopf geschnauft wie eine Dampfmaschine und musste von den Betreuern permanent aufgefordert werden weiterzulaufen.

Nach der Hälfte der Strecke hatte es so ausgesehen, als würde sie gleich zusammenbrechen, aber irgendwie hatte sie sich zurück ins Camp geschleppt. Dort angekommen konnte sie sich kaum aufrecht halten und wankte wie eine dünne Fichte im Wind.

Am Nachmittag tat sich endlich etwas. Salisbury fing ihn nach dem Mittagessen ab und sagte ihm, der Direktor wolle ihn sprechen. Nichts an seinen Worten war merkwürdig, aber Mike spürte sofort, dass etwas im Busch war. Beunruhigt ging er zum Haus der Campleitung hinüber.

Mike wollte gerade die Stufen hinaufgehen, als die Tür geöffnet wurde und der Direktor heraustrat. Sein Blick fiel auf Mike.

»Es gab weitere Schwierigkeiten mit Ricky. Er hat einen Betreuer angegriffen und verletzt«, sagte er ohne Vorwarnung.

Es war wie ein Schlag ins Gesicht. Irgendwie hatte Mike gehofft, alles würde gut werden, nun zerflogen seine Hoffnungen zu Staub.

»Was ist passiert?«, fragte er. »Was haben Sie mit Ricky gemacht?«

»Ricky sollte zur Besinnung kommen. Wir haben ihm Zeit gegeben, über alles nachzudenken, aber das hat nichts geholfen. Er hat vorgetäuscht, ohnmächtig zu sein. Mr Carlsen wollte sich um ihn kümmern, aber Ricky hat ihn angegriffen.«

»Ist …?«

»Inzwischen geht es Mr Carlsen wieder gut, aber er musste ins Krankenhaus gebracht werden.«

»Was ist mit Ricky? Kann ich ihn sprechen? Ich könnte ihn zur Vernunft bringen, wenn Sie ...«

»Dein Bruder ist nicht mehr hier.«

Mike hatte das Gefühl, der Boden werde unter ihm weggezogen. Er brauchte einen Moment, um die nächste Frage herauszubringen. »Wo ist er?«

»Oh.« Wilson legte seine Stirn in Falten und machte ein trauriges Gesicht. »Ricky wurde in ein anderes Camp verlegt.«

»Wie ... ich verstehe nicht.«

»Ich musste einsehen, dass Black Hill der falsche Ort für ihn ist. Ricky braucht die bestmögliche Hilfe, die man Jugendlichen in seiner Situation bieten kann. Fachleute, die im Umgang mit schwierigen Fällen geschult sind. Daher habe ich ihn ins Camp21 geschickt.«

Mike bekam keine Luft mehr, sein Hals war wie zugeschnürt. Er musste etwas sagen, seinem Protest Ausdruck verleihen, aber irgendwie wollten die Worte seinen Mund nicht verlassen.

»Junge, reg dich nicht auf. Alles wird gut«, meinte Wilson. »Ricky wird dort wieder zu sich selbst finden.«

Endlich konnte Mike wieder atmen. Er stieß die Luft aus. »Kann ich auch dorthin?«

»Nein.« Wilsons Gesicht hatte einen harten Ausdruck angenommen. »Das wäre nicht gut. Nicht für dich und nicht für Ricky. Er muss endlich lernen, mit allem allein klarzukommen. So wie ich das sehe, hat er sich viel zu lange auf dich und deinen Vater verlassen. Ricky muss jetzt erwachsen werden und das ist niemals ganz einfach.«

Die Worte dröhnten sinnentleert in Mikes Ohren. In seinem Kopf war nur ein Gedanke.

Ich muss etwas tun. Sofort.

Er fasste all seinen Mut zusammen. »Sir, darf ich mit meinem Dad telefonieren? Ihm sagen, dass Ricky in ein anderes Camp verlegt wurde?«

Wilsons Miene blieb unbewegt. »Dein Vater wurde von dem Vorfall und den daraus resultierenden Konsequenzen unterrichtet.«

Was?, schrie es in Mike. Er weiß es?

Aber klar, natürlich wusste er es, so etwas konnte ja nicht ohne seine Zustimmung geschehen.

»Was hat er gesagt?« Er musste schlucken.

»Er war mit unseren Maßnahmen einverstanden.«

»Kann ich mit ihm sprechen?«

»Nein.«

»Aber ...«

»Ich sagte Nein!«

»Sir ...«

Wilson ließ ihn nicht zu Wort kommen. »Du gehst jetzt zu deiner Gruppensitzung. Es ist alles gesagt.«

»Aber ...«

Wilson wandte sich ab und ging davon.

Die Sonne brannte vom Himmel, als Mike niedergeschlagen über den Vorplatz ging.

Was konnte er jetzt tun?

Er war wütend. Wütend auf seinen Vater. Sein Dad wusste, was mit Ricky passiert war, und unternahm nichts. Diesmal wollte er die Sache also durchziehen, seinen Söhnen zeigen, dass noch immer er die Autorität in ihrem Leben war und dass es ihm nicht gefiel, wenn man sich sein Auto ungefragt auslieh und kiffend durch die Gegend fuhr.

Verdammt, Dad, hättest du mehr Zeit für uns gehabt, wäre es nie so weit gekommen. Seit Moms Tod vergräbst du dich in deiner Arbeit. Du hast deine Frau verloren, aber wir dazu noch unseren Vater.

Mike dachte an die Zeit zurück, als sie noch eine Familie gewesen waren. Vor Moms Tod. Unbeschwert. Sorglos. Glückliche Tage, die nie zu enden schienen, und dann war es doch plötzlich vorbei gewesen.

Ein einziges Wort hatte ihr Glück zerstört. Krebs. Bei einer Routineuntersuchung entdeckt, im fortgeschrittenen Stadium. Unheilbar. Danach folgten zwei Jahre Leiden. Schließlich war sie gestorben.

Sein Dad arbeitete nun von frühmorgens bis spätabends. An manchen Tagen kam er gar nicht nach Hause, sondern übernachtete im Büro. Er sagte, er müsse mehr leisten, weil Moms Krankheit die Familie in Schulden gestürzt habe, und wenn sie das Haus nicht verlieren wollten, müsse er tun, was er konnte.

Ricky hatte angefangen, Gras zu rauchen. Sich in der Schule zu prügeln. Und er war aufsässig gegenüber den Lehrern geworden. Alle hatten sich das Ganze eine Weile angeschaut, versucht, Verständnis für den Jungen zu zeigen, der seine Mutter verloren hatte, aber irgendwie ging den Leuten mit der Zeit das Mitleid aus und so reagierten sie auf Rickys stumme Hilfeschreie bald nur noch mit Härte.

Ständig gab es Klagen über ihn. Sein Dad musste sich jedes Mal Beschwerden der Schulleitung anhören, wenn Ricky wieder Mist gebaut hatte. Nicht mehr lange und er wäre von der Highschool geflogen.

Und nun war Ricky in größeren Schwierigkeiten als jemals zuvor. Er musste etwas unternehmen!

Plötzlich blieb Mike stehen. Er wusste, was zu tun war.

Es gab nur eine Möglichkeit.

Er musste ins Camp21.

Er musste erreichen, dass man ihn dorthin verlegte.

Mike biss die Zähne zusammen. Er brauchte einen Plan.

Kayla stand im Schatten einer hohen Eiche und dachte an Tom, als sie den Jungen entdeckte, an dessen Tisch sie sich am ersten Tag gesetzt hatte. Mit eiligen Schritten hastete er an ihr vorbei, ohne sie wahrzunehmen, und verschwand in Richtung Campleitung. Wenig später kam er mit hängenden Schultern zurück.

Was war passiert? Hatte er Neuigkeiten von seinem Bruder bekommen? Kayla hatte die Geschichte gehört, sein Bruder war kurz nach seiner Ankunft in den Isolationsraum gewandert, aber so schlimm konnte es nicht sein, für ein paar Stunden allein eingesperrt zu sein. Oder war das der Neue, von dem Sheryl gesprochen hatte, der ins Camp21 verlegt worden war?

Ein Schauer lief ihr über den Rücken. Sheryl hatte von »neuen Methoden« gesprochen, die Jugendlichen dort unter Kontrolle zu halten. Andere Methoden, als die Leute bis zur Erschöpfung Sport treiben zu lassen und sie mit stundenlangen Therapiesitzungen zu quälen? Kayla wollte sich gar nicht vorstellen, was für Härtefälle dorthin kamen, wenn der raue Ton, der hier in Black Hill herrschte, keine Wirkung zeigte.

Der Junge schritt über den Platz, machte an seinem Ende kehrt und marschierte wieder zurück. So ging das eine ganze Weile, ohne dass sich Kayla erklären konnte, was er da tat. Fast sah es so aus, als suche er etwas, doch dann blieb er abrupt stehen.

Was ist mit ihm los?

Wie er da in der prallen Sonne stand und auf den Asphalt glotzte, wirkte er verwirrt.

Plötzlich ging ein Ruck durch seinen Körper. Er hob den Blick und sah sie an, aber gleichzeitig schien er sie gar nicht wahrzunehmen, denn er zeigte keinerlei Reaktion darauf, dass sie ihn beobachtete.

Kayla fühlte sich unwohl unter seinem abwesenden Blick und wandte sich um. Als sie zurück zur Unterkunft ging, hatte sie das Gefühl, dass irgendetwas in der Luft lag. Wie bei einem heraufziehenden Gewitter konnte man die Spannung in der Luft spüren, wenn es knisterte und die Haut kribbelte. Wenn sich die feinen Härchen an den Armen aufrichteten, dann wusste man, Blitz und Donner waren nicht mehr fern, mochte der Himmel im Augenblick auch strahlend blau und wolkenlos erscheinen. Genau diese Empfindung hatte sie im Augenblick.

Etwas war im Kommen.

Und es war nichts Gutes.

13.

Eine Woche war vergangen. Sosehr sich Mike auch bemüht hatte, seinen Plan umzusetzen, es hatte sich bisher keine Gelegenheit dafür ergeben. Sieben Tage lang hatte er wie in Trance alles über sich ergehen lassen, die Waldläufe, den Unterricht und die Gruppensitzungen. Wenn er etwas gegessen hatte, dann ohne zu schmecken oder überhaupt zu registrieren, was da auf seinem Teller lag. Von den anderen Jungs hatte er sich ferngehalten. Er wollte mit niemandem sprechen und man ließ ihn in Ruhe. Inzwischen hatte sogar John aufgegeben, mit ihm reden zu wollen.

Mike spürte die Blicke der anderen, wenn er mit ihnen lief oder abseits beim Essen saß, aber das war ihm egal. Es gab nur noch zwei Dinge, die wichtig waren, Ricky und sein Plan.

Als die Zeit für das Abendessen gekommen war und die Metallglocke geschlagen wurde, erhob sich Mike und legte das Buch beiseite. Er holte tief Luft und machte sich auf den Weg zum Speisesaal.

Heute musste es einfach klappen. Er hielt nach Steve Ausschau und zum ersten Mal seit Tagen hatte er Glück, denn der rothaarige Junge tauchte wie aus dem Nichts vor ihm auf, ohne sich umzudrehen.

Es lief so perfekt, dass Mike direkt hinter ihm in der Schlange vor der Essensausgabe stand. Steve hatte ihn nicht bemerkt, sondern schaute die Reihe entlang auf die Warmhalteplatten. An der Position direkt vor ihm befand sich das neue Mädchen. Kayla. Mike seufzte stumm. Besser hätte es nicht kommen können. Für sein Vorhaben war es wichtig, dass kein Junge, schon gar keiner von Steves Kumpeln, vor ihm stand, das hätte alles viel schwieriger gemacht. So war es perfekt.

Kayla war so erledigt, dass sie sich aufs Stehen konzentrieren musste, um nicht zu wanken. Die Sporteinheit heute Nachmittag war brutaler gewesen als jede zuvor und bei der Gruppensitzung hatte der Therapeut sie vor allen anderen provoziert, bis sie vor Wut gezittert hatte. Wenn sie daran dachte, dass dieses Grauen noch Monate weitergehen sollte, drehte sich ihr der Magen um. Sie wollte nur noch essen und dann schlafen.

Jemand stupste sie in den Rücken. Gott, diese Idioten, nicht mal bei der Essensausgabe konnten sie sich zivilisiert benehmen. Sie spürte den Atem des Typen in ihrem Nacken und bekam eine Gänsehaut. Der Junge drängte sich viel zu dicht an sie heran und stieß sie bei jedem Schritt mit seinem Tablett an. Nachdem das zum dritten Mal passiert war, drehte sie sich um.

»Kannst du dich mal zurückhalten? Durch dein Drängeln geht es auch nicht schneller«, fuhr sie ihn an.

Der rothaarige Kerl grinste nur dämlich und so blieb ihr nichts anderes übrig, als sich wieder nach vorn zu drehen.

Mit kleinen Schritten ging es voran. Wieder stupste sie der Typ mit seinem Tablett an.

Einmal.

Zweimal.

Dreimal.

Kayla kochte innerlich. Sie fuhr herum. »Was soll das?«

Er verzog verächtlich den Mund. »Halt 's Maul, geh weiter.«

»Sag mal, spinnst du? Du blöder Arsch rempelst mich die ganze Zeit an.«

»Was hast du gesagt?«, zischte Steve. »Wie hast du mich genannt?«

»Bist du taub?«

»Sag das noch mal!«

»Arschloch.«

Der Moment war da. Das Mädchen hatte sich zu Steve umgedreht und sagte etwas zu ihm, was Mike nicht verstehen konnte, aber ganz offensichtlich war sie richtig angepisst.

Jetzt oder nie!

Mike stieß Steve fest in den Rücken, sodass dieser nach vorn stolperte und Kayla anrempelte. Bei dem Versuch, das Gleichgewicht zu halten, ließ er sein Tablett fallen, das scheppernd auf den Boden klapperte. Steve hing nun auf Kayla drauf, die unter seinem Gewicht wankte und dann in die Knie ging.

Dann fing er sich und wirbelte herum. Seine Augen richteten sich hasserfüllt auf Mike. Ohne ein Wort zu verlieren, warf er sich auf ihn und schlug zu.

Mike konnte dem unkontrollierten Schwinger ausweichen und rammte seine Faust in Steves Magen. Der Junge krümmte sich zusammen, schnellte dann aber mit dem ganzen Körper wieder hoch. Sein Kopf krachte gegen Mikes Kinn. Ober- und Unterkiefer klappten aufeinander und ein teuflischer Schmerz raste durch Mikes Zähne. Vor seinen Augen tanzten silberne Funken, aber es gelang ihm, einen weiteren Schlag anzubringen, der Steves Schädel streifte.

Der hatte nun endgültig wieder die Kontrolle über sein Gleichgewicht gewonnen und packte Mike mit beiden Armen in einer harten Umklammerung. Mike wurde hochgehoben. Die Luft entwich pfeifend aus seinen Lungen, während Steve immer fester zudrückte.

Mikes Kopf schnellte nach vorn und hart prallte Stirn gegen Stirn, aber der andere ließ ihn nicht los, stattdessen gingen sie beide zu Boden. Steve lag unter ihm, aber hielt ihn noch immer fest umklammerte. Gegen jede Erwartung nahm der Druck sogar noch zu.

»Ich bring dich um!«, brüllte Steve in sein Ohr und so langsam hatte Mike das Gefühl, dass es ihm gelingen konnte, denn er bekam kaum noch Luft.

Als er schon dachte, es sei aus mit ihm, hörte er eine Trillerpfeife schrillen. Kurz darauf waren da Hände und Arme, die ihn und Steve trennten.

Salisbury hatte ihn gepackt, während Brown versuchte, Steve unter Kontrolle zu bekommen. Zwischen ihnen rappelte sich Kayla auf und schaute verwirrt in die Runde. Überall standen Jungen und Mädchen mit offenen Mündern herum und glotzten auf das Geschehen. Es war still. Nur Browns gefluchte Befehle und Steves schweres Schnaufen waren zu hören.

Salisbury richtete sich auf und zog Mike grob auf die Füße. Er hielt ihn schmerzhaft am Oberarm gepackt und nun schleifte er ihn mit sich aus dem Speisesaal.

Wilsons Gesicht war wie aus Stein gemeißelt. Sein Blick wanderte zwischen Steve, Kayla und Mike hin und her. Eine Stunde lang hatte er sie verhört, danach sich den Vorfall in allen Einzelheiten von Salisbury und Brown erzählen lassen, die bei der Essensausgabe die Aufsicht gehabt hatten. Zeugen wurden befragt.

Alle sagten das Gleiche aus. Steve habe Kayla belästigt, diese ihn beleidigt, woraufhin Mike sich eingemischt und Steve gestoßen habe, danach war es zur Schlägerei gekommen.

Der Direktor stellte kurze, knappe Fragen und ließ auch nur kurze, knappe Antworten zu.

Steve hatte mehrfach versucht, sich zu rechtfertigen, behauptete, er habe Kayla nicht absichtlich gestoßen, aber wegen seines früheren Verhaltens im Camp war es sinnlos. Kayla sprach kaum. Mike hingegen versuchte, aggressiv zu wirken, brauste mehrfach auf und beschimpfte Steve aufs Übelste. Das alles gehörte zu seinem Plan.

Nun war es kurz vor Mitternacht. Wilson hatte im Nebenzimmer mehrere lange Telefongespräche geführt, dann war er zu ihnen zurückgekommen.

»Morgen früh werdet ihr ins Camp21 verlegt. Alle drei!«

Steve sprang auf. Sein Gesicht glühte vor Wut.

»Ich geh da nicht hin!«, brüllte er. »Es sind nur noch vier Wochen, wegen diesem Scheißer lasse ich mir das nicht versauen!« Er deutete auf Mike und es sah aus, als würde er sich gleich wieder auf ihn stürzen.

»Setz dich sofort wieder hin!«, schrie Wilson zurück, aber Steve war außer Rand und Band.

»Fick dich, Wilson!«, tobte er und zeigte dem Direktor den Mittelfinger. »Fick dich ins Knie!«

Da stürzten Salisbury und Brown herein. Steve wirbelte herum, aber gegen die beiden Männer war er chancenlos. Sie packten ihn und schleppten ihn nach draußen. Mike vermutete, dass sie ihn zum Isolierraum brachten.

Dreißig Sekunden vergingen, dann hatte sich Wilson wieder gefangen.

»Ihr geht jetzt in eure Schlafsäle und legt euch hin. Morgen in aller Frühe packt ihr euer Zeug, Brown fährt euch ins neue Camp.«

»Wieso werde ich bestraft?«, sagte Kayla plötzlich neben ihm. »Ich habe nichts getan.«

Wilson blickte sie aus zusammengekniffenen Augen an. »Das sehe ich anders. Du hast Steve beleidigt und provoziert. Durch dich kam die ganze Sache erst in Gang. Unruhestifter können wir hier nicht gebrauchen.«

»Ich habe nichts getan!«, beharrte Kayla.

»Kein Wort mehr oder du landest ebenfalls im Isolationsraum.«

Mike sah, wie das Mädchen die Kiefer aufeinanderpresste, aber sie schwieg, wandte sich um und verließ das Büro.

Kayla tat ihm leid. Sie war durch ihn in das Geschehen hineingezogen worden. Steve war ihm egal, aber er hatte nicht gedacht, dass Wilson so hart gegenüber dem Mädchen reagieren würde. Nun würde Kayla mit ihm ins Camp21 gehen.

Das hatte er nicht gewollt.

14.

Der Minivan hielt so abrupt an, dass sie in ihren Sitzen nach vorn geschleudert wurden. Die Bremsen seufzten, die Federung wippte nach, dann stand der Wagen still.

Kayla blickte durch die trüben Scheiben nach draußen und versuchte, etwas zu erkennen, aber der aufgewirbelte Staub verhüllte den größten Teil der Umgebung. Lediglich menschliche Schemen, mehrere flache Gebäude, die wie Schattenrisse in der Morgensonne wirkten, und mächtige, hohe Bäume waren auszumachen.

»Willkommen im Camp21«, sagte Brown vom Fahrersitz. Auf der zweistündigen Fahrt hatte er kein Wort gesprochen, aber nun schien er sich aufgefordert zu fühlen, den Reiseführer zu spielen. Er stieg aus und öffnete die Tür zur Rückbank. Mike und Kayla krochen aus dem Wagen.

Ein Mann in schwarzen Cargohosen und schwarzem Hemd, dessen hochgerollte Ärmel muskelbepackte Arme preisgaben, kam von einem der Gebäude aus auf sie zu. Ihm folgten drei weitere Typen mit harten Gesichtern. Alle waren gleich angezogen, schwarze Hosen, schwarze Jacken. Sie wirkten wie die Sicherheitsleute, die Flughäfen und Bahnhöfe bewachten, allerdings fehlten die Waffen.

Breitbeinig stellte sich der Anführer vor sie hin und starrte sie an. Er hat kalte Augen, dachte Kayla. Wie Glasmurmeln, aber ohne Glanz, die billige Sorte. Die Haare des Mannes waren millimeterkurz geschnitten und über den Ohren ausrasiert, dazu kamen hohe Wangenknochen, die ihn wie eine Comicfigur wirken ließen. Mit dem Mann kamen der Geruch des Waldes und die Kühle des Morgens.

Kayla fröstelte und zog die Schultern hoch. Die letzte Nacht hatte sie fast nicht geschlafen. Wut hatte sich mit Verzweiflung abgewechselt und sie vollkommen erschöpft. Nun stand sie in der Kälte und zog ihre dünne Jacke enger um sich.

Hinter ihr startete Brown den Motor des Vans und brauste davon. Als der aufgewirbelte Staub sich legte, sah sie eine Reihe von Holzhäusern, die allesamt neu gebaut schienen. Sie gruppierten sich um einen Platz, auf dem Holzbänke und Tische standen. Im Schatten einer hohen Fichte entdeckte Kayla einen gemauerten Grill. Das Gelände machte den Eindruck einer Ferienanlage, sogar mehr als Black Hill. Nicht einmal Zäune gab es hier.

Der Mann schaute sie noch immer an.

»Ihr beide seid hier, weil ihr euch nicht einfügen wollt. Black Hill hat euch eine Chance gegeben, ihr habt sie nicht genutzt, sondern Schwierigkeiten gemacht. Damit ist es jetzt vorbei.« Er blickte zu Mike. »Hier wird sich nicht geprügelt.« Dann wieder zu Kayla. »Oder jemand beleidigt. Ihr nehmt an diesem Programm teil, führt euch gut und könnt in ein paar Monaten wieder nach Hause. Wenn nicht, wird das hier eine ganz schlimme Erfahrung für euch. Habt ihr mich verstanden?«

Kayla und Mike nickten.

»Und denkt nicht daran abzuhauen. Das ist unmöglich!«

Aus einem Stoffbeutel zog er zwei seltsam glänzende Armbänder. Sie waren silbern, vielleicht vier Zentimeter breit, ohne Verzierungen, aber an der schmalen Seite konnte Kayla winzige Einbuchtungen ausmachen. Der Typ hielt die Dinger hoch.

»Das sind Handfesseln. Ihr werdet sie anlegen, an das linke Handgelenk.«

Kayla konnte keine Kette sehen. Wie sollte sie damit gefesselt werden und woran? Allein der Gedanke versetzte sie in Unruhe.

»Diese Technologie ist neu und für Situationen wie eure geschaffen worden. Ihr habt volle Bewegungsfreiheit, könnt innerhalb des Camps gehen, wohin ihr wollt. Nichts und niemand wird euch einschränken oder aufhalten.«

Wahrscheinlich sind GPS-Sender in die Dinger eingebaut.

Der Mann trat vor. »Streck deinen Arm aus«, befahl er Kayla.

Einen Moment später schloss sich das Metallband um ihr Handgelenk, ohne dass sie gesehen hatte, wie der Mechanismus funktioniert.

Wie hat er das gemacht?

Kayla drehte ihr Handgelenk in jede Richtung, aber sie fand keine Naht. Glatt präsentierte sich das Band, als gäbe es keine Öffnung. Dann war Mike an der Reihe und bekam sein Armband verpasst.

»Die Fesseln sind miteinander verbunden. Sie beinhalten ein System, das euch Schmerzen zufügt, wenn ihr euch zu weit voneinander entfernt. Im Augenblick ist der Radius auf zweihundert Meter eingestellt. Das bedeutet, diese Distanz zwischen euch beiden darf nicht überschritten werden. Geschieht das doch, sendet die Handfessel einen elektrischen Impuls an euer Nervensystem, der das Schmerzzentrum im Gehirn anspricht und dafür sorgt, dass ihr mit steigender Distanz immer stärkere Schmerzen empfindet. Wenn ihr euch an die Campregeln haltet, lassen wir euch einen großen Freiraum, wenn nicht, verringern wir die Distanz, bis ihr buchstäblich aufeinanderklebt.«

Kayla verstand nicht, wie das System funktionierte und was genau der Mann ihr da erklärte. Als sie Mike einen Blick zuwarf, erkannte sie, dass es ihm genauso ging. Ratlosigkeit stand in seinem Gesicht.

Der Mann machte einen Schritt auf sie zu. »Der Clou an der Sache ist nicht der Umstand, dass jemand, der versucht, von hier zu fliehen, Schmerzen erleiden muss, die bis zum Zusammenbruch des Nervensystems führen können, nein, der andere, der mit ihm verbunden ist, erleidet den gleichen Schmerz.«

Kayla hielt den Atem an. Das durfte nicht wahr sein. Irgendeiner versuchte doch immer abzuhauen.

»Dies ist das beste System der Welt, denn nicht nur, dass damit ein Entkommen nahezu unmöglich ist, ihr selbst werdet dafür sorgen, dass es erst gar nicht dazu kommt. Und wenn ihr glaubt, gemeinsam abhauen zu können, dann denkt daran: Selbst wenn es euch gelingt, könnt ihr nicht einfach nach Hause gehen, denn dort wird man euch aufgreifen und schnurstracks wieder hierherbringen. Und irgendwo unterzutauchen, dürfte schwierig sein, wenn man den Rest seines Lebens mit jemandem verbunden ist.«

Jeder ist des anderen Wächter.

»Mein Name ist Lucas Bowden. Ihr werdet mich Mr Bowden nennen.«

Kayla war vollkommen durcheinander. Bowdens Kompromisslosigkeit, die ihm aus jeder Pore seiner Haut zu dringen schien, verwirrte sie so sehr, dass sie kaum einen klaren Gedanken fassen konnte. Er und die anderen Männer strahlten düstere Härte aus und machten klar, dass keinerlei Widerstand geduldet werden würde.

Sie blickte auf die silberne Handfessel, die ihr Bowden umgelegt hatte. Kühl fühlte sich das Metall an. Obwohl das Ding wie ein elegantes Armband wirkte, vermittelte es einen fremdartigen Eindruck. Wie eine Macht, die sie von nun an kontrollieren würde.

An der Seite der Fessel blinkte kurz eine winzige rote Diode auf, die nach zweimaligem weiterem Aufblitzen beständig leuchtete. Kayla nahm an, dass die Handfessel nun aktiviert war.

»Hier im Camp geben wir euch die Möglichkeit zu erfahren, wer ihr wirklich seid. Disziplin und körperliche Beschäftigung helfen euch dabei, einen klaren Blick auf euer bisheriges Leben zu gewinnen. Ihr habt die Gelegenheit, mit Dr. Goodman, dem psychologischen Betreuer, zu sprechen, wenn ihr etwas auf dem Herzen habt. Goodman wird wöchentlich Feedbackgespräche mit euch führen. Der Inhalt dieser Gespräche ist vertraulich, aber er wird mir berichten, wie ihr euch im Camp eingelebt habt. Ich werde euch ebenfalls beobachten. Ihr habt fast sechs Monate Camp vor euch, wir werden also viel Zeit miteinander verbringen. Tut, was ich euch sage, und wir kommen gut miteinander aus.«

»Sir?«, meldete sich Mike neben ihr.

Bowden blickte ihn an, nickte kurz.

»Wie geht es meinem Bruder?«

Der Campleiter schaute ihn an. »Woher soll ich das wissen?«

»Was? Wie meinen Sie das?«, stammelte Mike. »Ricky. Ricky Sanders. Er wurde vor einer Woche hierherverlegt.«

Bowden schüttelte den Kopf. »Hier ist er nicht.«

»Sir ... Entschuldigung, das kann nicht sein, er ...«

»Ich sagte, dass er nicht hier ist.«

»Ich verstehe nicht ... Sir, bitte, ich muss sofort telefonieren ... das klären ...«

»Du wirst nichts dergleichen tun. Während deines Aufenthaltes im Camp21 ist kein Kontakt zur Außenwelt erlaubt.«

»Aber mein Bruder ... «

Bowden schnitt ihm das Wort ab. »Ich werde mich darum kümmern. Vielleicht hat jemand einen Fehler gemacht und er wurde in ein anderes Camp verlegt.« Er straffte sich. »Und jetzt nehmt eure Sachen. Mr Koczinsky bringt euch zu den Unterkünften.«

Für einen Moment schien es so, als wolle Mike noch etwas sagen, doch dann senkte er den Blick und nahm seine Reisetasche vom Boden auf.

»Diesen Mist hast du uns eingebrockt«, zischte Kayla ihm zu, während sie hinter Koczinsky hergingen. Ihre Wut war wieder erwacht und sie ließ ihr freien Lauf. »Das alles habe ich dir zu verdanken. Fühlst du dich jetzt gut?«

»Tut mir leid, das wollte ich nicht.«

»Was wolltest du dann?«

»Zu meinem Bruder.«

»Was?« Sie schaute ihn an. »Das war kein Zufall? Du hast das absichtlich gemacht? Steve bewusst provoziert?«

»Ja, aber ich wollte nicht, dass du da hineingerätst.«

»Du bist ein noch größeres Arschloch, als ich dachte.«

»Kayla …«

»Halt bloß die Klappe. Sprich nicht mit mir. Nie wieder!«

Er seufzte. »Wie soll das gehen? Wir sind aneinandergefesselt.«

»Ist mir doch egal.«

»Wir werden uns abstimmen müssen. Darüber reden, wohin wir gehen und wann.«

»Oh nein, mit dir stimme ich gar nichts ab. Ich muss dich in meiner Nähe dulden, aber mehr nicht.«

»Ich glaube, das stellen die sich hier anders vor.«

Bevor Kayla etwas darauf erwidern konnte, blieben sie vor einem Holzhaus stehen. Koczinsky öffnete die Tür.

»Du wartest hier«, sagte er zu Mike und an Kayla gewandt: »Mitkommen.«

Sie folgte ihm ins Innere des Hauses. Überraschenderweise stand sie in einem Gang, der zu verschiedenen Zimmern zu führen schien. Im Gegensatz zu Black Hill gab es hier also keinen gemeinsamen Schlafsaal.

»Dies ist die Mädchenunterkunft, das Haus der Jungs liegt direkt dahinter«, erklärte Koczinsky. »Die Zimmer sind mit jeweils zwei Mädchen belegt. Du wohnst hier.«

Er deutete auf eine Tür. Kayla entdeckte ein Namensschild darauf: *Pam Vencer.*

Das war also ihre neue Zimmergefährtin. Hoffentlich verstanden sie sich gut, nach all dem Pech der letzten Tage konnte sie etwas Glück gebrauchen. Kayla blickte den Gang entlang. Auf allen Türen waren Namensschilder angebracht, aber es war niemand zu sehen und Geräusche hörte sie auch nicht.

Koczinsky schien zu erraten, was sie dachte. »Die anderen sind gerade beim Frühstück. Wir sind ein kleines Camp, im

Augenblick zweiundzwanzig Jugendliche. Zwölf Jungs und zehn Mädchen, dich und die beiden Jungs aus Black Hill, einer kommt ja noch, mit eingerechnet.«

»Warum wurde ich nicht per Handfessel mit einem anderen Mädchen verbunden? Mit Pam zum Beispiel?«

Koczinsky zuckte mit den Achseln. »Weiß ich nicht. Frag Bowden.«

»Was soll ich jetzt tun?«, fragte Kayla.

»Stell deine Sachen ab und geh zum Frühstück. Aus dem Haus raus, dann nach links, das flache Gebäude mit dem Gemüsegarten davor.« Er blickte auf seine Armbanduhr. »Du hast noch zwanzig Minuten, solltest dich also beeilen. Danach wird sich Pam um dich kümmern, dich einweisen und dir alles erklären. Für heute steht Sport auf dem Programm und Arbeit am Graben. Pam hat einen Zeitplan für dich, an den du dich unbedingt halten musst. Für Zuspätkommen hat hier niemand Verständnis, also sei pünktlich. Später wirst du Dr. Goodman kennenlernen. Er wird mit dir über deine Situation hier im Camp sprechen, über die Erwartungen, die wir an dich haben. Er wird dir auch noch einmal die Funktionsweise der Handfessel erklären. Hast du so weit alles verstanden?«

Kayla nickte.

»Okay, dann ab zum Frühstück. Ich zeige inzwischen deinem Freund aus Black Hill seine Unterkunft.«

»Er ist nicht mein Freund. Wegen ihm bin ich hier gelandet.«

Koczinskys nachdenklicher Blick traf sie. »Wie auch immer, das spielt nun keine Rolle mehr. Ihr zwei werdet eng zusammenarbeiten müssen. Ihr seid jetzt ein Team, ob euch das passt oder nicht. Sollten wir mitbekommen, dass ihr nicht miteinander auskommt, geht es in den Bunker und die Distanz der Handfesseln wird auf den kürzestmöglichen Abstand eingestellt. Das bedeutet, ihr könnt euch nicht einmal im Bett umdrehen, ohne dass das Ding losgeht. So handhaben wir das hier.«

Kayla gab keine Antwort und Koczinsky schien das auch nicht zu erwarten. Er drehte sich um und verließ das Haus.

Kayla öffnete die Tür und war überrascht, wie gemütlich das Zimmer wirkte. Darin standen ein einfacher Holztisch, den man mit zwei Stühlen ans Fenster gerückt hatte, zwei Betten mit Holzrahmen und richtigen Matratzen und dazu jeweils ein Schrank auf beiden Seiten des Zimmers. Es war einfach, aber sauber, machte mehr den Eindruck eines Campingurlaubes, wie sie ihn vor fünf Jahren mit ihren Eltern im Yellowstone-Nationalpark gemacht hatte.

An den Wänden hingen keine Bilder oder Poster, aber jemand hatte Blumen gepflückt und in einem Wasserglas auf den Tisch gestellt.

Es war nicht schwer herauszufinden, welches Bett ihrer Zimmergenossin gehörte, denn ein kleines Stoffeichhorn lag wie schlafend darauf. Auf dem Fensterbrett standen Bücher, eines davon war umgefallen. Kayla nahm es in die Hand. *Twilight* von Stephenie Meyer.

Dass das immer noch gelesen wird.

Kayla begann, sich zum ersten Mal seit Langem zu entspannen. Hier gab es im Gegensatz zu Black Hill Freiraum und Rückzugsmöglichkeiten, die ein wenig Privatsphäre boten. Die romantischen Bücher, das Stofftier auf dem Kissen signalisierten, dass Pam Vencer ein ganz normales Mädchen war und dass sie hier nicht, wie sie auf der Fahrt befürchtet hatte, nur schwerkriminelle Jugendliche antreffen würde. Aber natürlich konnte man sich täuschen.

Dennoch hatte Kayla plötzlich ein gutes Gefühl. Vielleicht würde alles nicht so schlimm werden, wie sie es sich ausgemalt hatte.

Sie stellte ihre Tasche ab. Ihr Magen knurrte. Zeit fürs Frühstück.

15.

Mike betrat den Frühstückssaal und blieb überrascht stehen. Durch ein gläsernes Oberlicht fiel Sonnenlicht, ließ alles hell und luftig erscheinen. Ungefähr zwanzig Jugendliche saßen an den Holztischen, lachten und plapperten miteinander, Mädchen und Jungs wild gemischt. Alle wirkten gut gelaunt.

Mike schaute sich um und bemerkte, dass jeder von ihnen die gleiche Handfessel wie er und Kayla trug. Wer aber mit wem verbunden war, konnte man nicht erkennen.

Bei zweihundert Metern Distanz muss man nicht nebeneinandersitzen.

Wahrscheinlich konnten sich die Paare im Camp relativ frei bewegen, ohne dass die Fessel aktiv wurde, denn das gesamte Gelände schien nicht größer als zwei Mal zwei Footballfelder zu sein.

Wie das System funktionierte, konnte er sich nicht vorstellen. Auf dem Weg zum Frühstückssaal hatte er nach Funkmasten oder Antennen auf den Dächern Ausschau gehalten, aber nichts entdeckt. Ebenso war ihm die Energieversorgung der kaum vier Millimeter hohen Dinger ein Rätsel, denn wenn sich darin Batterien befanden, waren sie wirklich winzig.

Er nahm sich ein Tablett, stapelte auf einen Teller Toastbrot und Marmelade, nahm zwei Pfannkuchen und setzte sich an den nächsten freien Platz. Direkt neben Kayla, wie er erst bemerkte, als er schon saß.

»Du schon wieder«, zischte sie. »Ich hatte dir doch gesagt, du sollst dich von mir fernhalten.«

Mike lächelte in die Runde und sagte leise: »Mach jetzt keinen Aufstand, alles schauen uns an.«

»Wennschon. Setz dich woandershin.«

»Das werde ich nicht tun«, flüsterte Mike. »Und jetzt lass mich in Ruhe essen.«

»Arschloch.«

»Das sagtest du schon. Vielleicht fällt dir mal etwas Neues ein.«

Kayla erhob sich abrupt, nahm ihr Tablett und setzte sich ans andere Ende des Tisches. Mike fluchte stumm.

Mehrere Jugendliche hatten den Vorgang beobachtet. Einer der Jungs erhob sich, brachte sein Tablett zur Küchenablage, dann kam er auf Mike zu.

Er hatte ein offenes Gesicht, dunkle Haare und den Teint eines Hispanics. Mit einem Lächeln setzte er sich zu Mike und reichte ihm die Hand über den Tisch. »Ich bin Luis, dein Zimmergenosse.«

»Mike«, stellte er sich vor.

»Du bist gerade angekommen?«

»Ja.«

»Bowden hat dich und zwei weitere Personen aus Black Hill angekündigt. Eine davon ist wahrscheinlich das Mädchen.« Er nickte in Richtung Kayla.

»Ja, der andere heißt Steve. So wie ich es verstanden habe, wird er später hergebracht.«

»Was ist mit ihr? Versteht ihr euch nicht?«, wollte Luis wissen.

»Sie gibt mir die Schuld, dass sie hier gelandet ist.«

»Wie das?«

»Erzähl ich dir ein anderes Mal. Ich suche meinen Bruder. Ricky Sanders. Er sollte ebenfalls ins Camp21 verlegt werden, aber Bowden sagt, er wäre nicht hier. Weißt du was darüber?«

Luis schüttelte den Kopf. »Hier ist in letzter Zeit niemand angekommen. Joe war der Letzte.«

»Ich versteh das nicht.«

»Was sagt Bowden dazu?«

»Er will sich darum kümmern.«

»Okay, dann bleib cool. Bowden ist ein hartes Arschloch, aber er wird herausfinden, was los ist. Mach dir keine Sorgen.«

Wenn das so einfach wäre.

»Kannst du mir etwas dazu sagen?« Er hielt sein linkes Handgelenk hoch.

»Die Freundschaftsarmbänder?«

Gegen seinen Willen musste Mike lachen. »Genau die.«

»Wir tragen sie den ganzen Tag. Mit der Zeit vergisst du die Dinger, bis du dich aus Versehen zu weit von deinem Partner entfernst. Dann vergisst du sie nie wieder.«

»Ist dir das schon mal passiert?«

»Ja, ich bin Damian verbunden, dem Typ da drüben mit den langen Haaren. Letzte Woche ging er ans andere Ende des Sportplatzes, während ich auf dem Weg zu Goodman war. Der Schmerz hat mich fast umgehauen.«

»Dann ist das also kein Fake?«

»Mit Sicherheit nicht. Es ist, als rase Strom durch deinen Körper, obwohl die Dinger so nicht funktionieren. Es beginnt mit einem Kribbeln, das schnell in Brennen übergeht. Ein Gefühl, als stehe man innerlich in Flammen. In meiner Panik wollte ich zu Bowden rennen, aber dadurch habe ich mich noch weiter von Damian entfernt. Gott sei Dank hat er die Nerven behalten und sich richtig verhalten. Er hat sofort umgedreht und ist zur Mitte des Lagers gelaufen. Ist mir immer noch schleierhaft, wie er das mit den Schmerzen geschafft hat. Nachher hat er mir erzählt, bei ihm wäre es gewesen, als hätte man seine Knochen mit flüssigem Blei ausgefüllt.«

»Scheiße«, war alles, was Mike dazu einfiel.

»Nee, ist schon in Ordnung. Man muss nur achtsam sein. Ansonsten ist es hier ganz okay. Wir machen viel Sport, arbeiten am Wassergraben oder im Garten, aber im Großen und Ganzen lässt man uns in Ruhe. Selbst der Doktor ist in Ordnung. Goodman ist noch ziemlich jung, direkt von der Uni, aber er labert einen nicht voll, sondern hört echt zu, wenn man etwas erzählt.«

»Was machen wir heute noch?«

»Im Zimmer habe ich deinen Wochenplan, da steht alles drauf. Nach dem Frühstück gehen wir zur Westseite des Camps. Dort heben wir gerade einen Entwässerungsgraben aus, der sich ums ganze Lager ziehen soll. Ist harte Arbeit, aber man denkt dabei nicht so viel darüber nach, warum man hier gelandet ist.«

»Wie lange bist du schon hier?«

»Drei Monate. Niemand von uns ist länger hier. Warum, weiß ich nicht. Vielleicht haben sie das Camp renoviert, denn alles sieht ziemlich neu aus. Du kennst solche Lager ja, eigentlich sollte man eingeritzte Namen in Schränken vermuten oder zumindest die üblichen Abnutzungsspuren finden, aber nichts da, alles wirkt neu. Als ich hierherkam, roch es nach frischer Farbe und Reinigungsmittel, da waren noch andere Betreuer da, die wurden aber vor einem Monat ausgewechselt. Alle Mann. Seitdem sind Bowden mit seinen Männern und Goodman hier.«

»Ist es hier wirklich so hart, wie man hört? In dem Camp, in dem ich war, gab es Gerüchte, dass es hier wirklich zur Sache geht.«

Luis wirkte nachdenklich. »Das ist es ja, was ich nicht verstehe.« Sein linkes Augenlid begann zu zucken. »Das Camp hat einen furchtbaren Ruf, aber so schlimm ist es gar nicht. Ich war schon in ganz anderen Bootcamps. Tagelange Isolierung, Schläge, Essens- oder Schlafentzug. Hier? Nichts von alldem. Aber vielleicht parieren hier alle zu gut. Wer weiß, wie die Betreuer reagieren, wenn es mal Stress gibt.«

»Klingt, als hättest du schon einiges mitgemacht.«

»Yeah, Mann, ich bin seit zwei Jahren in Camps dieser Art.«

Mike zuckte zusammen. »Das ist nicht dein Ernst!«

»Doch, ist es.«

»Was ist mit deinen Eltern?«

»Mein Vater ist Schönheitschirurg und arbeitet rund um die Uhr, meine Mutter jettet mit ihren Freundinnen um die ganze Welt. Die haben keine Zeit für mich.«

»Und dann bist du hier gelandet? Ich dachte immer, reiche Jungs wie du kommen auf ein Internat in der Schweiz.«

Luis grinste. Sein Auge zuckte nun fast ohne Unterbrechung. »Normalerweise schon, aber nicht, wenn sie mit ihren

Freunden eine wilde Party feiern, sich jede Menge Drogen reinziehen und anschließend die Villa der Eltern abfackeln.«

»Was?«

»War ein Unfall. Ein vollgedröhntes Arschloch hat sich mit einem brennenden Joint auf das Bett im Gästezimmer gelegt und ist eingepennt. Als wir mitbekamen, dass es brennt, war es schon zu spät, das Feuer war außer Kontrolle. Sie haben den Typ zwar retten können, aber er hatte schwere Verbrennungen. Die Bude ist bis auf die Grundmauern abgebrannt.« Luis lachte. »Mein Vater musste alle seine Beziehungen spielen lassen, damit ich nicht in den Jugendknast wandere. Dafür bin ich nach Arizona ins erste von drei Bootcamps geschickt worden.«

Mike schüttelte fassungslos den Kopf. Wie konnte Luis so ruhig davon erzählen, dass er von seinen Eltern abgeschoben worden war? »Und dann hast du Scheiße gebaut?«, hakte er nach.

»Sagen wir mal, hin und wieder gab es Probleme. Ich habe 'ne Menge Prügel kassiert und ein paar andere Sachen haben sie auch mit mir gemacht, aber ich habe mich nicht unterkriegen lassen.«

Mike konnte kaum glauben, was er da hörte. »Hast du deinen Eltern nicht sagen können, was man dir antut?«

Jetzt lachte Luis bitter auf. »Du bist vielleicht naiv. Telefonieren ist nicht, E-Mails schreiben ebenso wenig und deine Briefe werden geöffnet und gelesen. Steht da etwas drin, was der Campleitung nicht passt, wanderst du in den Bunker.«

»Bunker?«

»Isolationsraum«, erklärte Luis. »In Arizona war das eine kleine Wellblechhütte, die in der Sonne so heiß wurde, dass du geglaubt hast, in einem Backofen zu sitzen. Tagsüber grillst du, nachts frierst du dich fast zu Tode. Wenn du nach drei Tagen rauskommst, hast du Fieber und kannst froh sein, wenn du nicht draufgehst.«

»Scheiße«, wiederholte Mike.

»Yeah.«

»Wie lange hast du noch?«

»Keine Ahnung, ich bin auf unbestimmte Zeit hier. Bowden und sein Team entscheiden in Absprache mit meinen Eltern, wann ich rausdarf.«

»Und wieso bist du jetzt im Camp21?«

Luis wirkte plötzlich verlegen. Das Zucken seines Auges endete abrupt. »Ich hatte was mit einem Mädchen am Laufen. War nichts Wildes, nur ein bisschen Rummachen. Eines Abends haben sie uns geschnappt. Sie haben sie nach Oregon geschickt, ich bin hier gelandet, aber so schlecht habe ich es nicht getroffen. Ich hoffe bloß, Cindy hatte ebenso viel Glück.«

»Tut mir leid für dich«, sagte Mike.

»Wieso? Du hattest nichts damit zu tun.«

»Trotzdem.«

Luis schaute auf die Wanduhr. »Wir müssen los.«

Am Ende des Camps versammelten sich die Jugendlichen. Bowden stand mit zwei weiteren Männern vor einem Stück neu ausgehobenem Graben. Die Mulde war ungefähr einen Meter breit, ebenso tief und bis jetzt zehn Meter lang. Neben Bowden auf der Erde lagen Schaufeln und Spitzhacken.

Mike blickte an sich herab. Er trug eigene Jeans und ein schwarzes T-Shirt mit dem Camp21-Logo, das ihm Luis im Auftrag von Bowden ausgehändigt hatte. Seine Füße steckten in Chucks, die waren zwar alt, aber sauber. Nun würden sie höllisch dreckig werden, aber Stiefel hatten sie ihm nicht gegeben und Luis hatte erklärt, dass man bis auf die T-Shirts seine eigenen Sachen trug, da gab es keine Ausnahmen.

»Heute«, begann Bowden mit lauter Stimme zu sprechen, »verlängern wir den Graben weiter Richtung Süden. Geplant sind zwanzig Meter. Ihr seht die Markierungspfosten, bis dahin solltet ihr kommen.« Er schaute auf seine Armbanduhr. »Ihr habt Zeit bis zum Mittagessen, danach steht Sport auf dem Programm. Anschließend ist Freizeit für diejenigen, die keinen Termin bei Dr. Goodman haben. Mr Duncan und Mr Mason leiten die Arbeiten. Seid fleißig, baut keinen Mist und seid vorsichtig mit dem Werkzeug, ich möchte nicht, dass sich jemand verletzt. Ist das klar?«

»Ja, Sir!«, brüllten alle wie aus einem Mund. Mike brüllte mit.

Bowden nickte zufrieden. »Mr Duncan, Mr Mason, teilen Sie die Schaufeln und Hacken aus. Die Jungs hacken, die Mädchen räumen den Aushub weg.«

Die beiden Angesprochenen riefen Namen auf und wiesen die Tätigkeiten zu. Während Mike darauf wartete, dass man auch ihn einteilte, kam Bowden auf ihn zu.

»Ich habe telefoniert«, sagte er. »Dein Bruder sollte tatsächlich hierhergebracht werden, aber er leistete massiven Widerstand. Man hat ihn jetzt ins Jugendgefängnis nach Mayland überführt, dort bleibt er, bis ein Gericht über seinen Fall entschieden hat.«

»Ich verstehe das nicht, Sir«, sagte Mike. »Hat Direktor Wilson nicht angerufen, um meinen Bruder anzumelden? Warum wussten Sie nichts von der Verlegung?«

Bowden sah ihn mit verschlossener Miene an. »Das lief über die Firmenzentrale. Da es nicht zu einer Verlegung kam, hat man es wahrscheinlich nicht für nötig befunden, mich zu informieren.«

»Was kann ich jetzt tun?«

»Du? Nichts. Das liegt alles nicht mehr in deinen Händen. Für dich geht es darum, dich hier einzufügen und an deiner Lebenseinstellung zu arbeiten.«

»Kann ich mit meinem Vater sprechen?«

»Ich habe dir schon erklärt, dass das nicht möglich ist.«

Mike spürte es, so würde er nicht weiterkommen. In ihm machte sich die Gewissheit breit, dass er nun nichts mehr für Ricky tun konnte, aber was immer er auch sonst von seinem Dad hielt, er wusste, er würde Ricky da rausholen. Alles andere war schlicht nicht vorstellbar.

»Geh zu den anderen«, sagte Bowden. »Es gibt Arbeit zu tun.«

Mike nickte. Er hatte einen Entschluss gefasst. Vor ihm lagen sechs Monate Camp, die er irgendwie rumkriegen musste. Es war das Beste, jetzt damit zu beginnen.

16.

Am Anfang war es gar nicht so schlimm gewesen, aber mit jeder Schaufel Erde, die Kayla aus dem Graben hob, wurden ihre Arme schwerer. Hände und Schultern schmerzten, während die Sonne versuchte, ihr das Hirn aus dem Schädel zu brennen.

Neben ihr schufteten andere Mädchen im Graben. Die Jungs waren weiter vorn und schwangen die Hacken. Das musste noch schlimmer sein, denn der Boden war ausgedörrt und steinhart. Die erste Stunde hatte sie noch stumm geflucht und in Gedanken Mike beschimpft, ihm tausend grausame Tode gewünscht, aber nun fehlte ihr selbst dazu die Kraft.

Jetzt, drei Stunden später, wollte sie nur noch aus dem Graben raus und sich den Dreck abduschen. Zu trinken gab es nur zu Beginn jeder vollen Stunde, wenn die Arbeit für zwei Minuten unterbrochen wurde. Mason ging dann herum und verteilte Metallbecher mit Wasser, die aussahen, als wären sie im 19. Jahrhundert hergestellt worden. Das Wasser daraus schmeckte nach Eisen, aber es war kühl und gab ihr wenigstens ein bisschen Kraft zurück.

Kraft, die fünf Minuten nach der Pause schon wieder aufgebraucht war.

Während sie stumpfsinnig Schaufel um Schaufel aus dem Graben hob, dachte sie wieder einmal an ihre Eltern und an das, was sie ihr angetan hatten. Hass loderte in ihr auf, aber die Erschöpfung erstickte das Gefühl so schnell, wie es gekommen war. Nicht einmal dafür reichte ihre Kraft.

Als sie eine Schaufel zu sehr beladen hatte, kam sie ins Stolpern und stieß ein dunkelhaariges Mädchen an, das vor ihr im Graben arbeitete. Wie eine Furie wirbelte sie herum, starrte Kayla aus zusammengekniffenen Augen an.

»Was soll das?«, zischte sie.

Kayla taumelte erschrocken zurück. »Das wollte ich nicht. Tut …«

»Pass besser auf oder du kannst was erleben«, knurrte die andere.

»Sorry.«

»Schieb's dir in den Arsch!«

Ohne ein weiteres Wort drehte sie sich wieder um. Kurz darauf flog die erste Ladung Dreck nach hinten, direkt in Kaylas Gesicht.

Na prima, dachte sie müde. Da habe ich ja bereits die erste Freundin gefunden.

Eine weitere Stunde später war Kayla kurz vor einer Ohnmacht. Nie hatte sie geglaubt, dass Muskeln derartig schmerzen konnten, aber es kam nicht infrage, in der Arbeit nachzulassen, denn Duncan, der oben auf dem Graben stand und sie alle beobachtete, spornte sie permanent an. Wann immer Kayla die Schaufel zu Boden sinken ließ, brüllte er sie an, nannte sie eine verwöhnte Göre oder ließ sich sonstige Beschimpfungen einfallen, um sie anzutreiben. Es klang nicht einmal bösartig oder persönlich, der Arsch glaubte wahrscheinlich, auf die Art holte er das meiste aus ihnen heraus.

Inzwischen lief ihr der Schweiß in Strömen über das Gesicht. Ihr Mund war ausgedörrt, aber nach Wasser zu fragen, traute sie sich nicht.

Vor ihr und hinter ihr arbeiteten andere Mädchen. Alle waren fitter als sie oder wirkten zumindest so. Während sie schufteten, führten sie leise Unterhaltungen, von denen Kayla aber nichts mitbekam, denn ein merkwürdiger Druck hatte sich auf ihre Ohren gelegt, der auch nicht wegzubekommen war, wenn sie den Mund aufsperrte und schluckte.

Ihr Gesicht war längst dreckverschmiert und der Staub brannte in ihren Augen. Noch immer flog ihr regelmäßig Erde um die Ohren, wenn die dämliche Kuh vor ihr den Aushub so nach oben warf, dass die Hälfte wieder auf Kayla zurückrieselte. Mehrfach hatte sie das Mädchen aufgefordert, das zu unterlassen, aber die drehte sich immer nur kurz um und grinste sie gehässig an.

Dann war Pause.

Kayla quälte sich aus dem Graben und ging zu Duncan hinüber, der aus einem durchsichtigen Plastikkanister die Becher mit Wasser füllte. Kayla nahm einen und trank mit hastigen Schlucken. Die Feuchtigkeit vertrieb ein wenig den Durst, konnte aber den pappigen Geschmack in ihrem Mund nicht wegspülen.

Etwas weiter vorn machten die Jungs auch gerade Pause. Sie entdeckte Mike, der etwas abseits mit einem dunkelhaarigen Jungen stand und auf seine Hände starrte.

Na, geht es dir auch nicht gut?, dachte Kayla und fühlte sich gleich besser. Recht so.

Das Mädchen, das sie im Graben angestoßen hatte, tauchte neben ihr auf. Hasserfüllt sah sie ihr in die Augen. »Heute Nachmittag steht Boxen auf dem Fahrplan, da mach ich dich fertig«, zischte sie.

»Was willst du von mir?«, fragte Kayla müde. »Ich will keinen Stress, also lass mich in Ruhe.«

»Oh nein, so einfach kommst du nicht davon.«

Kayla blickte sie an. Sie sah schwarze Haare, die durch den Schweiß wie ein Helm am Schädel klebten, schmale, zusammengepresste Lippen und eine große Nase. Das Mädchen war so groß wie sie, wirkte aber kräftiger und zäh. Trotzdem, Angst machte die ihr nicht, das war auch wieder nur jemand, der sich auf Kosten anderer aufspielen wollte. Typen wie sie gab es an jeder Highschool, Kayla hatte längst gelernt, wie man mit ihnen umging.

»Was immer dein Problem ist, es interessiert mich nicht«, sagte sie. »Und jetzt verzieh dich.«

Die andere lächelte, aber es lag keine Freude darin. »Sieh dich vor.« Dann ging sie.

Mike blickte auf seine Hände, deren Innenflächen anfingen aufzureißen und gerötet waren. An den Daumen reihte sich eine Blase an die andere.

Der Boden war steinhart. Jedes Mal, wenn er die Spitzhacke niedersausen ließ, prallte sie zurück und die Erschütterung jagte durch seine Arme bis in die Schultern hinauf. Obwohl er alle Kraft in den Schwung legte, drang die Spitze nie tief in die Erde ein, sondern kratzte sie nur auf.

Mason, der ihn ständig im Auge behielt, lachte über ihn und nannte ihn ein Weichei, das nichts draufhatte, und inzwischen glaubte Mike sogar, dass das der Wahrheit entsprach. All der Sport auf der Highschool hatte ihn nicht auf das hier vorbereitet.

»Ist am ersten Tag für jeden schlimm«, sagte Luis neben ihm. »Das wird besser.«

»Wozu ziehen wir den Graben überhaupt? Der Boden ist trocken, was will man da entwässern?«

»Hab ich mich auch schon gefragt. Ich denke, es ist reine Beschäftigungstherapie. Die Arbeit macht uns müde und schlapp, so sind wir leichter zu kontrollieren und kommen nicht auf dumme Gedanken.«

»Das scheint echt gut zu funktionieren. Ich bin fix und fertig.«

»Nicht mehr lange und es ist Mittagspause. Für heute haben wir es fast geschafft, denn nachmittags ist es so heiß, dass sie uns nicht graben lassen. Da steht dann Sport auf dem Programm.«

»Sport?«, fragte Mike entsetzt. »Sind die irre?«

»Boxen«, erwiderte Luis gleichmütig.

»Ich kann kaum meine Hände hochhalten.«

»Dann stell dich schon mal auf eine schmerzvolle Erfahrung ein, denn das ist keine Spielerei. Auch wenn es so aussieht, die anderen Jungs sind keine Lämmer, die können ganz schön zulangen. Außerdem achten die Betreuer darauf, dass wir die Sache ernst nehmen. Einfach nur ein bisschen rumhampeln ist nicht.«

Luis nickte in Richtung eines großen blonden Jungen mit Schultern breiter als jeder erwachsene Mann.

»Das ist Joe. Wenn du gegen den antreten musst, bleib nach dem ersten Niederschlag unten, der schickt dich sonst alle drei Sekunden auf die Bretter. Ich hab schon ein paarmal gegen ihn im Ring gestanden. War echt kein Vergnügen. Dabei ist er ansonsten ganz okay, nur beim Boxen eben nicht. Bowden lobt ihn jedes Mal und irgendwie scheint ihm das zu gefallen.«

»Hast du Freunde hier?«, wollte Mike wissen.

Luis lachte grimmig. »Niemand hat hier Freunde. Komm mir einfach nicht in die Quere und wir können Kumpel sein. Mehr ist nicht drin.«

Mike zuckte zusammen. Die Worte trafen ihn hart und er fragte sich stumm, wie er allein und auf sich selbst gestellt die nächsten sechs Monate durchstehen sollte. Keine Freunde. Was auch immer kam, niemand würde ihm helfen.

»Zurück an die Arbeit«, rief Mason herüber.

Mike spuckte auf den Boden und hob seine Hacke auf.

17.

Nach dem Essen ging es ihr etwas besser, aber längst nicht gut. Kayla stolperte den anderen zum Sportplatz hinterher, wo eine vielleicht sechs mal sechs Meter große Fläche einen provisorischen Boxring bildete. An den vier Ecken hatte man Pfosten in den Boden getrieben und dicke Seile dienten als Absperrung.

Mason, Duncan und ein Mann, den Kayla noch nicht gesehen hatte, standen daneben und verteilten Boxhandschuhe an die Jugendlichen. Zuerst waren die Mädchen dran. Immer zwei stiegen in den Ring, nahmen Aufstellung und begannen auf Kommando mit etwas, was nur entfernt an Boxen erinnerte. Die meiste Zeit tänzelten sie umeinander und schlugen Löcher in die Luft.

Die Betreuer grinsten, die Jungs grölten und machten sich über sie lustig. So erging es zwei Paarungen, dann war Kayla dran. Mason rief ihren Namen auf und wollte ihre Gegnerin bestimmen, als sich das Mädchen aus dem Graben nach vorn drängte.

»Ich trete gegen sie an«, sagte sie.

Kayla zögerte. Sie hatte in ihrem ganzen Leben noch nicht geboxt, und dann gegen jemanden zu kämpfen, der sie nicht leiden konnte, erschien ihr mehr als unfair.

»Maddy, das ist Sportunterricht«, sagte Mason. »Mach nichts Persönliches daraus.«

Er reichte ihr ein paar Handschuhe. Kayla bekam ebenfalls welche und schlüpfte hinein. Unsicher kletterte sie unter dem Seil hindurch in den Ring und nahm in der Mitte Aufstellung. Sie versuchte, sich zu erinnern, was sie im Fernsehen über Boxen gesehen hatte. Da sie dieser Sport nie interessiert hatte, war das recht wenig, aber sie wusste immerhin, dass man die Arme hob und anwinkelte, um eine Art Deckung aufzubauen.

Maddy kam nun ebenfalls in den Ring und stellte sich ihr gegenüber. Die Arme ließ sie selbstsicher herabbaumeln. Ein bösartiges Lächeln lag auf ihrem verschwitzten Gesicht.

Mason blies in seine Trillerpfeife und es ging los.

Kayla wusste nicht, was sie tun sollte, und entschied sich, einfach auf Maddys Schläge zu reagieren, aber die boxte nicht, sondern bewegte sich nur leichtfüßig um sie herum.

Was soll das? Will sie mich lächerlich machen?

Der Gedanke war kaum zu Ende gedacht, als ein Schlag auf sie zuflog und mit voller Wucht in ihr Gesicht krachte.

Eine Sekunde lang stand Kayla da und wusste nicht, was passiert war.

Dann wurde alles schwarz.

Die drei Betreuer sprangen sofort in den Ring. Mike sah, wie Mason Maddy zur Seite schubste, die sich grinsend über die Ohnmächtige gebeugt hatte. Duncan kniete sich neben Kayla auf den Boden und hob ihren Kopf an. Blut rann aus der Nase des Mädchens und lief über ihren Mund.

»Wesley, bring mir Wasser und gib mir ein Handtuch«, befahl er.

Mason gab Mike ein Zeichen, der sich den Wasserkanister und eines der bereitliegenden Handtücher schnappte und sie in den Ring reichte.

Duncan feuchtete das Handtuch an und wischte über Kaylas Gesicht. Nach einem Moment schlug sie die Augen auf und schaute sich verständnislos um.

»Was ... was ist passiert?«, krächzte sie.

»Du bist k. o. gegangen«, sagte der Betreuer. »Nicht weiter schlimm.«

Kayla richtete sich auf, blieb aber auf dem Boden hocken. Sie betastete ihre Nase. »Aua.« Ungläubig starrte sie auf ihre rot verschmierten Finger. »Ich blute.«

»Geht gleich vorbei. Leg deinen Kopf in den Nacken«, meinte Duncan. Er tupfte das Blut ab.

Kayla stöhnte auf.

»Lass mich mal deine Nase untersuchen. Ich will sehen, ob sie gebrochen ist. Okay?«

Kayla nickte. Duncan fasste mit zwei Fingern nach ihrer Nase und bewegte sie vorsichtig hin und her. Kayla gab einen schmerzerfüllten Laut von sich.

»Du hast Glück, ist nichts weiter passiert. Kannst du aufstehen?«

»Ja.«

Kayla erhob sich auf wackligen Beinen. Sie hustete einen Blutklumpen in den Staub. Duncan wandte sich zu den Jugendlichen um.

»Pam, du bringst sie in die Unterkunft. Sie soll sich ein wenig hinlegen, danach duschen. Wenn sie Kopfschmerzen bekommt, darf sie zu Goodman gehen und sich etwas geben lassen.«

Pam fasste Kayla am Arm. »Komm, ich bring dich aufs Zimmer.«

Als die beiden gegangen waren, wandte sich Duncan an Maddy. »War das notwendig?«, fragte er mit ruhiger Stimme.

Das Mädchen verzog den Mund. »Hey, das ist Boxen. Sie haben gesagt, wir sollen alles geben, und bei den Jungs machen Sie auch kein Theater, wenn mal einer zu Boden geht.«

»Das ist etwas anderes. Kayla ist neu hier.«

»Na, dann lernt sie doch gleich, was Sache ist«, knurrte Maddy.

»Mir gefällt dein Ton nicht.«

»Sir ...«

»Halt den Mund«, fuhr Duncan sie an. »Du bestimmst hier nicht die Regeln und ebenso wenig zweifelst du meine Autorität an. Du läufst jetzt drei Runden ums Camp. Danach machst du unter Aufsicht fünfzig Sit-ups. Haben wir uns verstanden?«

»Sir, das ist unfair«, widersprach Maddy.

»Fünf Runden und einhundert Sit-ups«, sagte Duncan mit hartem Ton. »Willst du noch irgendetwas sagen?«

Mike beobachtete, wie das Mädchen die Lippen zusammenpresste und den Kopf schüttelte.

Duncan blickte in die Runde. Sein Blick fiel auf einen schmächtigen Jungen mit weichem Gesicht und unzähligen Sommersprossen. Er wirkte wie ein Zwölfjähriger und war mindestens einen Kopf kleiner als Mike.

»Robert, du läufst mit«, befahl Duncan.

»Aber, Sir, ich habe nichts getan«, sagte der Junge kläglich.

»Wenn du nicht mitläufst, aktiviert sich die verdammte Handfessel. Willst du das?«

»Nein, Sir.«

Duncan blickte Maddy und den Jungen an. »Los geht's.«

Plötzlich begann es in Mikes Arm zu kribbeln. Es war, als versuchten Tausende winzige Ameisen, sich durch seine Haut zu bohren. Entsetzt starrte er auf das Metallband, das sein Handgelenk umschloss.

»Sir, da stimmt etwas nicht«, sagte er.

Duncan wandte sich ihm zu. Ein Blick schien ihm zu genügen, um zu erkennen, was los war. Er deutete auf die rot leuchtende Diode, die zu blinken begonnen hatte. »Die Fessel aktiviert sich. Kayla ist dabei, die eingestellte Maximaldistanz zu überschreiten.«

Das Kribbeln wurde immer schlimmer. Schmerzvoll. Nun fühlte es sich an wie ein glühender Draht, der durch seinen Arm gestoßen wurde. Mike spürte, wie sämtliches Blut aus seinem Gesicht wich. Er war kurz davor zu hyperventilieren.

»Sir ... ich ...«

»Bleib ganz ruhig, Junge. Wie viele Meter sind es?«

»Was?«

»Die eingestellte Distanz? Wie viele Meter?«

»Zwei... zweihundert.«

Duncan fasste nach einem kleinen, kompakten Gerät, das an seinem Gürtel hing und wie ein mobiler Barcodescanner aussah. Er brachte das Gerät ganz nah über die Handfessel und tippte etwas auf dem Display an.

Sofort ließ der Schmerz nach und auch das Kribbeln verklang, war nur noch ein fernes Echo in seinem Arm.

»Ich habe die Distanz kurzfristig erhöht. Du kannst jetzt zur

Unterkunft gehen und duschen, dir wird nichts passieren. In fünf Minuten gilt allerdings wieder die ursprünglich eingestellte Entfernung. Also achte darauf, dich nicht zu weit von Kayla zu entfernen.«

Er blickte auf seine Armbanduhr. »Ihr beide habt in vierzig Minuten einen Einführungstermin bei Dr. Goodman. Seid pünktlich.« Dann wandte er sich an die anderen. »Der Sportunterricht ist noch nicht vorbei.«

Kayla hatte die Unterkunft gerade erreicht, als ihr linker Arm kribbelte, so als habe sie einen Stromleiter angefasst. Einen Moment später brannte er wie Feuer. Sie schrie auf.

Pam neben ihr zuckte zusammen. »Was ist?«

»Ich weiß nicht ... mein Arm ...« Sie starrte ihn an, hatte das Gefühl, er gehöre nicht mehr zu ihrem Körper, aber der Schmerz war real.

»Die Kontrolllampe blinkt«, sagte Pam. »Das Ding ist aktiv.«

»Wie ...?«

»Wer ist dein Partner?«, fragte Pam hektisch.

»Ich ...« Sie sank auf die Knie und umfasste mit der rechten Hand ihr linkes Handgelenk.

»Wer ist dein Partner?«, schrie Pam sie an.

»Mike«, keuchte Kayla.

»Der Neue?«

»Ja.«

»Du musst aufstehen!«, befahl Pam »Wir müssen wieder zurück Richtung Sportplatz. Ihr habt die Distanz überschritten. Los jetzt!«

Sie packte Kaylas Arm und zog sie hoch. Nur schwerfällig schaffte es Kayla auf die Füße. Sie taumelte.

»Wir …«

Dann war es vorbei. So plötzlich, wie der Schmerz gekommen war, verschwand er wieder. Kayla stieß die angehaltene Luft aus.

»Was ist?«, fragte ihre Zimmergenossin.

»Es ist weg.«

»Die Schmerzen?«

»Ja.«

»Dann ist Mike wieder in Reichweite oder die Betreuer haben etwas unternommen. Wahrscheinlich haben sie Mikes Reaktion gesehen und die Reichweite neu eingestellt.«

»Das war der Wahnsinn«, keuchte Kayla. »Ich habe so etwas noch nie gespürt. So als gehöre der Arm nicht zu mir, als sei er mein Feind.«

»Es ist schrecklich, ich weiß. Ich habe das schon zwei Mal mitgemacht.«

»Wirklich?«

»Ja, ich bin mit Joe verbunden. Dem großen blonden Jungen, der aussieht wie ein erwachsener Mann«, erklärte sie.

Kayla hatte ein vages Bild von ihm im Kopf.

»Als unsere Fesseln noch auf kürzere Distanz eingestellt waren, hat er mich beim Waldlauf abgehängt. Ich dachte, ich geh drauf.«

Kayla sah sie verwirrt an. »Aber Joe ist doch jetzt bei den anderen auf dem Sportplatz. Wieso ist deine Fessel nicht aktiv geworden?«

Pam grinste und hob den linken Arm hoch, sodass Kayla sehen konnte, dass ihre Handfessel nicht aktiv war.

»Ich sage nur: vierhundert Meter. Die größtmögliche Distanz. Mehr geben sie dir nicht. Bekommst du bei guter Führung, praktisch als Belohnung. Du musst nicht dauernd Angst haben, dass das Ding losgeht, und ständig deinem Partner auf der Pelle kleben.«

Kayla lehnte sich erschöpft an die Wand der Unterkunft und schloss für einen Moment die Augen. Die waren hier doch alle wahnsinnig. Wo war sie nur gelandet? »Wenn die Campleitung solche Sicherheitsmaßnahmen für notwendig hält, muss es doch einen Grund dafür geben. Hat denn überhaupt schon jemand versucht abzuhauen?«

Pam schüttelte den Kopf. »Meines Wissens nicht und bestimmt nicht, seit sie hier diese Handfesseln haben. Die sind die totale Kontrolle. Niemand weiß, wie sie funktionieren und ob sie eventuell ferngesteuert sind. Die Betreuer haben immer so ein komisches Gerät dabei, mit dem sie die Fesseln einstellen, aber keiner kann sagen, wie weit die Dinger reichen. Stell dir vor, du überredest deinen Partner, mit dir abzuhauen, und die drehen eure Fesseln auf null Meter runter. Dann seid ihr tot, bevor sie überhaupt in eure Nähe kommen, um die Fesseln abzuschalten.«

»Du meinst echt, die können töten?« Kayla schaute fassungslos auf ihr silbernes Armband.

»Keine Ahnung. Irgendwann hält man die Schmerzen vielleicht nicht mehr aus und durch den Schock bleibt das Herz stehen. Wer weiß das schon? Und mal ehrlich, ich habe keine Lust, es herauszufinden.«

»Verrückt«, sagte Kayla. »Und so etwas erlauben unsere Eltern.«

»Die wissen davon wahrscheinlich gar nichts. In den Verträgen steht drin, dass die Campleitung alle Maßnahmen zur Resozialisierung anwenden darf, die ihr notwendig erscheinen. Mom und Dad haben ihnen einen Freibrief ausgestellt, die können mit uns machen, was sie wollen.«

»Aber wir haben doch sicher auch Rechte, oder?«

Pam lächelte sie mitleidig an. »Sei nicht naiv. Dein einziges Recht ist es zu gehorchen.«

»Schöne Scheiße«, stieß Kayla aus.

»Geh jetzt duschen. Du hast einen Termin bei Goodman und solltest nicht zu spät kommen.«

18.

Goodman nagte an einem Bleistift, als Mike und Kayla eintraten. Er sah auf, deutete auf zwei Stühle vor seinem Schreibtisch und machte sich eine Notiz auf einem Post-it-Zettel, den er auf eine Akte pappte. Mit seinen verstrubbelten braunen Haaren, die an diesem Tag weder Kamm noch Stylinggel gesehen hatten, und seinem Dreitagebart wirkte Goodman eher wie ein Student als wie ein Doktor der Psychologie. Mike schätzte ihn auf Mitte zwanzig.

Sein Blick fiel auf die Promotionsurkunde, die neben dem Diplom für Allgemeinmedizin an der Wand hing. Wann hat der Typ begonnen zu studieren?, fragte er sich. Mit zwölf?

Der Camparzt lümmelte in seinem Bürostuhl hinter einem mit Papieren bedeckten Schreibtisch. Er trug Jeans, Turnschuhe und ein blau kariertes Hemd, als wolle er zu einem Angelausflug gehen.

»Ihr seid Kayla und Mike, richtig?«, fragte er.

Wer sollen wir sonst sein?

Mike nickte. Kayla sagte: »Ja.«

»Hat man euch die Campregeln erklärt?«

»Ja, Sir«, sagte Mike.

»Das ›Sir‹ könnt ihr weglassen. Dr. Goodman reicht.« Er schaute kurz zur Decke hoch, an der sich munter ein Ventilator drehte und für etwas Luftzug sorgte. »Ich erkläre euch, wie das hier so abläuft. Zunächst einmal hat sich euer Aufenthalt durch euer Fehlverhalten in Black Hill nicht verlängert, aber hier gelten besondere Sicherheitsmaßnahmen.«

Er deutete mit dem Bleistift auf die Handfessel an Mikes Arm.

»Die Handfesseln sind Teil eines staatlichen Versuches zur Behandlung von jugendlichen Straftätern. Dahinter stehen zwei Gedanken: Sicherheit und Resozialisierung. Sicherheit für die Gesellschaft und Resozialisierungsmöglichkeiten für euch.«

Die Dinger sollen uns kontrollieren, nichts weiter.

»Die Fesseln bieten euch einen großen Freiraum, sorgen aber dafür, dass ihr diesen Freiraum nicht missbraucht. Meine Aufgabe bei diesem Versuch ist es, euer körperliches und geistiges Wohlbefinden zu sichern. Euch soll bei korrektem Verhalten kein Schaden durch die Handfesseln entstehen. In regelmäßigen Abständen treffen wir uns hier zum Gespräch über eure Fortschritte im Camp. Dabei werde ich die Auswirkungen der Handfesseln auf euren Gesundheitszustand beobachten. Bei diesen Treffen nehme ich eine Blutprobe von euch, die ich im Camplabor untersuche. In allen medizinischen Fragen habe ich hier das Sagen, aber ich muss Mr Bowden und seinem Team Bericht erstatten. Selbstverständlich fällt der Inhalt unserer Gespräche unter die ärztliche Schweigepflicht. Ihr könnt also ganz offen über eure Probleme und Sorgen sprechen, nichts wird diesen Raum verlassen.«

Obwohl Goodman vertrauenswürdig wirkte, beschloss Mike, vorsichtig zu sein mit dem, was er preisgab.

»Nun zum Versuch«, fuhr der Psychologe fort. »Die Handfessel verbindet zwei Personen und erlaubt eine gewisse Distanz zwischen ihnen, die nicht überschritten werden darf, sonst wird ein Schmerzimpuls ans Nervensystem gesandt. Die Distanz ist variabel und wird von der Campleitung im Rahmen der erforderlichen Maßnahmen festgelegt. Kurz gesagt: Führt ihr euch gut und arbeitet ihr als Team, habt ihr den größtmöglichen Freiraum und spürt die Dinger nicht mal. Tut ihr das nicht, zwingt euch die Fessel dazu, miteinander auszukommen.«

Kayla hob die Hand.

»Ja?«

»Kann man sich seinen Mitgefangenen aussuchen?«

Goodman runzelte die Stirn. »Wir sprechen von Partnern und Teamarbeit. Und nein, ihr könnt ihn euch nicht aussuchen. Mr Bowden und ich legen fest, wer mit wem verbunden wird. Bei euch war das naheliegend, da ihr schon im letzten Camp zusammen wart und dort Schwierigkeiten gemacht habt. Hier habt ihr nun die Möglichkeit, eure Feindseligkeit abzulegen und als Team zu funktionieren.«

Mike war sich sicher, dass sich Kayla etwas anderes erhofft hatte, und er konnte es ihr nicht übel nehmen.

»Wie die Handfesseln technisch funktionieren, wissen wir nicht, das ist das Betriebsgeheimnis des Herstellers, aber bisher gab es keine Probleme damit.«

»Wie stark können die Schmerzen sein?«, fragte Mike.

»Das ist von Mensch zu Mensch unterschiedlich und hängt vom persönlichen Schmerzempfinden ab, aber ich will deiner

Frage nicht ausweichen. Es können sehr starke Schmerzen sein.«

»Und das ist gesetzlich erlaubt?«

»Ja. Hierbei handelt es sich um einen von der Regierung der Vereinigten Staaten genehmigten Versuch.«

»Kann man sterben?«

»Nein, aber es kann zu einem Zusammenbruch der Vitalfunktionen kommen. Spätestens dann schaltet sich die Handfessel ab. Ich werde euch später noch untersuchen und feststellen, ob irgendwelche körperlichen Beeinträchtigungen vorliegen. Hat jemand von euch Probleme mit dem Herzen oder andere Vorerkrankungen?«

Beide verneinten.

»Dann macht euch keine Sorgen, die Handfesseln verursachen keine bleibenden Schäden.«

Mike überlegte. Wirklich beruhigend war das nicht.

»Müssen wir die Fesseln immer tragen?«

»Bis zum letzten Tag eures Aufenthaltes.« Goodman schaute sie nacheinander an. »Weitere Fragen?«

Beide schüttelten den Kopf.

»Gut, dann habe ich hier noch eine Erklärung, die besagt, dass ihr über die Wirkungsweise der Handfessel informiert wurdet, und die ihr unterschreiben müsst.«

Nacheinander zeichneten Mike und Kayla das Papier ab.

»So, dann kommen wir jetzt zur Eingangsuntersuchung«, sagte Goodman. »Kayla, gehst du bitte ins Nebenzimmer und machst den Oberkörper frei? Ich werde einen Belastungstest mit dir machen und dir Blut abnehmen. Mike, du wartest hier. Du bist danach dran.«

Nach der Untersuchung blieb Kayla vor dem Gebäude stehen, in dem Goodmans Büro und das Labor untergebracht waren, und blickte Mike an. »Wie machen wir es?«

»Was meinst du?«

»Wir müssen uns absprechen.« Sie hielt ihren linken Arm hoch. »Ich habe keine Lust, dass das Scheißding noch mal losgeht.«

Mike sah sich um, begutachtete das ganze Gelände. »Die Entfernungen zwischen den einzelnen Gebäuden sind nicht allzu groß. So wie es aussieht, liegt alles in einem Radius von einhundert Metern. Im Normalfall sollte das ausreichen, um unsere Maximaldistanz nicht zu überschreiten. Wir dürfen nur nicht gleichzeitig zu den am weitesten auseinanderliegenden Seiten des Camps gehen. Das Gleiche gilt für den Sportplatz. Wir haben ja mitbekommen, dass sein Abstand zu den Unterkünften zu groß ist, aber ich glaube, wenn wir darauf achten, sollte es keine Schwierigkeiten geben.«

»Ich traue den Fesseln nicht.«

»Denkst du, ich?«

»Sie haben dadurch die perfekte Kontrolle über uns, und auch wenn Goodman so tut, als ginge es hier um Resozialisierung, sind das für mich nur Möglichkeiten, uns bei Ungehorsam zu bestrafen und in Angst zu versetzen. Die wollen uns gefügig machen.«

»Das glaube ich auch, aber Luis, einer der anderen Jungs, hat mir erzählt, dafür haben sie noch ganz andere Methoden. Er war vor Camp21 in zwei anderen Lagern und wurde dort misshandelt.«

»Was meinst du mit ›misshandelt‹?«

»Schläge, Isolation, Essens- und Schlafentzug.«

»Echt jetzt?«
»Kein Scheiß«, versicherte Mike. »Da trag ich lieber die hübschen Armbänder und tu so, als wäre ich ein braver Junge.«
Kayla wirkte plötzlich sehr nachdenklich. »Sechs Monate sind eine lange Zeit.«
»Ja, die kriegen wir aber rum.«
Sie schaute ihm direkt in die Augen. »Ich kann dich nicht leiden. Daran hat sich nichts geändert.«
»Ist schon okay, du bist auch nicht meine erste Wahl.«
»Lass mich in Ruhe und halt Abstand.«
»Mann, Kayla, kapierst du es nicht? Die wollen uns als Team sehen.«
»Ich bin nicht blöd, das ist mir schon klar, aber wir tun nur so, wenn sie dabei sind, ansonsten hältst du dich von mir fern.« Mit diesen Worten machte sie auf dem Absatz kehrt und ging zurück zur Unterkunft.
Sechs Monate können tatsächlich eine lange Zeit werden, dachte Mike.

Als Mike die Unterkunft betrat, stieß er fast mit Steve zusammen. Der rothaarige Junge stand mit seiner Reisetasche im Gang vor den Zimmern und lauschte Koczinskys Anweisungen. Er sah müde aus, körperlich erschöpft, aber in seinen Augen loderte Hass, als sich Mike an ihm vorbeiquetschte. Sie kamen sich dabei so nahe, dass Steves säuerlicher Atem über sein Gesicht strich. Mike versuchte, eine unbewegte Miene beizubehalten, auch wenn er sich am liebsten weggedreht hätte.
Die Tür zu seinem Zimmer stand offen. Luis war nicht da und so warf sich Mike aufs Bett und starrte an die Decke.

Er hatte gewusst, dass Steve früher oder später im Camp21 auftauchen würde, den Gedanken daran aber verdrängt. Er fragte sich nun, worauf er sich gefasst machen musste. Steve würde Rache nehmen, da war er sich sicher. Typen wie er konnten so eine Sache nicht auf sich beruhen lassen. Die Frage war nur, wann er mit einem Angriff zu rechnen hatte und wie er erfolgen würde.

Würde sich Steve bei der ersten Gelegenheit auf ihn stürzen? Nein, das glaubte er nicht. Der Junge sah aus, als hätte er in den letzten vierundzwanzig Stunden in Black Hill einiges mitgemacht.

Er wird aus dem Hinterhalt angreifen, wenn keiner zusieht. Oder wie Maddy seine Chance beim Boxen nutzen, um mich ganz offiziell zu verprügeln.

Allerdings waren da die Betreuer zugegen und durch die Handschuhe waren keine ernsthaften Verletzungen zu befürchten. Zudem glaubte Mike, gegen Steve im Ring bestehen zu können.

Gefährlicher als der Boxunterricht war die Arbeit im Entwässerungsgraben. Mike wurde schlecht, als er sich Steve mit einer Spitzhacke in der Hand vorstellte.

Er kann es wie einen Arbeitsunfall aussehen lassen.

»Fuck«, fluchte Mike laut, als er diese Möglichkeit ernsthaft in Betracht zog. Ich würde es an seiner Stelle so machen, dachte er und fluchte noch einmal.

»Was ist los?«, fragte Luis, der in der Tür aufgetaucht war. »Führst du Selbstgespräche?«

»Ich hatte gerade eine Vision«, sagte Mike.

»Lässt du mich daran teilhaben?« Luis grinste.

Mike erzählte ihm von der Sache mit Steve. Dass er den

Vorfall, der sie beide ins Camp21 gebracht hatte, verursacht hatte, erwähnte er nicht, aber er machte auch keinen auf Unschuld, sondern gab zu, Steve provoziert zu haben.

»Das ist nicht gut«, meinte Luis, als er geendet hatte. Sein Auge zuckte wieder.

»Nein, wirklich nicht.«

»Du könntest natürlich mit Bowden über die Sache reden.«

»Auf keinen Fall«, widersprach Mike heftig.

»Ist auch besser so, sonst stehst du vor den anderen Jungs als Petze dar. In Camps ist es üblich, seine Sachen selbst zu regeln.«

»Und wie soll ich das deiner Meinung nach regeln?«

»Kümmere dich um ihn.«

»Was soll das jetzt wieder heißen?

»Du oder er. Mach das, was er mit dir vorhat. Komm ihm zuvor. Morgen bei der Arbeit inszenierst du einen Unfall. Wenn du Glück hast, wird Steve so schwer verletzt, dass sie ihn ins Krankenhaus bringen müssen. Danach ist es unwahrscheinlich, dass er hierher zurückkommt.«

Mike setzte sich auf. »Bist du verrückt? Ich könnte ihn schwer verletzen und außerdem würden die Betreuer mir die Sache mit dem Arbeitsunfall nach unserer Vorgeschichte niemals abnehmen. Die würden mich vors Jugendgericht schleppen und in den Knast schicken.«

»War ja nur ein Vorschlag«, verteidigte sich Luis.

»Hey, Mann, ehrlich, so etwas will ich nicht hören.«

Von draußen erklang ein Lautsprechersignal, das wie eine Autohupe klang und zum Essen rief.

»Okay, Mike, vergiss, was ich gesagt habe. Lass uns rübergehen und nachsehen, was es zum Abendessen gibt. Ich tippe auf Sandwiches mit weichem Käse oder nach Plastik schmeckender Rinderwurst.«

»Wie kommst du darauf?«, fragte Mike, dessen Ärger bereits wieder verflogen war.

Luis grinste. »Exakt das gibt es jeden Abend.«

Pam saß an dem kleinen Tisch und las in ihrem Buch, als Kayla ins Zimmer kam. Sie schaute auf und blickte auf Kaylas Armbeuge, auf die Goodman nach der Blutabnahme ein Pflaster geklebt hatte. Es hatte zwar nicht wehgetan, aber jetzt pochte es an der Stelle.

»Na, wie war es bei Goodman?«, fragte Pam. Sie nahm eine Haarsträhne in die Hand und drehte sie um ihren Finger. Dann zupfte sie sich einzelne Haare aus, ließ sie fallen und beobachtete sie dabei, wie sie zu Boden sanken. Kayla hatte dieses merkwürdige Verhalten schon an ihr beobachtet und fragte sich, ob Pam überhaupt bewusst war, was sie da tat. An der rechten Seite ihres Kopfes waren die Haare bereits lichter geworden und die Kopfhaut schimmerte durch.

»War okay.« Kayla versuchte zu lächeln, wusste aber im gleichen Moment, dass es ihr nicht gelang.

Pam nickte. »Dieser Mike sieht echt gut aus«, wechselte sie das Thema.

Kayla wandte sich ab und verdrehte die Augen. Ja, es stimmte. Mike war alles andere als hässlich. Er hatte schöne graue Augen, und wenn er lächelte, entstanden Grübchen an seinen Mundwinkeln, die ihm etwas Besonderes verliehen. Aber darüber, dass er gut aussah, wollte sie sich jetzt am allerwenigsten Gedanken machen.

»Läuft da was zwischen euch?«, fragte Pam weiter.

»Nein!« Kayla drehte sich um und sah Pam entsetzt an. »Bist du verrückt? Der Typ ist schuld, dass ich hier bin.«

»Wie das?«

Kayla erzählte ihr von dem Vorfall in Black Hill, der sie an diesen Ort gebracht hatte.

»Übel«, meinte Pam anschließend. »Aber vielleicht wollte er dich gar nicht in die Sache reinziehen und du bist einfach dazwischengeraten.«

»Nein, so war das nicht«, beharrte Kayla.

»Mag sein.« Pam sah sie nachdenklich an. Dann grinste sie. »Trotzdem, wenn man euch zusammen sieht, könnte man meinen, es wäre was zwischen euch.«

»Unsinn. Mike ist mir vollkommen egal. Schlimm genug, dass wir miteinander verbunden sind, mehr will ich garantiert nicht von ihm. Ich versuche, die Zeit hier rumzubringen, und hoffe, er lässt mich von nun an in Ruhe.«

Eine Weile sagte Pam nichts, dann meinte sie: »So oder so, das Schicksal hat euch zusammengeführt.« Dann nahm sie ihr Buch wieder in die Hand und las weiter.

Was für eine seltsame Bemerkung, dachte Kayla.

19.

Kayla lief hinter der Gruppe her und versuchte, nicht den Anschluss zu verlieren. Die Luft war noch frisch, regelrecht kühl, und sie genoss es, frei atmen zu können. Der tägliche Morgenlauf war zwar nichts, worauf sie wirklich Lust hatte, aber im Gegensatz zu den vergangenen Tagen fühlte sie sich heute nicht ganz so schwach. Im Gegenteil.

Ich kann ganz gut mithalten. Langsam werde ich fit.

Zwanzig Meter vor ihr rannte Mike. Auch heute hatte er keine Probleme damit, sie abzuhängen, aber der Abstand wurde mit jedem Tag geringer.

Bald hab ich dich.

Nicht weit entfernt keuchte Steve. Wie immer blieb er in Mikes Rücken. Kayla vermutete, dass er Mike Angst machen wollte, und vielleicht gelang ihm das sogar, denn Mike hatte sich angewöhnt, immer wieder über seine Schulter zurückzublicken. Manchmal schaute er dabei auch Kayla an, aber sie erwiderte seinen Blick nicht.

Seit ihrem letzten Gespräch vor Goodmans Büro hatten sie einander gemieden und nicht miteinander gesprochen. Obwohl sie sich ständig begegneten, war es ihnen gelungen, Abstand zu halten. Bei der Arbeit am Graben war er weit vor ihr, beim Boxen auf der anderen Seite des Rings.

Als es am ersten Tag nach ihrem Knock-out wieder zum Boxen gegangen war, war Kayla nervös gewesen, aber ihre Gegnerinnen behandelten sie, als wäre sie aus Glas, und schlugen nur mit halber Kraft zu. Es schien, als hätte Duncans Bestrafung von Maddy bei ihnen allen Eindruck hinterlassen. Maddy selbst machte seit dem Vorfall einen Bogen um sie und Kayla hoffte, dass die Sache mit ihr ausgestanden war. Sie wollte die Zeit im Camp, so gut es ging, hinter sich bringen, ohne ständig wie Mike nach hinten schauen zu müssen. Ihr Mitleid hielt sich allerdings in Grenzen, schließlich war er selbst schuld daran.

Abgelenkt von ihren Gedanken übersah sie eine Wurzel und kam ins Stolpern. Nur mit Mühe hielt sie das Gleichgewicht. Als sie sich gefangen hatte, begann ihr linker Arm zu kribbeln. Kayla starrte erschrocken auf die Handfessel, die im Morgenlicht glänzte. Die Leuchtdiode an der Seite blinkte nicht, trotzdem hatte Kayla Angst, dass sie sich aktivieren könnte.

Sie schaute nach vorn. Mike war nur noch zehn Meter vor ihr, keinesfalls konnte die Handfessel wegen eines zu großen Abstands zwischen ihnen aktiviert worden sein. Das Kribbeln war nicht schmerzhaft, eher wie Fingernägel, die über ihren Arm strichen, und nicht einmal unangenehm, und dennoch beunruhigte sie das Ganze. Wenn die Handfessel eine Fehlfunktion hatte, konnte es böse werden. Schmerzen waren nicht unbedingt etwas, womit Kayla gut umgehen konnte.

Mike spürte Steves Blicke in seinem Rücken brennen. Das Arschloch lief stets hinter ihm, wollte ihm Angst einjagen, und Teufel auch, es gelang ihm sogar.

Bei der Arbeit im Graben hatte sich Steve von ihm ferngehalten. Beim Boxen waren sie sich auch noch nicht gegenübergestanden und ansonsten gingen sie sich aus dem Weg. Dennoch spürte Mike, dass Steve etwas plante, und das machte ihm große Sorgen.

Er war so in Gedanken, dass er zusammenzuckte, als sein linker Arm zu kribbeln begann. Verblüfft schaute er auf die Handfessel, dann über die Schulter zurück zu Kayla, die ebenfalls ihr Armband anstarrte. Er wollte ihr etwas zurufen, aber so schnell, wie das Kribbeln gekommen war, verging es auch wieder.

Merkwürdig.

Plötzlich stieß ihn jemand gegen die Schulter. Steve! Anscheinend war er wegen der Aktivität der Handfessel langsamer geworden.

»Lauf schneller, Penner.«

Mike fuhr herum. »Was willst du?«

»Von dir, Wichser? Warte es einfach ab.«

Beide blieben stehen. Jeder wartete darauf, dass der andere den ersten Schritt machte.

Duncans Trillerpfeife gellte auf. »Lauft weiter! Steve, Mike, ich habe euch genau im Blick!«

»Ich krieg dich«, zischte Steve. »Heute, morgen, spielt keine Rolle.« Er schüttelte verächtlich den Kopf. »Dich mach ich fertig.«

Erneut ein Pfiff von Duncan.

»Versuch es«, gab Mike, so unbeeindruckt er konnte, zurück. Dann wandte er sich um und nahm den Lauf wieder auf.

Während er gleichmäßig dahinlief, konnte Mike die Unruhe nicht abschütteln. Dieser ungebändigte Hass, den Steve ausstrahlte, zeigte ihm, dass es hier nicht um eine Tracht Prügel ging.

Dich mach ich fertig.

Das war ernst. Mike überlegte, ob er nicht vielleicht doch mit Bowden oder zumindest mit Goodman darüber reden sollte. Wenn Steve erkannte, dass die Betreuer von seinem Vorhaben wussten, würde er sich vielleicht zurücknehmen und seinen Plan aufgeben.

Mach dir nichts vor, Steve gibt niemals auf. Irgendetwas stimmt nicht mit ihm und früher oder später heißt es du oder er.

Das Camp, Steve, die Sorge um Ricky, all das nagte an ihm und verursachte ein Gefühl der Unsicherheit, das ihm fremd war.

Was geschieht mit mir? Wenn ich mich jetzt schon nicht mehr wiedererkenne, was werde ich sein, wenn das Camp vorüber ist?

Die Arbeit war immer noch hart und ihre Muskeln schmerzten, aber es war auch irgendwie befreiend, die Schaufel in den Boden zu graben und den Dreck auszuheben. Kayla genoss zum ersten Mal in ihrem Leben körperliche Arbeit und war erstaunt darüber, dass so etwas tatsächlich Spaß machen konnte. Okay, Spaß war vielleicht zu viel gesagt, aber die Schufterei zeigte ihr, dass sie belastbar war und nicht so schwach, wie sie von sich gedacht hatte. Andererseits war ihr Kraftzuwachs erstaunlich und es beunruhigte sie ein wenig, wie schnell sich ihr Körper an die neue Situation angepasst hatte.

Besser so als anders, dachte Kayla. Grinsend beschloss sie, die Sache so zu akzeptieren, wie sie war, und nicht mehr darüber nachzugrübeln.

Erneut rammte sie die Schaufel in die Erde und ein weitere Ladung Dreck flog aus dem Graben. Vor ihr buddelte Maddy herum. Sie wirkte kraftlos und ohne jede Energie. Kayla beobachtete sie schon eine ganze Weile. Irgendetwas stimmte nicht mit dem Mädchen. Immer wieder richtete sich Maddy auf, drückte ihren Rücken durch und fuhr sich mit dem Handrücken über die Stirn. Dabei stöhnte sie leise.

Was hat sie?

Noch während Kayla darüber nachdachte, bemerkte sie, dass Maddy taumelte. Ihr Körper sackte nach rechts und ihre Hand streckte sich nach der Grabenwand aus, glitt aber daran ab. Kayla ließ die Schaufel fallen und stürzte nach vorn, während Maddy nach hinten kippte. Gerade rechtzeitig war Kayla bei ihr und fing sie auf, als sie bewusstlos zu Boden sackte. Maddys Körper war heiß, glühte regelrecht in Kaylas Armen. Sie rief nach Mason, der heute ihren Abschnitt des Grabens kontrollierte.

Der Mann sprang ohne Zögern in den Graben hinab und ging vor Maddy auf die Knie. Sie zeigte keine Regung.

»Was ist mit ihr?«, fragte er besorgt.

»Ich weiß nicht«, sagte Kayla. »Sie ist einfach umgekippt. Maddy hat schon den ganzen Morgen komisch auf mich gewirkt, vielleicht ist sie krank.«

Mason legte seine Hand auf Maddys Stirn. »Sie glüht ja! Hat sie genug getrunken?«

»Keine Ahnung, Sir.«

»Verflucht. Wahrscheinlich hat sie einen Hitzschlag.« Er

schob seine Arme unter Maddys Achseln. »Nimm die Beine. Wir müssen sie erst einmal aus dem Graben heben, dann bringen wir sie zu Goodman.«

»Okay.«

»Duncan?«, brüllte Mason.

Der zweite Betreuer kam heran. »Was ist mit ihr los?«

»Sie ist weggekippt. Vermutlich die Hitze. Ich bringe sie zum Doc. Sag Bowden Bescheid, jemand muss meinen Abschnitt übernehmen.«

»Geht klar. Brauchst du Hilfe?«

»Kayla und ich kriegen das hin.«

Und so war es auch. Obwohl Maddy an die siebzig Kilo wog, hatte Kayla kein Problem, ihren Teil der Last anzuheben und Maddy gemeinsam mit Mason aus dem Graben zu wuchten. Mason wollte gerade losstapfen, als ihr etwas einfiel.

»Die Handfessel«, sagte sie. »Ich bin mit Mike verbunden. Er arbeitet weiter vorn im Graben. Wird sie sich nicht aktivieren, wenn wir zu Goodman gehen?«

»Welche Distanz habt ihr?«

»Zweihundert Meter.«

Mason blickte hinüber zu dem flachen Gebäude, in dem das Büro des Arztes untergebracht war. »Sollte kein Problem sein. Wenn du etwas spürst, sag mir Bescheid, dann gehst du zurück und ich trage Maddy den Rest des Weges allein.«

Kayla blickte auf das bewusstlose Mädchen herab. »Sie ist ziemlich schwer.«

»Wir werden sehen. Wie gesagt, ich denke, es wird keine Aktivierung geben. Und jetzt los.«

Während Kayla Maddy mit ihm zu Goodman brachte, fragte sie sich bei jedem Schritt, ob er die Entfernung richtig eingeschätzt hatte. Anscheinend war es so, denn das Kribbeln blieb aus, auch als sie an die Tür des Lagerarztes klopften.

Goodman öffnete, schaute auf Maddy herab und sagte ruhig: »Bringt sie rein.«

Ganz offensichtlich war das nicht der erste Vorfall dieser Art. Mason und sie trugen Maddy in ein Behandlungszimmer neben dem Büro. Hier stand eine Liege, auf der sie sie ablegen konnten. Kayla sah ein mobiles EKG-Gerät, einen Computer, Schränke voller Medikamente und Verbandszeug, Schachteln mit Einwegspritzen und vieles mehr.

»Okay«, sagte Mason. »Du kannst jetzt gehen, Kayla. Danke für deine Hilfe.«

Kayla nickte dem Arzt zu und verließ den Raum. Als sie zurück zum Graben ging, dachte sie darüber nach, dass Maddy ihr nun etwas schuldig war.

Weiter hinten im Graben hatte es Unruhe gegeben, ohne dass Mike zunächst wusste, was geschehen war. Dann sah er Mason und Kayla ein Mädchen aus dem Graben hieven. Mason besprach sich mit Duncan, der ihnen kurz darauf erklärte, dass Maddy umgekippt war. Er befahl allen, sofort zu trinken, und Mike war dankbar für die Unterbrechung. Seine Handflächen brachten ihn fast um.

Heute schien die Sonne besonders heiß vom wolkenlosen Himmel und der Schweiß lief ihm in Strömen über das Gesicht. Alle seine Muskeln schmerzten und Mike fragte sich, ob das jemals anders werden würde.

»Alter, das ist echt kaum auszuhalten heute«, sagte Luis neben ihm.

Joe stand ebenfalls in der Nähe und schüttete sich den Rest

seines Wassers übers Gesicht. »He, du bist doch ein Mex, dir sollte die Hitze nichts ausmachen.« Er grinste. Anscheinend war er heute nicht so schweigsam wie sonst.

»Sehr witzig, Joe. Du hattest auch schon bessere Sprüche drauf. Aber mehr kann man vielleicht auch nicht erwarten, wenn dir die Sonne die Birne ausdörrt.« Luis rempelte ihn spielerisch an, aber Joe geriet nicht im Geringsten ins Wanken. Er schien den Stoß gar nicht zu spüren.

»Wo hast du eigentlich die ganzen Muskeln her?«, fragte Mike und betrachtete anerkennend den Körper des anderen, der sich unter dessen verschwitztem T-Shirt abzeichnete. In Joes riesigen Händen wirkte die Spitzhacke wie ein Spielzeug für Kinder.

»Mein Dad war früher Profiwrestler. Er hat mich von klein auf trainiert. Das heißt, wenn er nicht gerade besoffen war und mich verprügelt hat.«

»Was war mit deiner Mom? Hat sie dir nicht geholfen?«

»Die hat er auch verprügelt. Noch mehr als mich.« Joe spuckte auf den Boden. »Eines Tages hat er es übertrieben, da habe ich ihm eine volle Whiskeyflasche über den Schädel gezogen. Er kam ins Krankenhaus, ich hierher.«

Duncan rief herüber, dass sie die Arbeit fortsetzen sollten. Mike hob seine Hacke wieder auf. Die Schmerzen gingen weiter.

20.

Kayla sah von ihrem Teller auf, als Mike sich in den Speisesaal schleppte. Er wirkte vollkommen erschöpft und sie verspürte einen Anflug von Mitleid mit ihm. Noch vor Kurzem hatte sie sich ganz genauso gefühlt.

Sie beobachtete, wie er sich ein Tablett nahm und zur Essensausgabe schlurfte. Hinter ihm stand der kleine Hispanic und dieser Riese, den sie öfter mit ihm zusammen sah. Beide waren sonnenverbrannt wie alle anderen auch, aber im Gegensatz zu Mike wirkten sie frisch und alberten herum.

Kayla aß gerade eine weitere Gabel Hackbraten mit Soße, als Mike zu ihr an den Tisch kam. Vor dem freien Stuhl ihr gegenüber blieb er stehen und schaute sie an.

»Ist schon okay«, sagte Kayla. Der Tag war einigermaßen gut gewesen, da wollte sie sich nicht die Stimmung damit verderben, zickig zu Mike zu sein.

»Danke.«

Er setzte sich, nahm die Gabel und stocherte in seinem Essen herum. Messer gab es nicht. Jede Mahlzeit war so zubereitet, dass man sie mit einem Löffel oder einer Gabel essen konnte.

Ein Steak würde sie also im nächsten halben Jahr nicht sehen.

»Was ist mit dir?«, fragte sie, obwohl sie gar nicht mit ihm sprechen wollte. Heute schaffte sie es einfach nicht, wütend auf ihn zu sein.

»Ich bin fix und fertig. Mir tut jeder Muskel weh, die Scheißarbeit im Graben bringt mich um. Du steckst das irgendwie besser weg als ich.«

Kayla konnte die Frustration regelrecht spüren, die Mike ausstrahlte. »Kann ich dir helfen?«

Jetzt ist aber auch mal wieder gut mit der Freundlichkeit, tadelte sie sich im nächsten Moment. Der Typ hat dich hierhergebracht.

Überrascht sah er von seinem Teller auf. »Nein, ich muss da selbst durch, aber ich finde es großartig, dass du das sagst.« Er zögerte kurz. »Kayla, es tut mir leid, was geschehen ist. Ganz ehrlich, ich habe dich da hineingezogen und verstehe, dass du sauer auf mich bist.«

»Ist jetzt nicht mehr zu ändern«, sagte Kayla und wunderte sich, dass sie tatsächlich bereit war, die Tatsache zu akzeptieren, im Camp21 gelandet zu sein. Vielleicht würde alles ein wenig leichter werden, wenn sie nicht ständig zornig war. Sie beobachtete, wie er sichtlich erleichtert in seinem Essen herumstocherte.

»Schmeckt gar nicht so schlecht heute«, meinte Kayla.

Mike ging nicht darauf ein. »Was war vorhin mit Maddy los?«, fragte er.

»Ist weggekippt. Die Hitze.«

»Ich habe mich gewundert, dass du ihr geholfen hast.«

Kayla zuckte mit den Schultern. Sie hatte nicht darüber

nachgedacht. Maddy hatte Hilfe gebraucht, sie war da gewesen.

»Was ist mit deinem Bruder?«, fragte sie. »Irgendetwas Neues von ihm?«

Mike schüttelte den Kopf. »Wenn wir morgen Goodman sehen, will ich ihn mal fragen, ob er etwas herausfinden kann.«

»Und du glaubst, er tut es?«

»Er scheint ganz okay zu sein. Nicht so ein sadistischer Arsch wie Bowden, Duncan und die anderen.«

»Was sind das für Leute, die sich für so einen Job melden?«, fragte Kayla. »Jugendliche in einem Camp bewachen und drangsalieren.«

»Ich tippe auf Exmilitärs.«

»Meinst du echt?«

Mike blickte von seinem Essen auf. »Sieh sie dir an. Die Körperhaltung, immer dieses aufrechte Gehen. Die Art, wie sie reden und Befehle erteilen. Kurz geschnittene Haare und alle sind topfit.«

»Ich dachte, die sind von einem privaten Sicherheitsdienst.«

»Ist wahrscheinlich auch so. Gibt ja für viele Soldaten, die aus der Armee entlassen werden, nichts anderes zu tun.«

Nachdenklich beobachtete Kayla, wie Mike den Hackbraten auf seinem Teller hin und her schob. Seine Vermutung ergab Sinn. Die einheitlichen schwarzen T-Shirts, die die Betreuer trugen, erweckten den Anschein einer Uniform. Und alle schienen es gewohnt zu sein, sich absolut unterzuordnen.

»Bowden macht mir Angst«, meinte sie. »Man sieht ihn nicht oft, aber immer hat man das Gefühl, er beobachte alles ganz genau. Der Typ lächelt nie und selbst die anderen Betreuer scheinen ihn zu fürchten.«

»Mir ist er auch nicht geheuer«, gab Mike zu. »Aber solange er uns in Ruhe lässt, mache ich mir keine Gedanken über ihn. Duncan scheint ganz okay zu sein, Koczinsky auch. Bei Mason bin ich mir noch nicht sicher.«

»Was ist mit Steve?«, fragte Kayla und nickte mit dem Kopf in Richtung Tischende, wo der rothaarige Junge gerade dabei war, sein Essen in sich hineinzuschaufeln.

Mike folgte ihrem Blick. »Der ist echt ein Problem. Er hat mir heute Morgen gedroht, mich fertigzumachen, und ich glaube ihm, dass er das vorhat. Ich muss ihn ständig im Auge behalten. Ich will auf keinen Fall riskieren, mit ihm irgendwo allein zu sein.«

Mikes Offenheit überraschte Kayla. Bisher hatte er immer so cool getan. Sie hätte nicht gedacht, dass er vor ihr eine Schwäche zugeben würde.

»Sprich mit den Betreuern«, schlug sie vor.

»Würde nichts bringen. Sie können ihn zwar warnen, aber ich glaube nicht, dass er sich davon aufhalten lassen würde. Steve wartet auf die richtige Gelegenheit. Ohne Zeugen. Dann wird er zuschlagen.«

Kayla spürte, wie ihr ein Schauer über den Rücken kroch. »Schöner Mist.«

»Hmm.«

»Und wenn du versuchst, mit ihm zu reden?«

Mike schnaubte. »Schau ihn dir an. Sieht der Typ aus, als könne man mit ihm quatschen?«

Sie warf einen Blick ans Tischende. Steve sah gerade zu ihnen herüber. Langsam hob er die Hand und zeigte ihnen den Mittelfinger.

»Eher nicht«, sagte Kayla.

Mike schob seinen Teller von sich. Er hatte nichts angerührt. Sie selbst hatte ihre komplette Portion verdrückt und noch immer knurrte ihr Magen. Sehnsüchtig sah sie auf das Fleisch auf Mikes Teller.

Er hatte ihren Blick bemerkt. »Willst du?«, fragte er.

Sie nickte. »Wenn es dir nichts ausmacht.«

»Ich habe keinen Hunger.«

»Danke.«

Während sie schweigend dasaßen, aß Kayla seine Mahlzeit auf. Am Schluss wischte sie sogar noch den Teller mit einem Stück Brot ab.

Mike beobachtete sie, während sie aß, und wieder fiel ihm auf, wie hübsch Kayla war. Sie hatte ein offenes Gesicht, funkelnde grüne Augen und einen sehr sinnlichen Mund. Sommersprossen tanzten auf ihrer Nase, gaben ihr etwas Freches.

Hätten wir uns auf andere Art und Weise kennengelernt, hätte ich bestimmt versucht, bei dir zu landen.

»Woran denkst du gerade?«, fragte Kayla.

Mike zuckte innerlich zusammen. Er spürte Hitze in sein Gesicht steigen.

»An nichts Wichtiges«, sagte er hastig.

»Du hast gelächelt«, meinte Kayla.

»Echt?«

»Was machst du eigentlich, wenn du nicht in irgendwelchen Bootcamps gefangen gehalten wirst?«

»Nichts Besonderes. Schule, Sport, das Übliche halt. Ab und zu treffe ich mich mit ein paar Leuten, hänge ab.«

Kayla nickte. »Deine Freundin ist bestimmt stinksauer, weil sie dich so lange nicht sieht.«

Wieso sagt sie das? Wieso ausgerechnet jetzt?

»Ich bin allein. Ist schon eine Weile her, dass ich mit jemandem zusammen war. Und du?«

Kayla schüttelte den Kopf. »Single.«

»Das wundert mich.«

»Wie meinst du das?«

»Du siehst gut aus.«

Oh Shit, warum habe ich das jetzt gesagt? Sie wird denken, ich baggere sie an.

Kayla lächelte. »Das ist nett, dass du das sagst, hilft aber nichts, denn ich komme nicht viel unter Leute.«

Es klang traurig, trotz des Lächelns.

»Willst du darüber reden?«, fragte er.

»Ich denke nicht.«

Sie stand auf, nahm ihr Tablett in die Hand. »Kommst du?«

Irgendwie wurde Mike noch wärmer im Gesicht.

Natürlich fand der Boxunterricht trotz der großen Hitze statt, aber heute war Kayla das egal. Sie fühlte sich gut und hatte Lust auf einen Kampf. Von Unterricht zu sprechen, war bei dieser täglichen Veranstaltung sowieso nicht richtig, denn bis auf Duncan, der Tipps zu Deckungsarbeit und Boxschlägen in den Ring hineinrief, zeigte ihnen niemand, wie es wirklich ging. Es gab weder Sandsack noch Boxbirne und Kayla hatte inzwischen den Verdacht, das Ganze diente dazu, Aggressionen abzubauen und Konflikte auf sportliche Art auszutragen.

Wie immer waren die Mädchen zuerst dran.

Während Kayla den anderen zusah, stellte sie fest, dass fast keine Boxerin einen festen Stand hatte. Beinahe alle stellten die Füße zu eng, sodass sie bei jedem festeren Stoß drohten, das Gleichgewicht zu verlieren. Viele der Jungs waren da anders, sie gingen in eine stabile Position und versuchten, die Angriffe des Gegners mit dem Oberkörper auszupendeln. Sie bewegten zumeist beide Füße gleichzeitig, um den sicheren Stand nicht zu verlieren, glitten vor und wieder zurück. Zudem bemerkte Kayla, dass Jungs wie Joe, aber auch Steve und Luis nicht aus dem Arm heraus schlugen, sondern versuchten, ihren ganzen Körper hinter den Schlag zu bringen. Das Boxen aus der Schulter heraus war eigentlich nur die Vorbereitung für die richtigen Schläge. Duncan nannte diese Schläge »Geraden« oder er sprach von »Jabs« und so langsam verstand sie, was er damit meinte.

In Gedanken stellte sie sich vor, wie es sein musste, sah sich selbst schlagen und ausweichen. So schwer konnte das doch nicht sein. Auf keinen Fall wollte sie noch einmal zu Boden gehen, nur weil sie sich zu blöd anstellte.

Dann war sie an der Reihe. Duncan rief Sarah, ein schlankes Mädchen mit braunem Pferdeschwanz, als ihre Gegnerin in den Ring. Gegen sie hatte Kayla vor zwei Tagen schon einmal geboxt. Sie war chancenlos gewesen und hatte mehrere Treffer im Gesicht und auf dem Körper einstecken müssen, obwohl sie das Gefühl gehabt hatte, dass sich Sarah noch zurückhielt. Gegen Maddy und die anderen ging sie ganz anders vor.

Kayla hatte noch nie mit ihr gesprochen, denn Sarah redete kaum und blieb zumeist für sich, ganz im Gegensatz zu Maddy, die ihren kleinen Hofstaat aus Kathy und Susan um sich brauchte.

Während sie die Boxhandschuhe überstreifte, beobachtete sie Sarah, die sich vollkommen ruhig für den Kampf fertig machte. Sie stieg in den Ring und ließ den Kopf kreisen, um die Nackenmuskulatur zu entspannen. Sarah folgte kurz darauf. Beide nahmen Aufstellung und Duncan gab das Kampfsignal.

Kayla stellte sich in einen Ausfallschritt, hob beide Fäuste an und wartete auf den ersten Angriff. Es dauerte nicht lang. Sarah kam nach vorn und schlug eine Gerade, der Kayla mühelos auswich, gleichzeitig feuerte sie selbst einen Körperhaken ab, der ihre Gegnerin mitten in der Bewegung stoppte.

Sarahs Oberkörper kippte nach unten und sie legte beide Arme um den Bauch. Keuchend stand sie da und einen Augenblick lang dachte Kayla, sie würde sich übergeben, aber dann richtete sich das Mädchen wieder auf und streckte sich.

»Geht es?«, rief Duncan in den Ring hinein.

Sarah nickte verbissen und ging wieder in Position. Diesmal war sie vorsichtig, hielt ihre Deckung geschlossen und überließ Kayla die Führung. Eine Weile taxierten sie sich, dann täuschte Kayla mit der linken Schulter einen Schlag an, feuerte aber ihre Rechte ab. Der Handschuh flog auf Sarah zu, die im letzten Augenblick den Kopf zur Seite reißen konnte und nur gestreift wurde.

Überrascht ließ sie Arme sinken. »Ich gebe auf«, sagte Sarah.

Die Jungs buhten.

»Okay, das reicht für heute«, meinte Duncan. »Lassen wir die Männer ran.«

Kayla fühlte sich großartig. Endlich hatte sie mal etwas auf die Reihe gebracht.

Der Rest des Boxunterrichts lief nach gewohntem Muster ab. Wie erwartet gewannen sowohl Steve, Joe und ein paar andere der größeren Jungs mühelos ihre Kämpfe. Mike hatte es heute mit Joe zu tun gehabt, der ihn gleich zweimal zu Boden schickte. Die Pause beim Mittagessen schien ihm gutgetan zu haben, denn er wirkte längst nicht mehr so erschöpft wie vorhin. Dass er gegen Joe keine Chance hatte, schien ihm nicht viel auszumachen, denn jedes Mal, wenn er fiel, stand er grinsend wieder auf.

Vielleicht hat sich meine großartige Laune auf ihn übertragen.

Kayla lächelte in sich hinein.

Nach ihrem Gespräch war es unmöglich geworden, böse auf Mike zu sein. Im Gegenteil, sie erwischte sich immer wieder dabei, wie sie ihn beobachtete, den Blick seiner grauen Augen suchte. Als er gegen diesen Riesen antrat, hatte sie gehofft, dass er nicht verletzt wurde. Noch vor einem Tag hätte sie sich gewünscht, Joe würde ihn in den Boden rammen, und nun fieberte sie mit Mike mit.

Natürlich waren ihr seine bewundernden Blicke nicht entgangen, als sie Sarah besiegt hatte, und es hatte sich gut angefühlt. Sie wäre am liebsten zu ihm rübergegangen, um sich von ihm abklatschen zu lassen, aber so eng waren sie nun auch wieder nicht.

Als alle Kämpfe ausgetragen waren, gingen sie nebeneinanderher zu den Unterkünften. Keiner sprach und Kayla genoss einfach nur Mikes Nähe. Seit wann fühlte sie sich so wohl in seiner Gegenwart?

Verstohlen betrachtete sie ihn aus dem Augenwinkel. Er sah gut aus. Anders als Joe war er nicht muskelbepackt, aber sein Oberkörper war klar definiert. Sexy.

Das reicht, Kayla.

Unter anderen Umständen hätte sie sich von ihm angezogen gefühlt. Hier, in diesem Camp, wo jeder Tag genug Kraft kostete, wollte sie die Dinge nicht noch zusätzlich verkomplizieren. Aber es schadete sicher nicht, einen Verbündeten zu haben.

»Du hast heute toll geboxt«, sagte Mike und schaute sie an.

Kayla schrak aus ihren Gedanken. Sie spürte Hitze in ihr Gesicht steigen. Hoffentlich bemerkte er ihre Verlegenheit nicht.

»Danke, du auch.«

Was für ein Blödsinn, die meiste Zeit hatte er auf seinem Hintern im Staub gesessen.

»Na, so ganz stimmt das nicht.«

Mist! Jetzt hält er mich bestimmt für eine blöde Gans, die ihm schmeicheln will.

»Ich meine, du hast dein Bestes gegeben. Gegen Joe hat niemand eine Chance.«

»Er ist ganz okay. Wenn er wollte, könnte er mir jeden Knochen im Leib brechen, aber er lässt es langsam angehen. Er achtet darauf, nicht zu hart zuzuschlagen.« Mike grinste. »Dafür bin ich ihm echt dankbar.«

Kayla lächelte zurück.

Die Unterkünfte kamen in Sicht. Sie wollte gerade in Richtung Mädchenhaus abbiegen, als Mike plötzlich sagte: »Hast du Lust, nach dem Abendessen ein wenig im Camp spazieren zu gehen?«

Nun war Kayla vollkommen verblüfft, aber noch überraschender war ihre Antwort: »Ja, das wäre schön.«

Was ist da gerade passiert?

Mike stand unter der Dusche und seifte sich ab, aber in Gedanken war er bei Kayla.

Warum habe ich sie gefragt, ob sie mit mir spazieren gehen will? Himmel, was denkt sie jetzt von mir?

Noch verwirrender als seine Frage war allerdings Kaylas Antwort gewesen. Sie hatte Ja gesagt und dass es schön wäre oder so ähnlich, den genauen Wortlaut wusste er nicht mehr.

Irgendetwas hatte sich zwischen ihnen verändert, aber warum? Auch jetzt glaubte er, ihre Nähe zu fühlen, und es war ein gutes Gefühl.

Trotzdem, ich brauche einen klaren Kopf. Ich muss das Camp durchziehen und Steve im Auge behalten, da kann ich keine Ablenkung gebrauchen.

Aber seine Gedanken kehrten immer wieder zu ihr zurück. Er sah sie, wie sie gegen Sarah geboxt hatte. Wild und unglaublich sexy hatte sie ausgesehen. Kayla hatte die richtigen Kurven an den richtigen Stellen und lange, schlanke Beine. Eigentlich war sie alles, wovon Jungs träumten.

Warum ist mir das nie zuvor aufgefallen?

Fast war es so, als verändere sich Kayla jeden Tag. Sie wurde kräftiger, dynamischer und, *verdammt,* immer hübscher.

Plötzlich spürte er Wärme in seinen Lenden. Er schaute an sich herab.

Das durfte doch nicht wahr sein.

Schnell wandte er sich ab, damit keiner der anderen Jungs etwas von dieser Peinlichkeit mitbekam. Noch verwirrter als zuvor, schraubte er den Wasserhahn zu und griff nach seinem Handtuch.

Plötzlich stand Steve vor ihm, ein hässliches Grinsen auf dem Gesicht. Einen Moment lang sah es so aus, als würde er sich auf ihn stürzen, aber dann kam hinter ihm Joe in den Duschraum und blickte mit hochgezogenen Augenbrauen zwischen ihnen hin und her. Nach ein paar Sekunden quetschte Steve sich wortlos an ihm vorbei.

Mike wickelte das Handtuch um seine Hüften und schwor sich, in Zukunft vorsichtiger zu sein.

Sie hatten beim Essen erneut beieinandergesessen, aber nur über Belanglosigkeiten geplaudert. Kayla verzehrte acht Sandwiches und jede Menge Hartwurst, war aber immer noch hungrig, als sie aufstand und ihr Tablett zur Ablage trug.

Draußen wartete Mike auf sie, der vorausgegangen war. Die Hände in den Taschen seiner Jeans vergraben, scharrte er mit dem Fuß im Staub. Er blickte auf, als sie vor ihm stand.

»Gehen wir ein Stück?«, fragte er.

»Gern.«

Kayla blickte sich verlegen um. Überall standen Jugendliche herum, schwatzten miteinander. Niemand beachtete sie beide.

Sie schlenderten am Rand des Camps entlang. Es war noch warm, aber nicht mehr so heiß wie am Nachmittag. Aus dem nahe gelegenen Wald drang der Gesang der Vögel. Für einen Moment wollte Kayla vergessen, wo sie war. Einfach nur mit einem Jungen zusammen sein, den sie begann zu mögen.

»Wie bist du hierhergekommen?«, fragte Mike.

Zunächst zögerlich, dann immer emotionaler erzählte sie Mike nun doch von Tom, seiner Überdosis, ihren Eltern, irgendwann auch von der Schule und ihren Freunden. Mike ging schweigend neben ihr her, unterbrach sie an keiner Stelle, aber sie spürte, dass er ihr aufmerksam lauschte, und das tat unendlich gut. Als sie endete, hatten sie das Lager fast zweimal umrundet.

Eine Weile gingen sie schweigend nebeneinanderher. Es war

ein angenehmes Schweigen, in dem jeder seinen Gedanken nachhing. Irgendwann begann Mike, von seinem Bruder zu erzählen und den Sorgen, die er sich um ihn machte.

»Was ist mit ihm los?«, hakte Kayla nach, als sie hörte, dass Ricky im Jugendgefängnis saß.

Mike zuckte mit den Schultern. »Unsere Mom ist vor etwas mehr als einem Jahr an Krebs gestorben. Es war schlimm. Ricky hat das nicht verkraftet.«

»Und du?« Sie sah, wie die Tränen in seine Augen stiegen, wie er um seine Beherrschung kämpfte.

»Ich vermisse sie. Jeden Tag. Jede Stunde. Ich wünsche mir, ihre Stimme zu hören. Ihr Lachen.« Mike atmete tief ein. »Ich würde alles dafür geben, sie noch einmal in den Arm zu nehmen und ihr zu sagen, wie sehr ich sie liebe.«

Kayla spürte einen Kloß in ihrem Hals aufsteigen. Mikes Traurigkeit berührte sie. Wie eine schwarze Woge stürzte sie auf sie herab. Ihre Augen wurden feucht, dann liefen Tränen ihre Wangen hinab. Mike sah es und blieb stehen. Er fasste nach ihrer Hand, hielt sie fest und schaute sie an.

»Danke«, sagte er leise.

»Es tut mir leid«, flüsterte Kayla.

»Ja, mir auch.«

So hielt er ihre Hand und etwas aus ihm strömte durch sie hindurch und etwas aus ihr sicherlich durch ihn, denn plötzlich lächelte er. »Was möchtest du nach dem Camp machen? Hast du irgendwelche Träume? Willst du studieren? Model werden? Zum Fernsehen?«

»Hör auf, mich zu verarschen.« Sie boxte nach ihm.

»Nein, ernsthaft, was willst du machen?«

»Du wirst mich auslachen.«

»Nein, werde ich nicht. Ich schwöre.« Er hob die Hand mit zwei zusammengelegten Fingern.

»Ich möchte ein Buch schreiben. Schriftstellerin werden.«

»Echt jetzt?«, fragte er. Die Verblüffung war ihm anzusehen.

»Das wollte ich schon immer.«

»Und worüber möchtest du schreiben?«

»Weiß ich noch nicht. Ich habe noch kein Thema gefunden. Vielleicht einen Thriller. Oder ein Jugendbuch. Auf jeden Fall soll es spannend sein.«

»Finde ich gut.«

»Wirklich? Du denkst nicht, das wäre blöd oder albern?«

»Überhaupt nicht. Ich kann mir das bei dir gut vorstellen und ich verspreche, ich kaufe als Erster deinen Roman, wenn er erscheint, und du musst ihn mir dann signieren.«

Sie lachte. »Das werde ich. Versprochen.«

»Ich mag dein Lachen. Es ist schön, in deiner Nähe zu sein«, sagte er plötzlich.

Kayla blickte ihn an. Er war ehrlich.

»Ich bin gern in deiner«, gab sie zu und fühlte, dass es stimmte.

Wie ist das nur so schnell gekommen? Was passiert mit uns?

Kayla spürte in sich hinein und da war diese Sehnsucht nach mehr. In nur wenigen Tagen hatten sich ihre Gefühle für Mike gewandelt. Aus Abneigung war etwas anderes geworden, etwas, was sie tief in sich fühlte und von dem sie wusste, dass es etwas Besonderes war. Kayla verstand nicht, was mit ihr geschah, und die Intensität ihrer Gefühle verwirrte und verunsicherte sie.

Sie blickte Mike an und wusste plötzlich nicht mehr, was sie tun oder sagen sollte. Der zauberhafte Moment des Verstehens war verflogen, zurück blieb Verlegenheit.

»Ich denke, wir müssen zurück.« Kayla löste sich von ihm.

»Ja, wäre wohl besser. Nicht dass sie glauben, wir wollten fliehen«, versuchte Mike zu scherzen, aber es kam lahm rüber.

Dann gingen sie nebeneinanderher. Und Kayla wünschte sich, noch immer seine Hand zu halten.

Als sie zurück zu den Unterkünften kamen und sich trennten, stand Maddy im Eingang des Mädchenhauses. Sie hatte die Arme vor der Brust verschränkt und schaute Kayla entgegen. Ihr Gesichtsausdruck war missmutig wie immer.

»Na, es scheint dir wieder besser zu gehen«, sagte Kayla freundlich.

»Spar dir das, Kayla. Goodman hat mir erzählt, dass du mir geholfen hast, aber das ändert nichts zwischen uns. Ist das klar?«

»Maddy, was soll der Scheiß? Wir sind quitt. Ich will keinen Stress, also wieso lassen wir uns nicht gegenseitig unseren Frieden?«

»Ich mag dich nicht.«

»Oh Mann, Maddy. Wir sind hier nicht im Kindergarten, du musst mich nicht mögen.«

»Du verstehst nicht. Ich! Mag! Dich! Nicht!«

»Und was soll ich jetzt damit anfangen? Mich nachts im Schlaf hin und her wälzen, weil du mich nicht leiden kannst?«

Maddy starrte sie noch fünf Sekunden lang wortlos an, dann wandte sie sich ab und ging ins Haus.

Kayla seufzte. Immer wenn man dachte, die ganze Sache

würde besser werden, passierte etwas. Der Abend war so schön gewesen. Sie fühlte sich gut, aber nun war das Gefühl verflogen. Maddy würde keine Ruhe geben und ihr das Leben hier im Camp schwer machen.

Irgendetwas musste sie dagegen tun. Aber was?

21.

Lauf schneller«, feuerte Kayla Mike an.

Die Sonne ging gerade hinter den Bäumen auf und der Wald atmete die Nacht in feuchten bleichen Schwaden aus.

Zum ersten Mal hing Kayla beim morgendlichen Lauf nicht weit hinter ihm, sondern lief neben ihm. Ihre Wangen waren gerötet und feine Schweißtropfen perlten auf ihrer Stirn, aber sie lachte und rannte in kraftvollen Schritten neben ihm her. Sie sah wundervoll aus, und wenn Mike nicht so aus der Puste gewesen wäre, hätte er vielleicht sogar den Mut gefunden, es ihr zu sagen, so aber keuchte er in schweren Atemzügen, während seine Beinmuskeln brannten, als hätte jemand Terpentin darübergegossen und angezündet.

Vor ihnen ging es nun einen steilen Hügel hinauf und Kayla wurde noch schneller. Was war bloß mit diesem Mädchen los?

»Komm jetzt, gib Gas, Mike.«

»Ich ... kann ... nicht ... Lauf ... du ... vor ...«

»Okay«, rief Kayla fröhlich. »Wir sehen uns im Camp.«

Sie flog geradezu davon und den Hügel hinauf.

Hinter ihr kam Steve herangestürmt. Auch er wirkte frisch

und kraftvoll und im Gegensatz zu sonst blieb er nicht hinter ihm, sondern holte rasant auf, bis sie beide nebeneinanderliefen.

Ist hier eigentlich jeder fitter als ich?

Steve grinste ihn an. »Was ist los, Tussi? Lässt du dich jetzt schon von kleinen Mädchen abhängen?«

Mike hätte ihm gern gesagt, dass er ihn am Arsch lecken könne, aber dazu fehlte ihm die Luft. Steve spuckte ihm vor die Füße und rannte schneller. Auch er verschwand kurz darauf hinter dem Hügel, den Mike noch immer vor sich hatte. Er war nun der Letzte der ganzen Gruppe, alle Jugendlichen und die beiden mitlaufenden Betreuer waren außer Sichtweite. Das war ungewöhnlich, aber anscheinend vermisste ihn niemand.

Allein zu sein, hatte den Vorteil, dass niemand seine Schwäche sah und über ihn spotten konnte und, verdammt noch mal, er fühlte sich wirklich schlapp und Seitenstechen kam jetzt auch noch dazu.

Morgen wird es wieder besser gehen.

Aber im Augenblick brauchte er eine Pause. Ohne weiter nachzudenken, blieb Mike stehen und beugte sich nach vorn. In tiefen Zügen versuchte er, Luft in seine gequälten Lungen zu pumpen, aber es war mühsam, und nur langsam konnte er besser atmen.

Als er sich aufrichtete, begann es in seinem Handgelenk zu kribbeln. Alle Härchen an seinem Arm stellten sich auf. Mike starrte auf die Handfessel, deren rote Leuchtdiode nun blinkte.

Oh nein!

Das konnte nur eines bedeuten. Kayla war inzwischen so

weit vorausgelaufen, dass sich die Fessel aktivierte. Er war einfach stehen geblieben und so hatte sich die Distanz zwischen ihnen auf ein kritisches Maß ausgedehnt.

Noch während er darüber nachdachte, ob Kayla die Aktivierung der Handfessel ebenfalls spürte, raste die erste Schmerzwelle heran und riss ihn fast von den Beinen.

Gleißender Schmerz jagte durch seinen Arm die Schulter hinauf und breitete sich von dort in seinem ganzen Körper aus. Mike begann zu zittern. Vor seinen Augen tanzten silberne Punkte. Er wusste, er musste loslaufen und die Distanz zu Kayla verringern, aber er hatte die Orientierung verloren, sah nicht mehr klar, also taumelte er nach vorn in eine neue Woge des Schmerzes hinein.

Falsch. Falsch. Ich muss in die andere Richtung.

Sein Brustkorb zog sich wie unter einer Faust zusammen, die ihn umklammerte und alles aus ihm herauspresste.

Links. Ich ... muss ...

Dann war es, als ramme ihm jemand einen langen Nagel durch sein linkes Ohr in den Schädel hinein. Mike kreischte auf. Seine Finger schossen zum Ohr, rissen daran, wollten dieses glühende Objekt des Schmerzes entfernen. Im nächsten Moment brach er an Ort und Stelle zusammen.

Als das Kribbeln in ihr Bewusstsein drang, war es schon zu spät. Kayla war so voller Energie, dass sie nicht gemerkt hatte, wie die Handfessel sich aktivierte. Nun jagten Schmerzen durch ihren Arm, die kaum auszuhalten waren, aber innerlich blieb sie ruhig.

Sie verstand sofort, was geschehen sein musste, wandte sich um und rannte die Strecke zurück, die sie gerade erst hinter sich gebracht hatte. Sie passierte Steve, der sie verwundert anschaute, aber dann war er vorbei und sie lief den Hügel hoch, auf dessen anderer Seite sich Mike befinden musste. Hoffentlich war es so, denn wenn der Schmerz ein Zeichen war, dass er aus irgendeinem Grund den Weg verlassen hatte und in den Wald gegangen war, würde es länger dauern, ihn zu finden.

Obwohl es sich anfühlte, als habe jemand ihren Arm mit flüssigem Feuer gefüllt, kam Kayla damit zurecht. Der Schmerz war da, aber sie machte ihn zu einem Teil von sich und lief noch schneller.

Dann, ebenso schnell, wie sie sich aktiviert hatte, schaltete sich die Handfessel wieder ab.

Kayla überwand die Hügelkuppe und sah ihn. Mike lag zusammengekrümmt auf dem Boden und regte sich nicht. Sein hilfloser Anblick versetzte ihr einen Stich und ihr Herz begann, wild zu klopfen. Kayla sprintete den Hügel hinunter und sank neben Mike auf die Knie.

Seine Augen standen offen. Sie sah den Schmerz darin. Er erkannte sie nicht, blickte starr zum blauen Himmel.

»Mike, sag was.«

Er reagierte nicht, doch dann spürte Kayla, dass sein Bewusstsein zurückkehrte. Seine Verwirrung war fast greifbar, als er sie anstarrte und zunächst nicht wusste, was geschehen war. Dann grinste er.

»Ich hoffe, du hast mich wach geküsst.«

Sie schlug ihm spielerisch gegen die Brust. »Ich habe einen Riesenschreck gekriegt! Was ist passiert? Bist du hingefallen?«

Er rappelte sich auf. Zuerst auf die Knie, dann stand er auf und klopfte sich den Staub ab.

»Nein, ich bin stehen geblieben. Ich war vollkommen aus der Puste.«

»Bist du verrückt?«

»Sorry, ich hab nicht nachgedacht.«

»Wie geht es dir? Hast du noch Schmerzen?«

»Nein, jetzt nicht mehr, aber es war höllisch. Hat es dir sehr wehgetan?«

Sie schüttelte den Kopf. »Ging so.« Kayla sah ihm an, dass er sich wunderte. »Ich bin so schnell zurückgerannt, dass ich gar nicht darauf geachtet habe.«

»Danke.«

»Ist schon okay.«

»Diese Handfesseln sind mörderisch. Das war viel schlimmer als beim ersten Mal.«

Duncan kam den Hügel heruntergetrabt, sein Gesicht war gerötet. Er wirkte verärgert. Als er Mike und Kayla erreicht hatte, blieb er vor ihnen stehen und schaute sie streng an. »Was ist los? Warum seid ihr nicht bei der Gruppe?«

»Ich bin hingefallen, Sir«, sagte Mike, bevor Kayla erklären konnte, was wirklich geschehen war. »Kayla kam zurück, um mir zu helfen.«

»Ist das wahr?«, fragte er sie.

»Ja, Sir.«

»Ihr hättet Bescheid geben müssen.«

»Entschuldigung, daran habe ich nicht gedacht. Kommt nicht wieder vor«, meinte Kayla.

Duncan blickte sie noch einmal misstrauisch an, so als ahnte er, dass dies nicht die ganze Wahrheit war.

»Okay«, sagte er schließlich und wandte sich an Mike. »Hast du dir wehgetan?«

»Nein, Sir.«

»Dann können wir ja weiterlaufen.«

»Ja, Sir.«

Nach einer halben Meile holten sie die anderen ein, die auf sie gewartet hatten. Steve grinste hämisch und Maddy hatte verächtlich den Mund verzogen, aber das war ja nichts Neues.

Nach dem Frühstück ging es wieder zur Arbeit am Graben. Kayla blickte auf die Schaufel in ihrer Hand, dann auf Maddy, die schon im Graben stand und Erde heraushob.

Nein, sie hatte keine Lust, die nächsten vier Stunden neben ihr zu arbeiten. Außerdem fühlte sie sich gut. Voller Energie und Kraft. Es war an der Zeit, mal etwas auszuprobieren.

Sie legte die Schaufel weg und ging zu Duncan hinüber, der seinen Fuß auf eine Schubkarre gestellt hatte und die Jungs beobachtete, die den harten Boden aufhackten.

»Sir?«

Duncans Kopf ruckte herum. Seine Augen blieben hinter der verspiegelten Brille verborgen, aber Kayla wusste, dass er sie misstrauisch anstarrte. Der Vorfall beim Morgenlauf war noch nicht vergessen.

»Was gibt's?«, knurrte er.

»Ich möchte mit den Jungs arbeiten.«

Eine Weile sagte der Betreuer nichts, dann: »Spinnst du?«

»Darf ich es versuchen, Sir?«

»Du bist ein Mädchen«, stellte er überflüssigerweise fest.

Als wenn Mädchen nicht hacken könnten.

»Das weiß ich, Mr Duncan. Ich traue mir das zu.«

Duncan nahm sein Baseballcap ab und wischte sich mit dem Ärmel seines Hemdes über die Stirn.

»Es ist verdammt heiß«, sagte er.

Kayla schwieg.

»Okay, nimm dir eine Hacke, aber ich will kein Geheule, wenn dir die Arme und die Schultern wehtun. Falls du planst, irgendetwas zu tun, das dich zu Dr. Goodman auf die Krankenstation bringt, vergiss es. Ich bin nicht blöd.«

Kayla hob eine der herumliegenden Hacken auf und ging zu Mike hinüber, der ihr verwundert entgegensah.

»Was wird das denn?«, fragte er.

Kayla zwinkerte ihm zu.

Alle Jungs hatten aufgehört zu arbeiten und glotzten sie erstaunt an. Kayla sprach kein Wort, sondern stellte sich an die Spitze der Reihe, wo Joe arbeitete.

»Das wird lustig«, meinte er.

»Bestimmt«, sagte Kayla, spreizte die Beine, hob die Hacke weit über den Kopf und jagte sie mit Wucht in den Boden. Ein großer Klumpen Erde flog davon. Joe starrte auf den Brocken, der mindestens zwei Kilo wog.

»Du kannst lachen, wenn du magst«, versetzte Kayla und hob die Hacke erneut.

Keiner der anderen Jungs kam mit Joes und Kaylas Tempo mit. Der riesige Junge schien sich von dem schmächtigen Mädchen herausgefordert zu fühlen und schuftete seit drei Stunden wie ein Besessener. Kayla ihrerseits hatte einen guten Rhythmus gefunden, denn sie arbeitete wie eine Maschine.

Mike fragte sich, was mit ihr los war.

Woher nimmt sie diese Kraft?

Duncan hatte inzwischen Mason zu sich gerufen, beide beobachteten stumm das Spektakel. Vor fünf Minuten war auch

Bowden aufgetaucht und stand jetzt im Schatten eines Baumes, den Blick unverwandt auf Kayla gerichtet.

Joe und sie waren schweißgebadet, aber keiner gab nach. Die Muskeln des Jungen traten wie Stahlstränge hervor, während Kayla neben ihm wie ein Kind wirkte. Und dennoch, langsam hatte Mike den Eindruck, dass sie die Oberhand gewann, denn Joe wurde etwas langsamer, auch wenn er nach wie vor in einem Tempo arbeitete, das Mike niemals erreichen würde.

Nach der letzten Wasserpause legten Joe und Kayla los, als wollten sie den Panamakanal ausheben, aber es wurde immer deutlicher, dass Kayla von ihnen beiden die Ausdauerndere war. Als das Signal kam, die Arbeit einzustellen, warf Joe seine Hacke in den Staub, ging zu Kayla hinüber und klopfte ihr auf die Schulter. Mike konnte nicht hören, was er zu ihr sagte, aber er spürte ihre Freude über die anerkennenden Worte.

Dann ging es zu den Waschräumen und zum Mittagessen.

Kayla aß vier komplette Portionen Schweinefleisch mit Bohnen und Kartoffeln. Mike bekam von dem Fraß nicht mal einen halben Teller herunter. Er saß ihr gegenüber und staunte. Kayla schaufelte das Essen mit der gleichen Energie in sich hinein, mit der sie zuvor am Graben gearbeitet hatte.

Als sie fertig war, grinste sie und sagte: »So, jetzt habe ich Lust auf einen ordentlichen Kampf.«

Mike sackte die Kinnlade herunter.

Duncan hielt zwei Paar Boxhandschuhe in den Händen. Er schaute die Reihe der Mädchen entlang, bis sein Blick an Kayla hängen blieb.

»Du bist die Erste.«

»Sir?«

»Was?«

»Ich möchte gegen Maddy boxen.«

Duncan stieß die Luft aus. »Ist da etwas zwischen euch?«

Kayla schüttelte den Kopf. »Ich möchte gern eine Revanche. Ich denke, die steht mir zu.«

»In Ordnung«, sagte Duncan. Er wandte sich an Maddy, die ihn erwartungsvoll angrinste. »Ist das okay für dich?«

»Ja, Sir.«

Mike sah Maddy an, dass sie glaubte, leichtes Spiel mit Kayla zu haben. Warum Kayla unbedingt gegen sie boxen wollte, war ihm schleierhaft. Maddy war nicht Sarah, sie war stärker und schneller. Sie hatte noch keinen Kampf gegen ein Mädchen verloren und schon zwei Mal gegen Jungs geboxt und sich dabei gut gehalten.

Verdammt. Kayla hat sich heute Morgen zu Tode geschuftet und sich den Bauch mit Essen vollgeschlagen. Hoffentlich überschätzt sie sich nicht.

Mike schaute zu ihr hinüber und entdeckte ein feines Lächeln um ihre Mundwinkel. Noch während er sie beobachtete, spürte er ihre Zuversicht. Kayla schien keinen Zweifel darüber zu haben, wie der Kampf ausging.

Kayla hatte die Boxhandschuhe übergestreift und stieg in den Ring. Sie tänzelte auf der Stelle und ließ ihre Schultern kreisen, dann vollführte sie ein paar Probeschläge in die Luft. Es sah aus, als habe sie nie etwas anderes getan. Jede Unbeholfenheit war verflogen. Das Mädchen, das vor wenigen Tagen nicht einmal gewusst hatte, wie man die Fäuste richtig hochhielt, wirkte nun wie eine Profiboxerin, die sich auf einen Fight vorbereitete.

Maddy kletterte nun ebenfalls in den Ring und nahm Aufstellung, beide Fäuste vor dem Gesicht. Mike sah dennoch ihr gehässiges Grinsen. Maddy hatte vor, Kayla wehzutun.

Duncan gab das Startsignal.

Kayla glitt einen Schritt nach vorn. Ihre rechte Faust flog durch die Luft, durchschlug einfach Maddys Deckung und explodierte im Gesicht des anderen Mädchens. Wie vom Blitz niedergestreckt brach Maddy zusammen.

Mike blickte verblüfft zwischen ihr und Kayla hin und her. Dann entdeckte er Bowden im Hintergrund. Der Campleiter hatte alles verfolgt. Er wirkte keineswegs überrascht.

Die Härchen auf Mikes Unterarmen stellten sich auf.

Was ist hier los?

22.

Goodman betrachtete die Anzeige des Blutdruckmessgerätes und runzelte die Stirn.

»Ist etwas?«, fragte Kayla.

»Nein, nein. Dein Blutdruck ist etwas zu hoch, ebenso deine Herzschlagfrequenz. Mädchen in deinem Alter neigen zu einem niedrigen Blutdruck, aber nach deinem Sportprogramm heute sind deine Werte auch nicht überraschend. Ich werde das beobachten, du musst dir keine Sorgen machen.«

So recht wollte ihm Kayla das nicht glauben. Goodman wirkte verwirrt und konnte das nur schlecht verbergen. Allerdings fühlte sich Kayla so gut wie niemals zuvor in ihrem Leben. Sie hätte Bäume ausreißen können. Im wahrsten Sinn des Wortes.

»Wie geht es dir?«, fragte Goodman und leuchtete nacheinander mit einer kleinen Taschenlampe in ihre Augen.

»Gut. Richtig gut.«

»Deine Pupillen sind erweitert«, sagte er. »Ich nehme jetzt eine Blutprobe fürs Labor. In Ordnung?«

»Ja.«

Der Arzt griff nach einer Spritze, entfernte die Verpackung und zog die Plastikhaube ab. Mit einer Manschette band er Kaylas Arm ab.

»Mach mal eine Faust.«

Die Vene in ihrer Armbeuge trat deutlich hervor. Goodman setzte die Kanüle an und stach zu. Es tat nicht weh. Er füllte ein Röhrchen mit ihrem Blut, dann noch ein zweites. Danach reichte er Kayla ein Stück Mullbinde.

»Fest draufdrücken.«

Goodman stand auf, nahm die beiden Blutproben und stellte sie in den kleinen Kühlschrank in der Ecke des Raumes.

»So, das haben wir. Nimm Platz.« Er deutete auf den Stuhl vor seinem Schreibtisch.

Kayla rutschte von der Krankenliege und ging hinüber. Sie setzte sich, während sich der Arzt irgendwelche Notizen machte.

»Doktor, stimmt irgendwas nicht?«

Er schaute auf. »Nein, im Moment scheint alles okay, auch wenn ich deine Blutwerte brauche, bevor ich etwas Abschließendes sagen kann. Jetzt möchte ich von dir hören, wie es dir geht.«

Kayla lehnte sich auf ihrem Stuhl zurück. »Mir geht es gut. Ich fühle mich so stark wie nie. Heute habe ich Maddy beim Boxen zu Boden geschickt.«

Goodman lächelte. »Ich weiß. Ich habe sie untersucht.«

»Ist alles okay mit ihr?«

»Die Nase ist angeknackst. Eine Weile wird sie ziemlich Kopfschmerzen haben.«

»Hm.« Das war zwar nicht geplant, aber sie hoffte, dass sie sich Maddy damit ein für alle Mal vom Hals geschafft hatte.

Da fiel ihr ein, worüber sie sich schon eine ganze Weile wunderte. »Doc, ich habe ständig Hunger.«

Der Arzt nickte. »Das ist normal. Dein Körper braucht durch die permanente Forderung mehr Energie.« Er sah sie prüfend an. »Wie hast du dich im Camp eingelebt?«

»Ich komme klar.«

»Was ist damit?« Er deutete auf ihre Handfessel.

»Die meiste Zeit bemerke ich sie nicht einmal, aber heute beim Lauf hat sie sich aktiviert. Mike war stehen geblieben, aber wir hatten alles schnell wieder im Griff.«

Goodman schaute sie besorgt an. »Waren die Schmerzen schlimm?«

»Es ging. Für Mike war es heftiger als für mich.«

»Wie hat er es verkraftet?«

Kayla merkte das aufrichtige Interesse des Arztes an ihrer beider Wohlbefinden. Sie beschloss, ehrlich zu sein.

»Ich mache mir ein wenig Sorgen um ihn. Er scheint mit jedem Tag schwächer zu werden. Bisher war er der Stärkere von uns beiden. Jeden Morgen hat er mich locker abgehängt, aber nun scheint es so, als könne er kaum noch mithalten. Außerdem isst er zu wenig.«

Oh mein Gott, ich klinge ja wie seine Mutter.

Goodman lächelte. »Es ist toll, dass du dir Sorgen um ihn machst. Ich werde ihn nachher sorgfältig untersuchen, aber ich vermute, dass Mike nicht schwächer, sondern du immer stärker wirst. Anscheinend reagiert dein Organismus ganz hervorragend auf die neue Belastung. Deine körperlichen Anlagen waren wahrscheinlich schon immer sehr gut, aber du hast dich nie gefordert. Hier im Camp zeigt sich nun, wozu du in der Lage bist. Das ist schön.«

»Ja, ist es.« Nachdenklich schwieg sie. »Und Sie sind sicher, dass mit Mike ...«

Als sie nicht weitersprach, fragte Goodman: »Wie stehst du zu Mike?«

»Ich mag ihn.«

»Am Anfang war das aber nicht so, oder?«

»Nein, wir konnten uns nicht leiden. Er ist schuld daran, dass ich hier gelandet bin.«

Goodman nickte. »Ich kenne den Vorfall aus den Unterlagen. Und das hat sich jetzt geändert, sagst du?«

»Ja.«

Goodman schwieg eine Weile, dann sagte er: »Vielleicht ist es mehr als mögen.« Als Kayla nicht antwortete, fügte er leise hinzu: »Was immer es ist, es wird diesen Raum nicht verlassen. Bowden erfährt nichts davon, aber ich rate euch, seid sehr vorsichtig. Wenn man euch erwischt, werdet ihr hart bestraft und ich kann euch nicht helfen. In erzieherischen Dingen hat allein Bowden das Sagen.«

»Ist schon gut, aber danke«, meinte Kayla.

Nach einem letzten prüfenden Blick stand der Arzt auf. »Okay, wir sehen uns in zwei Tagen wieder. Dann habe ich die Blutuntersuchung gemacht und wir reden noch einmal über dein Befinden. Ist Mike draußen?«

»Er steht vor der Tür.«

»Schick ihn bitte herein.«

Die Untersuchung war beendet und Goodman saß hinter seinem Schreibtisch. Er hatte ein Klemmbrett in der Hand, auf dem er sich Notizen machte.

Mike hockte auf einem Stuhl und streckte müde die Beine

aus. Er hatte drei Runden gegen Luis geboxt. Die Anstrengung steckte ihm in den Knochen und noch immer vibrierte etwas in ihm, was er nicht benennen konnte. Er spürte es, seit am Morgen die Handfessel aktiviert worden war. Es war eine merkwürdige innerliche Unruhe, die mit dem Blut durch seine Adern floss.

Den ganzen Tag über hatte sich Mike immer wieder dabei erwischt, wie er besorgt auf die Handfessel starrte. Das Wissen, dass sie jederzeit anspringen und ihm Schmerzen bereiten konnte, machte ihn schier verrückt.

»Ist etwas mit dir?«

Offensichtlich hatte Goodman ihn beobachtet. Mike schüttelte den Kopf.

»Wie fühlst du dich?«

»Etwas schwach und müde.«

»Ich denke, das ist normal. Allerdings ist dein Blutdruck etwas niedrig.«

»Brauche ich Medikamente?«

»Nein, das gibt sich wieder, aber es könnte eine der Ursachen sein, warum du dich schlapp fühlst.« Goodman klopfte mit dem Bleistift auf das Klemmbrett, so als wolle er die nächsten Worte in ihrer Bedeutung unterstreichen. »Kayla hat mir erzählt, was heute Morgen geschehen ist. Sie macht sich Sorgen um dich. Wie war es für dich, als sich die Handfessel aktivierte?«

Furchtbar.

»Ich hatte starke Schmerzen.«

»Wie konnte es so weit kommen?«

Mike schilderte ihm den Vorfall und seine Dummheit, stehen zu bleiben.

»Ich habe dich untersucht, die Fessel hat keinen Schaden angerichtet. Aber ich sehe, sie hat Eindruck bei dir hinterlassen.«

Mike überlegte, ob er dem Arzt sagen sollte, dass er inzwischen fast panische Angst vor dem Ding hatte, aber was würde das bringen? Goodman würde sie ihm kaum abnehmen. Außerdem gab es Wichtigeres.

»Sir«, begann er.

»Das mit dem ›Sir‹ hatten wir schon geklärt.«

»Dr. Goodman, ich möchte Sie um einen Gefallen bitten.«

»Was kann ich für dich tun?«

»Eigentlich sollte mein Bruder Ricky ebenfalls im Camp sein, aber Mr Bowden hat gesagt, er hat auf der Fahrt hierher Schwierigkeiten gemacht und man hat ihn ins Jugendgefängnis nach Mayland gebracht. Ich mache mir Sorgen um ihn und wollte Sie fragen, ob Sie herausfinden können, wie es ihm geht.«

Goodman kaute auf dem Bleistift herum. Er wirkte nachdenklich. »Was sagt Mr Bowden dazu?«

»Ich solle mich um mich selbst kümmern. Ricky müsse allein klarkommen.«

»Womit er sicherlich nicht unrecht hat.«

»Bitte.«

»Ich kann nicht einfach über Bowdens Kopf hinweg in Mayland anrufen und Erkundigungen einholen. Das gäbe Ärger.« Als der Arzt sah, dass Mike ihn erneut bitten wollte, hob er beide Hände. »Ich werde sehen, was ich tun kann. Versprechen kann ich dir aber nichts. Wenn Bowden etwas davon mitbekommt, kriege nicht nur ich Ärger, sondern du auch, denn es ist klar, auf wessen Veranlassung die Sache passiert ist.«

Das war Mike bereit zu riskieren.

23.

Als Mike das Haus verließ, traf er auf Kayla, die vor der Tür stand. Sie fasste nach seiner Hand und zog ihn um die Ecke, sodass sie weder vom Speisesaal noch von den Unterkünften aus zu sehen waren.

»Was hat Goodman gesagt?«, fragte sie. »Ich meine ... ist alles in Ordnung mit dir?«

»Ja, alles klar.« Mike zögerte, dann blickte er ihr fest in die Augen. »Er hat gesagt, du machst dir Sorgen um mich.«

Kayla schwieg einen Moment. Dann ging sie auf die Zehenspitzen und küsste Mike sanft auf den Mund. Als sie sich wieder von ihm löste, sagte sie: »Ja. Weil ich nicht will, dass dir etwas passiert.«

Mike spürte die Wahrheit hinter ihren Worten. Er fühlte, was Kayla nicht sagte und was er doch genauso empfand wie sie. Alle seine Ängste zerflogen in diesem Moment. Das körperliche Schwächegefühl verblasste, als er sie an sich zog und küsste.

Ihre Lippen waren herrlich kühl. Für lange Zeit war nichts anderes mehr wichtig.

Kayla fuhr mit ihren Fingern durch sein verstrubbeltes Haar. Mikes Hände berührten sanft ihr Gesicht, dann erkundeten sie zaghaft ihren Körper.

Alles in Kayla begann zu vibrieren. Sie fasste Mut, schob ihre Hände unter sein Shirt, strich mit den Fingern über seine glatte Brust. Sie verlor sich in Mike, verlor sich in diesem Kuss und wollte sich nie mehr finden.

Doch dann geschah etwas mit ihr.

Mike spürte es im gleichen Augenblick. In ihr veränderte sich etwas. Es war wie eine Woge der Schwäche, die sie erfasste und mit sich davontrug. Plötzlich wurde Kaylas Körper weich, erschlaffte in seinen Armen. Ihr Kopf kippte nach hinten, die Augen rollten in den Höhlen, dann sackten ihr die Beine weg.

Mike konnte sie gerade noch auffangen. Vorsichtig ließ er sie zu Boden sinken.

»Kayla.«

Ihr Blick irrte umher. Sie war eindeutig bei Bewusstsein, schien ihn aber nicht zu sehen.

»W... w...«

»Kayla.«

Ihre Hand zuckte unkontrolliert, dann bog sich ihr ganzer Körper durch.

»Kayla! Kannst du mich hören?«

Ihre Augen suchten und fanden ihn. Endlich. »Mike?«

»Ja.«

»Was ... was ist mit mir? Wieso liege ich auf dem Boden?«

»Du warst kurz weggetreten. Wie fühlst du dich?«

»Merkwürdig. Wie ... unter Drogen.«

»Hat dir Goodman was gegeben?«

»Was? Nein.«

»Bleib liegen. Ich hole ihn.«

Sie fasste nach seinem Arm, hielt ihn fest. »Das möchte ich nicht.«

»Aber irgendetwas ist mit dir. Du bist einfach umgekippt.«

»Das ist die Hitze oder die Anstrengung von heute Morgen. Goodman hat mich gerade untersucht, da war alles in Ordnung. Es geht schon wieder. Hilf mir auf.«

Mike nahm ihre Hände und zog sie auf die Füße.

Kayla blickte an sich hinab. »Schau, wie ich aussehe.« Sie klopfte sich den Staub von Jeans und T-Shirt. Mike betrachtete sie aufmerksam. Ihr Gesicht war etwas blass, aber nicht unnatürlich bleich. Er spürte, dass ihre Kräfte wiederkehrten, aber auch ihre Verwirrung und dass sie nicht darüber sprechen wollte.

»Mike?«

»Ja.«

»Bringst du mich zurück zur Unterkunft? Ich möchte mich vor dem Essen noch ein wenig hinlegen.«

»Willst du echt nicht mit Goodman sprechen? Ich mache mir Sorgen um dich.«

Sie lächelte ihn an. »Es geht schon wieder.«

»Okay, nimm meinen Arm.«

Sie lachte. »Das können wir nicht machen. Wie würde das aussehen, wir zwei Arm in Arm im Camp?«

Ihr Lachen befreite ihn. Vielleicht war die ganze Sache doch nicht so schlimm, nur eine vorübergehende Schwäche. Er grinste.

»Geh einfach neben mir, falls ich wieder umkippe.« Sie zwinkerte ihm zu. »Ich falle gern in deine Arme.«

Mike spürte, wie er rot wurde.

Beim Abendessen war wieder alles normal. Kayla saß ihm gegenüber und plauderte munter mit Pam, die sich zu ihnen gesetzt hatte. Luis, Joe und ein paar andere Jungs hatten nicht weit entfernt Platz genommen. Steve aß allein wie immer. Im Saal herrschte eine entspannte Atmosphäre.

Kayla schien es wieder gut zu gehen, denn sie stopfte ein Sandwich nach dem anderen in sich hinein. Beim zehnten hatte Mike aufgehört zu zählen. Immer wieder stand sie auf und holte sich Nachschub. Es erstaunte ihn, dass das Küchenpersonal ihr stets aufs Neue den Teller volllud, aber vielleicht hatten Goodman oder Bowden Anweisung gegeben, sie essen zu lassen, so viel sie wollte.

»Wo packst du das Ganze bloß hin?«, fragte Pam. »Du futterst wie ein Bauarbeiter und nimmst kein bisschen zu.«

»Ich hab einfach Hunger«, antwortete Kayla mit vollem Mund.

»Na ja, du hast ja heute auch für zwei am Wassergraben geschuftet und dann auch noch der Fight. Geil, dass du es Maddy gezeigt hast.«

Mike blickte zu dem Mädchen hinüber, das Kayla am Nachmittag niedergestreckt hatte. Ohne den Blick vom Teller zu heben, saß sie abseits und starrte ihr Essen an. Trotzdem konnte Mike erkennen, dass ihre Nase geschwollen war.

Auf der anderen Seite des Raumes gab es Tumult. Steve stand vor dem Tablettwagen und brüllte einen schwarzen Jungen an, ihm aus dem Weg zu gehen.

Der andere sagte etwas, was Mike nicht verstehen konnte. Daraufhin stieß ihn Steve so heftig gegen die Brust, dass das Tablett des Jungen in hohem Bogen durch die Luft flog. Die beiden gingen ohne Zögern aufeinander los.

Sofort waren die anwesenden Betreuer auf den Beinen und stürzten sich auf Steve, der sich heftig wehrte und dabei obszöne Schimpfwörter ausstieß.

Elroy, der andere Junge, versuchte immer wieder, nach Steve zu schlagen, erwischte ihn aber nicht. Koczinsky packte ihn und warf ihn zu Boden.

Als beide Streithähne unter Kontrolle waren, sprach Duncan kurz in sein Funkgerät, gleich darauf erschien Bowden im Speisesaal. Er hatte seine Sonnenbrille abgenommen und starrte auf Steve und Elroy hinab, die sich beide nicht rühren konnten.

»Stellt sie auf die Füße«, sagte er leise.

Als die beiden vor ihm standen, nagelte er sie mit seinen Blicken fest. Elroy schaute auf seine Füße, Steve starrte aufmüpfig zurück, sagte aber kein Wort. Beide schienen zu ahnen, dass es schlimm für sie werden würde.

»Ihr kennt die Regeln und habt sie gebrochen.«

»Sir, Steve ...«, versuchte sich Elroy zu verteidigen, aber Bowden ließ ihn erst gar nicht aussprechen.

»Ich dulde keine Schlägereien in diesem Camp. Wenn ihr Probleme habt, redet darüber, sprecht mit Goodman oder tragt es im Boxring aus, aber es wird sich nicht geprügelt.«

Er machte eine Pause. In der Stille hätte man eine Stecknadel fallen hören können. Alle im Saal warteten gespannt auf das, was jetzt kommen würde.

»Mr Duncan, bitte.«

Bowden streckte die Hand aus. Der angesprochene Betreuer nahm das Gerät, mit dem er vor wenigen Tagen Mikes Handfessel eingestellt hatte, vom Gürtel und reichte es seinem Vorgesetzten. Bowden nahm es und tippte darauf herum.

»Ihr werdet lernen, miteinander auszukommen, oder ...«

Er drückte einen Knopf.

Steve und Elroy brüllten gleichzeitig schmerzgepeinigt auf, krümmten sich zusammen. Elroy ging auf die Knie.

Erneut bediente Bowden das Gerät. Die beiden Jungs keuchten heftig, aber der Schmerzimpuls schien vorüber zu sein. Elroy rappelte sich wieder auf. Steve starrte den Campleiter hasserfüllt an, sagte aber kein Wort.

»Ich stelle die Distanz auf einhundert Meter ein«, erklärte Bowden mit kalter Stimme. »Solltet ihr noch einmal handgreiflich gegeneinander werden, verringere ich die Distanz so weit, dass euer Leben nur noch aus Schmerzen besteht.« Er blickte beide nacheinander an. »Haben wir uns verstanden?«

»Ja, Sir«, sagte Elroy hastig.

»Steve?«

»Ja.«

»Ja, was?«

»Ja, Sir.«

»Gut. Das ist gut, aber ich denke, nicht ausreichend.« Bowden wandte sich an Duncan. »Die beiden gehen von hier aus direkt zum Entwässerungsgraben, an dem sie heute Nacht arbeiten werden. Die ganze Nacht. Es gibt für sie morgen keinen Waldlauf, kein Frühstück. Sie werden bis zur Mittagspause schuften. Lassen Sie Lampen aufstellen und teilen Sie Wachen ein. Alle vier Stunden ist Ablösung.«

Bowden wandte sich ab und verließ den Saal. Duncan und Koczinsky führten Steve und Elroy hinaus, Mason blieb.

Noch immer sprach niemand.

»Ihr könnt weiteressen«, sagte Mason. »Die Show ist vorbei.«

Nur zögerlich wandten sich die Jugendlichen wieder ihren Tellern zu und nahmen ihre Unterhaltungen auf.

»Wahnsinn«, sagte Pam leise. »Dieser Steve ist verrückt.«

»Warum flüsterst du?«, fragte Kayla.

»Weiß nicht.«

Aber Mike wusste es. Es war die Ehrfurcht vor der Macht, die Bowden verkörperte und mit jeder Faser seines Körpers ausstrahlte. Die Jugendlichen hatten sich mit der Situation im Camp arrangiert und der immer gleiche Alltag hatte sie in Sicherheit gewiegt. Die Handfessel war längst zum Teil dieses Alltags geworden und nun hatte ihnen Bowden demonstriert, wie es wirklich war. Er hatte die Kontrolle über jeden Einzelnen im Camp, konnte Schmerzen zufügen oder harte Strafen verteilen. Und er hatte klargemacht, dass es keinen Spielraum für Kompromisse gab. Man beachtete die Regeln oder würde auf unangenehme Weise lernen, sie einzuhalten.

Mike dachte an Steve und Elroy, die eine harte Nacht vor sich hatten. Kaum vorzustellen, dass sie am nächsten Morgen noch auf den Beinen waren.

»Was ist mit dir?« Kayla blickte ihn an.

Mike lächelte sie schief an. »Mir ist gerade bewusst geworden, wie lange wir noch in diesem Camp sein werden.«

Kayla nickte, sagte aber nichts. Er wusste auch so, was sie dachte: In dieser Zeit konnte viel passieren.

»Wie lange ist es bei dir noch, Pam?«

Das Mädchen strahlte. »Zwei Wochen, dann bin ich hier raus.« Sie fasste nach einer Locke und begann, sie auf den Finger zu drehen.

»Das freut mich für dich. Wo kommst du her?«

»Ohio.«

»Ganz schön weit weg von daheim.«

»Ich war jetzt über ein Jahr lang in Camps. Das hier ist mein zweites, davor war ich in Idaho. Da war es richtig schlimm. Wie lange hast du?«

»Sechs Monate.«

»Die Zeit geht rum. Man darf nur keinen Mist bauen. Nicht auffällig werden wie diese beiden Idioten. Die Betreuer haben sie jetzt auf dem Schirm, das heißt null Spielraum, bei jeder Kleinigkeit gibt es gleich wieder eine Strafe.«

»Die ganze Nacht im Graben schuften, ganz schön hart«, meinte Kayla.

»So wie Bowden aussieht, könnte er bestimmt noch ganz anders«, sagte Pam. »Der Typ ist mir nicht geheuer.«

»Wem sagst du das«, seufzte Mike.

24.

Am nächsten Morgen beim Waldlauf hatte Mike gut mitgehalten, aber ständig das Gefühl gehabt, Kayla könne ihm jederzeit davonlaufen, wenn sie es wollte. Von ihrer Schwäche am Vorabend war nichts mehr zu spüren, ganz im Gegenteil, sie wirkte kraftvoll und voller Energie.

Nach dem Frühstück ging es zum Entwässerungsgraben. Mike war gespannt darauf, wie es Elroy und Steve in der Nacht ergangen war, aber als er näher kam, entdeckte er nur Steve, der kaum noch die Spitzhacke halten konnte.

Seine Augen waren blutunterlaufen, das Gesicht bleich wie bei einem Toten. Gleichzeitig schaffte er es, erhitzt auszusehen. Der Schweiß lief ihm in Strömen den Hals hinunter. Das Campshirt klebte an seinem Körper und war vollkommen durchgeschwitzt.

Mason bewachte ihn, auch er sah erschöpft aus. Als Mike hinüberging und sich eine Hacke griff, hob Steve den Kopf. Mike erschrak, als ihn der Blick traf. Darin loderte so viel Hass, dass es ihm schien, als würden diese Augen glühen. Dann ließ Steve seinen Kopf wieder herabsacken und es war vorbei.

Erst jetzt bemerkte Mike, dass die Hände des anderen bluteten. Offensichtlich waren die Blasen daran aufgerissen, Steve musste starke Schmerzen haben. Auch wenn er ein Arschloch war, in diesem Moment tat er ihm leid. Er war ein Junge, kein Tier und sollte auch nicht so leiden.

Mike holte tief Luft und wandte sich an den Betreuer.

»Sir, er blutet.«

Mason schob seinen Kaugummi von einem Mundwinkel zum anderen. Seine Augen blieben hinter der Sonnenbrille verborgen. Er verzog keine Miene.

»Das weiß ich.«

»Sollten wir ...«

»Nein. Ist nicht dein Problem. Bowden hat gesagt, bis zur Mittagspause, und genauso lange wird er arbeiten.«

»Wo ist Elroy?«

Die Kaubewegungen stoppten. »Heute Morgen um vier zusammengebrochen. Wir mussten Goodman wecken. Liegt wahrscheinlich auf der Krankenstation und pennt.«

Mike fragte sich, wie das ging, denn die Distanz der Handfessel zwischen Elroy und Steve war auf einhundert Meter eingestellt, aber vielleicht hatte Bowden das korrigiert.

»Fang jetzt an«, befahl Mason.

Kayla trat heran und wollte sich wie am Tag zuvor eine Hacke nehmen, aber Mason schüttelte den Kopf.

»Du nimmst eine Schaufel.«

»Sir ...«

»Ich sag das nicht zweimal.«

Kayla brummte etwas, wandte sich ab und ging zum hinteren Ende des Grabens, wo die anderen Mädchen gerade dabei waren, das Werkzeug zu verteilen.

Irgendwann erwischte es auch Steve. Kurz nach der zweiten Wasserpause kippte er einfach um und rührte sich nicht mehr. Mason und Koczinsky hoben ihn wortlos hoch und schleppten ihn davon, während Duncan allein mit den Jugendlichen zurückblieb.

Mike hatte sich beim Boxen ganz gut gehalten und sogar eine Runde gegen Joe überstanden, ohne zu Boden zu gehen. Kayla hatte wieder einmal alle überrascht und nacheinander mühelos drei Gegnerinnen besiegt. Duncan und Mason amüsierten sich darüber, wie sie ein Mädchen nach dem anderen in den Staub schickte. Kayla schien ihre sportliche Bestimmung gefunden zu haben und inzwischen wollte niemand mehr gegen sie antreten.

Der Boxunterricht war nun vorüber und sie hatten Freizeit bis zum Abendessen. Mike wollte gerade zum Duschen gehen, als er sah, dass Kayla zu Duncan trat. Er stand nur zwei Meter entfernt, daher hörte er jedes Wort, das sie sagte.

»Sir.«

»Was gibt's?«

»Ich möchte eine Runde laufen gehen.«

»Was?«, fragte Duncan verblüfft.

Was?, dachte Mike entsetzt. Es war Spätnachmittag, aber noch immer brannte die Sonne heiß vom wolkenlosen Himmel. Der Boxunterricht hatte alle ins Schwitzen gebracht und Mike musste sich nur umsehen, um zu erkennen, wie erschöpft alle waren. Selbst Joe ließ müde die Schultern hängen, aber Kayla schien nicht genug zu haben.

»Ich fühle mich nicht ausgelastet«, sagte sie. »Ich habe noch zu viel Energie, ich bin unruhig. Ich glaube, laufen würde mir guttun.«

Duncan starrte sie mindestens dreißig Sekunden lang schweigend an, dann sagte er: »Ich frage Bowden.«

Er ging ein paar Schritte weg, sprach in sein Funkgerät und kam wieder zurück.

»Geht in Ordnung, aber du bleibst innerhalb des Camps. Auf dem Sportplatz ist eine Vierhundertmeterstrecke abgemessen, dort kannst du laufen. Mike muss mitgehen, damit die Handfessel sich nicht aktiviert, und ich behalte dich im Auge, falls du dich übernimmst.«

»Danke, Sir.«

»Ich weiß nicht, was der Scheiß soll, aber wenn ich das Gefühl bekomme, du verarschst uns, stehst du die nächste Nacht im Graben. War das deutlich?«

»Ja, Mr Duncan.«

Kayla wandte sich ab und ging zum Sportplatz.

Mike lief hinter ihr her. Kayla spürte, dass er verwirrt war, aber das war sie auch. Sie wusste nur eins, sie musste jetzt laufen oder sie würde verrückt werden.

Die Arbeit mit der Schaufel hatte sie nicht ausgelastet, die Kämpfe waren lächerlich gewesen und hatten sie nicht gefordert. Inzwischen schien es so, als fürchteten sich die anderen Mädchen vor ihr und nutzten die erste Gelegenheit, zu Boden zu gehen, um nicht weiterkämpfen zu müssen. Morgen würde sie Duncan fragen, ob sie gegen die Jungs antreten durfte.

»Warum machst du das?«, fragte Mike. »Was willst du beweisen?«

»Weiß ich nicht, und nein, ich will nichts beweisen. Ich. Muss. Jetzt. Laufen!«

»Verdammt, Kayla, ich mache mir Sorgen um dich.«

Sie blieb stehen, blickte ihn an, sah seine Fürsorge in den grauen Augen. »Alles ist okay. Mir geht es großartig.«

»Gestern bist du weggekippt.«

»Das war gestern. Heute ist heute.«

Er fasste nach ihrer Hand, aber Kayla entzog sich ihm, ging weiter.

Als sie den Sportplatz erreichten, spähte Kayla die Strecke entlang und nickte. Sie machte ein paar Lockerungs- und Dehnübungen. Dann zog sie mit dem Turnschuh eine Linie in den Staub, quer über die Bahn.

»Das hier ist Start und Ziel. Bitte zähl meine Runden mit.«

»Kayla ...«

»Tust du das?«

»Ja.« Er nickte ergeben.

Und Kayla lief los.

25.

Mike beobachtete, wie Goodman auf dem Sportplatz auftauchte und zu Bowden hinüberging, der im Schatten eines Baumes stand. Der Campleiter hatte ein Klemmbrett in der einen Hand, in der anderen eine Stoppuhr. Offensichtlich hielt Bowden die Rundenzahl und die Zeiten von Kayla fest, die in der glühenden Hitze Bahn um Bahn lief. Goodman trat ebenfalls unter den Baum.

Darauf bedacht, die Zweihundertmeterdistanz zu Kayla nicht zu überschreiten, schlenderte Mike unauffällig hinüber, so als suche er ebenfalls Schutz vor der heißen Sonne. Er blickte zu Kayla, bemühte sich aber, die Worte zu hören, die die beiden Männer miteinander sprachen.

»Wie viele Runden hat sie schon?«, fragte Goodman.

»Sechsunddreißig.«

»Was? Das ist ja Wahnsinn!«, entfuhr es dem Arzt. Eine Weile schwieg er und Mike vermutete, dass er die von Kayla zurückgelegte Strecke im Kopf überschlug. Schließlich sagte er: »Mr Bowden, als Arzt und Betreuer der Jugendlichen kann ich das hier nicht gutheißen.«

Bowden wandte sich ihm zu. Die Sonnenbrille verbarg wie so oft seine Augen. »Was meinen Sie?«

»Die körperliche Belastung der Jugendlichen hat ein Höchstmaß erreicht. Durch die harte Arbeit und die Bestrafungen sind einige an ihren Grenzen. In den letzten Tagen musste ich gleich mehrere Jugendliche mit Erschöpfungssyndromen behandeln. Aus ärztlicher Sicht ist das sehr bedenklich. Noch hat es keinen totalen Zusammenbruch gegeben, aber das ist nur eine Frage der Zeit. Elroy und Steve waren ernsthaft gesundheitlich gefährdet.«

»Ich habe beide vorhin aufgesucht. Elroy ist noch etwas schwach, aber er ist in Ordnung. Steve sieht sogar ganz gut aus. Der Junge kann was wegstecken.«

»Dazu komme ich noch«, sagte Goodman. »Ich habe von dem Vorfall im Speisesaal gehört, als Sie Steve und Elroy durch die Handfesseln Schmerzen zugefügt haben. So etwas kann ich nicht gutheißen. Die Fesseln dienen der Überwachung und Resozialisierung, sie sind kein Folterinstrument.«

Bowden schob die Sonnenbrille auf die Stirn. Mike sah seinen erbarmungslosen Blick. »Das haben Sie nicht zu entscheiden.«

»Nein, aber ich werde meine Bedenken schriftlich festhalten und an die Zentrale melden.«

»Tun Sie das«, sagte Bowden ruhig.

»Und da ist noch etwas.«

»Ja?«

»Kaylas Blutwerte zeigen Auffälligkeiten. Ihre Adrenalinwerte sind enorm erhöht.« Er deutete auf Kayla, die gerade wieder an Mike vorbeilief. »Wahrscheinlich kommt daher auch ihre gesteigerte körperliche Aktivität und ihr enormer

Kraftzuwachs. Ich vermute, die Handfessel ist der Auslöser dafür.«

Mike zuckte zusammen. Hatte er das richtig verstanden? Die Fessel veränderte sie?

»Das ist interessant. Haben Sie Derartiges auch bei anderen Jugendlichen festgestellt?«, fragte Bowden.

»Steve zeigt ebenfalls ein besonderes Verhalten. Die Auswertung seiner Blutwerte liegt noch nicht vor, aber er hat sich nach seinem Zusammenbruch im Graben ungewöhnlich schnell erholt. Ich bin mir fast sicher, dass seine Adrenalinwerte ebenfalls erhöht sind. Zudem wird er immer aggressiver.«

»Und Sie glauben wirklich, die Handfesseln wären daran schuld?«

»Ich weiß nicht, was die Dinger genau sind und was sie bewirken, aber anscheinend senden sie Nervenimpulse aus, die die übermäßige Produktion von Adrenalin verursachen. Adrenalin ist ein Stresshormon und schafft die Voraussetzungen für die rasche Bereitstellung von Energiereserven, die in gefährlichen Situationen das Überleben sichern sollen. Kaylas Kraftzuwachs könnte daher kommen.«

»Und weiter?«, fragte Bowden. »Wo ist das Problem?«

»Adrenalin ist nur für einen kurzfristigen Ausstoß im menschlichen Körper vorgesehen und baut sich normalerweise innerhalb von Minuten ab. Wenn es das nicht tut, besteht die Möglichkeit schwerer gesundheitlicher Schäden.«

Mike spürte, wie seine Hände feucht wurden. Sein Magen zog sich nervös zusammen. Goodmans Erklärungen ließen darauf schließen, dass er sich Sorgen um Kayla machte.

»Aber bei den anderen Jugendlichen haben Sie keine ungewöhnlichen Werte gefunden?«, fragte Bowden gelassen.

»Nein, aber die Fesseln haben offensichtlich auch Auswirkungen auf den Geisteszustand der Jugendlichen. Schauen Sie sich Steve an.«

»Steve war schon übermäßig aggressiv, als er zu uns kam, genau deshalb ist er hier. Seine Akte liest sich wie der Lebenslauf eines chronischen Raufboldes. Er hat seine Schlägerkarriere schon in der Grundschule begonnen. Dieser Bursche wäre längst im Knast, wenn nicht der liebe Gott und großes Glück dafür gesorgt hätten, dass er bisher niemanden ernsthaft verletzt hat, aber das war nur eine Frage der Zeit. Jungs wie ihn kann man nicht ändern, man muss sie einsperren und kontrollieren. Dafür bin ich zuständig. Und Sie ...« Er tippte Goodman auf die Brust. »... sind da, um mich in meiner Arbeit zu unterstützen. Wir wissen beide, warum Sie hier sind. So kurz nach dem Studium eine Position als medizinischer Betreuer eines wichtigen Versuches zur Resozialisierung auffälliger Jugendlicher zu erhalten, macht sich gut im Lebenslauf. Nach Ihrer Zeit im Camp wird Ihre Karriere steil nach oben gehen, und soweit ich weiß, wird Ihre Arbeit gut bezahlt. Also machen Sie keinen Aufstand, ich habe alles unter Kontrolle.«

»Was ist mit Kayla?« Goodman zeigte auf sie. Er wirkte erregt. Seine Stimme wurde lauter. Schriller. »Halten Sie das für normal?«

»Normal oder nicht, sie scheint fit zu sein. Ich bin kein Arzt, aber sieht sie aus, als wäre irgendetwas nicht in Ordnung mit ihr?«, blaffte Bowden zurück.

»Das nicht, aber die erhöhten Adrenalinwerte geben Anlass zur Besorgnis«, beharrte Goodman.

Bowden starrte ihn kalt an, dann setzte er seine Sonnenbrille wieder auf. »Eine Frage, Doc?«

»Ja?«

»Ist körperliche Bewegung eine Möglichkeit, Adrenalin abzubauen?«

»Es hilft dabei.«

Bowden lächelte. »Na, dann macht Kayla ja genau das Richtige. Sie können gehen.«

Als Goodman den Sportplatz verließ, blickte ihm Mike verunsichert hinterher. Hatte er recht? Schadeten ihnen die Handfesseln? Wenn er Kayla beobachtete, wie sie Runde um Runde um den Sportplatz lief, wusste er, dass es Grund gab, sich Sorgen zu machen.

Mike spürte ihre Unruhe, die Energie, die sie antrieb. Ihr Gesicht war gerötet, das T-Shirt durchgeschwitzt. Jedes Mal, wenn sie an ihm vorbeikam, schenkte sie ihm ein Lächeln, aber Mike hatte das Gefühl, dass es nicht echt war, sondern ihn nur beruhigen sollte.

Es war abnormal heiß, selbst hier im Schatten eines Baumes, und Kayla lief mitten in der Sonne. Inzwischen hatte er das Gefühl, dass sie sogar schneller wurde.

Wie ist das möglich?

Mike blickte zum Campleiter hinüber. Regungslos beobachtete er Kayla und notierte ständig etwas. Von dem Typ ging etwas Lauerndes aus.

Kayla legte drei weitere Runden zurück. Mike trat aus dem Schatten des Baumes. Es war genug. Er hob beide Hände, als sie auf ihn zukam, doch sie hielt nicht an, sondern spurtete an ihm vorbei. Ihr Gesichtsausdruck wirkte konzentriert, aber für einen Moment konnte Mike in ihre Augen blicken und erschrak.

In den Pupillen lag ein rötlicher Schimmer. Sie glühten geradezu.

Dann war Kayla an ihm vorbei und Mike fragte sich, was er da gesehen hatte.

Zwei Runden später hielt Kayla an. Sie trabte nicht langsam aus, sondern blieb abrupt stehen, so als wäre sie gegen eine Wand gelaufen. Sie stand mit hängenden Armen in der letzten Kurve. Ihr Brustkorb hob und senkte sich bei jedem ihrer heftigen Atemzüge. Das Gesicht war gerötet, Schweiß lief in Strömen über ihre Stirn.

Mike rannte sofort zu ihr. »Was ist?«, fragte er aufgeregt.

Sie schaute ihn verwirrt an, hatte Probleme, ihn mit dem Blick zu fixieren. »Ich weiß nicht«, sagte sie leise.

»Was meinst du damit? Geht es dir nicht gut? Hast du Schmerzen?«

»Ich weiß nicht.«

»Kayla, was ist los mit dir?«

Sie kippte ihm entgegen und lehnte sich an ihn. Mike spürte das Vibrieren ihres Körpers. Angst erfasste ihn.

»Mir ist so komisch«, sagte Kayla. »Schwindelig. Ich habe plötzlich überhaupt keine Kraft ...«

Ihre Augenlider flatterten. Es sah aus, als würde sie jeden Moment wegsacken. Mike umfasste sie noch fester.

»Du musst in den Schatten. Und etwas trinken. Komm, ich stütze dich.«

Er legte ihren Arm über seine Schulter und fasste sie unter. Gemeinsam stolperten sie in den Schatten der Bäume. Langsam ließ Mike Kayla zu Boden sinken. Er griff nach der Trinkflasche und reichte sie ihr. Gierig trank sie das Wasser, das ihr zu beiden Seiten des Mundes herablief. Noch immer schnaufte sie in schweren Atemzügen.

Mike sah sich nach Bowden um, aber der Campleiter war verschwunden. Wahrscheinlich war er gegangen, als Kayla stehen geblieben war. Ihr Kopf sank auf die Brust herab, die Hände legte sie um die angezogenen Beine.

Mike strich ihr sanft über das Haar. »Ich hole Goodman.«

»Nein«, keuchte Kayla. »Mir geht's gleich wieder gut.«

»Aber ...«

»Keine ... Lust ... auf noch mehr Nadeln ... Lass mich ... einfach hier sitzen. Ich erhole mich schon.«

Mike betrachtete sie aufmerksam. Er musste zugeben, Kayla sah schon wieder besser aus. Ihr Gesicht war nicht mehr ganz so stark gerötet und langsam beruhigte sich auch ihre Atmung. Vielleicht war es okay, ihr einfach Ruhe zu gönnen. Sie selbst wusste am besten, wie es ihr ging.

Er setzte sich neben sie ins Gras.

»Weißt du«, begann er. »Das war unglaublich.«

»Was?«

»Wie du gelaufen bist.«

»Was ... meinst du?«

»So elegant. So kraftvoll. Ich habe ...« Er zögerte, dann sprach er es aus. »Ich habe noch nie was Schöneres gesehen.«

Sie hob den Kopf an, schaute ihm tief in die Augen. »Mike.«

»Ja?«

»Lass mich niemals allein.«

Er sah sie an. »Das werde ich nicht.«

Er saß seit drei Stunden auf dem Fahrradsimulator und wurde immer schneller. Schweiß strömte über seinen Körper, aber er achtete nicht darauf, wischte ihn sich nicht einmal aus den brennenden Augen. An seinem linken Handgelenk glänzte ein silbernes Armband.

Vieles an diesem Ort war merkwürdig, doch er hatte Schwierigkeiten, sich auf etwas anderes zu konzentrieren als das, was die Männer von ihm forderten. Er kannte ihre Namen nicht und oftmals verschwammen ihre Gesichter vor seinen Augen, aber sie sahen sowieso alle gleich aus, trugen weiße Kittel oder olivgrüne Uniformen.

Jeden Tag führten sie Tests mit ihm durch. Mal musste er stundenlang auf einem Laufband rennen, ein anderes Mal, so wie heute, auf dem Fahrradsimulator Meile um Meile zurücklegen, bis er keuchte. Aber immer trieben sie ihn weiter an, sagten, er müsse alles geben, dann käme er bald nach Hause.

Wo das war, wusste er nicht, so wie er vieles vergessen hatte, seit sie ihm die Handfessel angelegt hatten.

Aber er wollte nach Hause.

Irgendwohin, wo sie ihn nicht so quälten.

Gestern hatte ein weiterer Versuch begonnen. Ein Mann mit kurzen grauen Haaren hatte ihm erklärt, sie wollten feststellen, wie viel Schmerz er ertragen könne. Es war schlimm gewesen. Er hatte gebrüllt und geschrien, sie angefleht, es zu beenden, aber sie hatten es erst getan, als sie zufrieden gewesen waren.

Kurz vor dem Zusammenbruch hatte er gehört, wie der Mann mit den kurzen grauen Haaren zu einem anderen gesagt hatte: »Damit könnten wir ihn in die Hölle schicken und er würde immer noch seinen Auftrag erfüllen.« Aber er hatte nicht verstanden, was damit gemeint war.

Nun saß er wieder auf dem Simulator und strampelte, als ginge es um sein Leben. Wenn er sich Mühe gab, wenn er alle Kraft in die Pedale legte und eine neue Bestzeit erzielte, würden sie ihm vielleicht keine Schmerzen mehr zufügen.

Und vielleicht würden sie ihn endlich wieder schlafen lassen.

26.

Niemand war da außer ihnen beiden. Mike legte seine Arme um Kayla und zog sie an sich. Er atmete ihre Nähe ein, strich immer wieder über ihre Haare, hielt sie ganz fest und flüsterte ihren Namen.

Ihr Kopf hob sich, ihre Lippen suchten seine und dann küssten sie sich. Dieser Kuss war anders als der erste. Er war intensiver. Tiefer.

Als er sich von ihr löste, war er verwirrt.

Ist das Liebe? Fühlt es sich so an?

»Ich bringe dich jetzt zur Unterkunft, okay?«, sagte er.

»Okay. Bitte hilf mir auf, ich fühle mich schwach.«

Als sie stand, spürte er, wie ihre Beine zitterten.

»Kannst du gehen?«, fragte er.

»Denke schon.«

»Und du willst sicher nicht zu Goodman?«

»Nein, ganz bestimmt nicht.«

Also liefen sie nebeneinander. Mike hielt ihren Arm fest, stützte sie. Er half Kayla, einigermaßen aufrecht zum Haus der Mädchen zu gelangen.

Davor angekommen ließ er sie los. »Von hier ab musst du es allein schaffen. Kannst du das?«

»Ja. Ich werde mich waschen, zum Duschen bin ich zu erledigt, dann werde ich mich etwas hinlegen. Wir sehen uns beim Abendessen.«

Mike blickte sie noch einmal forschend an. Kayla wirkte schwach, aber sie schien sich wieder zu erholen. Für einen Moment überlegte er, ob er ihr erzählen sollte, was er durch das belauschte Gespräch zwischen Bowden und Goodman erfahren hatte, aber dann entschied Mike, dass jetzt vielleicht nicht der richtige Augenblick war. Kayla musste erst wieder zu Kräften kommen. Und er musste herausfinden, was hier los war.

Als Kayla nach drinnen gegangen war, sah Mike Goodman mit schnellen Schritten den Platz überqueren. Anscheinend wollte er erneut mit Bowden sprechen. Mike schaute sich um, aber niemand sonst war auf dem Vorplatz.

Er ging Goodman hinterher, hielt sich aber im Schatten der Häuser. Als der Arzt das Büro des Campleiters erreichte, schlich er auf die Rückseite und hatte Glück. Bowdens Fenster stand offen. Er würde jedes Wort, das gesprochen wurde, hören können.

Es klopfte.

»Herein«, rief Bowden mit seiner für ihn typischen harten Stimme.

Goodman trat ein.

»Was kann ich für Sie tun, Doc? Ich dachte, die Dinge wären geklärt.«

»Mr Bowden, wir müssen über Steve sprechen.«

»Schon wieder?«

»Ja. Ich habe gerade die Auswertung seiner Blutuntersuchung vorgenommen. Steves Werte sind in einem kritischen Bereich. Ich befürchte ernste medizinische Probleme, wenn wir nicht sofort etwas unternehmen.«

»Was heißt kritisch?«, fragte Bowden.

»Steves Adrenalinwerte im Blut sind derartig erhöht, dass es jederzeit zu einem Zusammenbruch kommen kann. Herzinsuffizienz, Angina-pectoris-Anfälle, Herzinfarkt, tachykarde Herzrhythmusstörungen bis hin zum Kammerflimmern und Herzstillstand, alles ist möglich und kann jederzeit passieren. Wir müssen ihm die Handfessel abnehmen.«

Mike musste schlucken. Das klang ernst, aber Bowden schien es nicht zu überzeugen.

»Dr. Goodman, wir haben darüber bereits gesprochen. Wenn die Fessel derartige Auswirkungen auf die Jugendlichen hätte, warum treten dann die Symptome, die Sie ihr zuschreiben, nur bei Steve auf?«

»Und bei Kayla.«

»Dem Mädchen geht es gut. Sie haben es selbst auf dem Sportplatz gesehen.«

»Aber so wird es nicht bleiben. Ich weiß nicht, was an ihr besonders ist, aber sie reagiert extrem auf die Impulse der Handfessel.«

»Impulse? Was denn für Impulse? Die Fessel wird nur aktiv bei einer Distanzüberschreitung und die lässt sich einfach vermeiden.«

»Ich glaube das nicht mehr. Ich denke, die Handfessel macht viel mehr, und ich vermute, Sie wissen darüber Bescheid. Zumindest ansatzweise.«

»Wollen Sie mir unterstellen, ich würde bewusst etwas tun, was den Jugendlichen, die man mir anvertraut hat, schadet?«

»Ich unterstelle gar nichts, aber als leitender Arzt in diesem Camp ordne ich an, den Versuch mit den Fesseln sofort abzubrechen. Steve und Kayla sollten in ein Krankenhaus gebracht werden, damit man weitere Untersuchungen vornehmen und ihnen helfen kann, wieder gesund zu werden.«

»Sie sind nicht krank.«

»Das haben Sie nicht zu beurteilen.«

»Aber ich entscheide über die Sicherheit im Camp. Die Handfesseln werden nicht abgenommen.«

Mike hörte, wie Bowden aufsprang. Sein Stuhl krachte gegen die Wand.

»Vielleicht sehen Sie noch einmal in Ihren Vertrag, Doc. Ihre Aufgabe ist die medizinische Versorgung und Betreuung der Jugendlichen, alles andere fällt in meinen Bereich. Ist das klar?«

»Ist das Ihr letztes Wort? Dann schreibe ich einen Bericht und melde alles an die Zentrale.« Das war keine leere Drohung. Mike spürte, dass es Goodman ernst damit war.

»Tun Sie das«, knurrte Bowden. »Und jetzt raus hier!«

Goodman stürmte davon. Mike wollte sich gerade aus dem Staub machen, als er hörte, wie Bowden den Telefonhörer abnahm. Er hielt inne.

»Ja, Sir. Ich habe die Zeiten selbst genommen. Kaylas Kraftzuwachs ist unverhältnismäßig. Sie wiegt kaum sechzig Kilo, ist vollkommen untrainiert, arbeitet aber inzwischen härter als jeder Junge, kämpft wie eine Besessene und erzielt Zeiten wie eine Weltklasseläuferin. Ich habe keine Ahnung, wozu sie noch fähig ist, aber es scheint keine Grenzen zu geben. Sie wird mit jedem Tag stärker.«

Mit wem sprach Bowden da? Eine Pause entstand.

Dann: »Nein, nur sie, Sir. Obwohl, wir haben da einen Jungen, der ebenfalls Auffälligkeiten zeigt. Er verfügt über erstaunliche Regenerationsfähigkeiten, aber einen besonderen Kraftzuwachs habe ich nicht beobachten können. Allerdings ist dieser Junge überaus aggressiv und ich habe das Gefühl, durch die Handfessel steigert sich seine Aggression in enormem Umfang.«

Pause.

Bowden gibt zu, dass die Handfessel für die Veränderungen bei Kayla und Steve verantwortlich ist. Wem erzählt er das?

»Sir, ich habe alles unter Kontrolle. Allerdings müssen wir wachsam bleiben. Der Arzt scheint etwas zu vermuten, hat aber keine Beweise. Das darf auch nicht geschehen. Ich traue ihm zu, dass er sich an die Öffentlichkeit wendet. Vor allem müssen wir verhindern, dass er die beiden Jugendlichen in ein Krankenhaus bringt.«

Pause.

»Niemand wird die Fessel in die Hände bekommen, Sir. Und niemand verlässt dieses Camp, auch Goodman nicht, das verspreche ich Ihnen.«

Mike kroch eine eiskalte Hand über den Rücken.

Bowden sprach weiter. Den Anfang des Satzes hatte Mike verpasst, aber er hörte deutlich, wie der Campleiter sagte: »Ja, General.«

General? Sprach Bowden mit dem Militär?

Mike sah ihn vor seinem geistigen Auge. Die kurz geschnittenen Haare, der harte Ausdruck im Gesicht. Immer eine gerade Haltung, und wenn Bowden mit seinen Mitarbeitern sprach, tat er es knapp und präzise. Und die anderen Betreuer sahen aus wie er.

Fuck! Die Armee steckt hinter alldem.

Mikes Herz raste. Er war kurz vor einem Panikanfall. Bowdens nächster Satz machte alles noch schlimmer.

»... der Versuch endet, wird es ... geben.«

Was? Er hatte nicht alles verstanden. Was würde es nicht geben? Keine Aufzeichnungen? Keine Zeugen?

Verdammte Scheiße, was hat er gesagt?

Mike zwang sich, ruhig zu werden. Er durfte jetzt nicht den Kopf verlieren. Bowden ahnte nicht, dass er ihn belauscht hatte. Was auch immer hinter der ganzen Sache steckte, Bowden war offensichtlich bereit, bei der Erledigung seines Auftrags Gewalt einzusetzen, und zwar gegen jeden, der ihm in die Quere kam.

Eines war klar: Kayla schwebte in größter Gefahr und er musste sie sofort von hier wegbringen. Fragte sich nur, wie. Das Camp lag mitten im Nirgendwo. Die beiden Fahrzeuge, die er bisher im Lager gesehen hatte, parkten in einer abgeschlossenen Garage.

Ihnen blieb nur die Möglichkeit, mit Goodman zu sprechen, ihn davon zu überzeugen, sie telefonieren oder eine E-Mail senden zu lassen, um Hilfe zu holen. Aber konnten sie ihm vertrauen?

Mike hastete zurück zur Mädchenunterkunft. Bevor er eintrat, blickte er sich um. Niemand zu sehen. Schnell schlüpfte er durch die Tür und schritt zu Kaylas Zimmer.

Er klopfte an die Tür.

»Ja?«, hörte er Kayla sagen.

»Ich bin es. Mike. Ich muss mit dir reden.«

Die Tür schwang auf. Mike warf einen Blick über Kaylas Schulter. Dem Himmel sei Dank, sie war allein. Er drängte sich an ihr vorbei, schloss die Tür und zog sie zum Bett.

»Was willst du hier?«, fragte Kayla überrascht. »Wenn dich jemand erwischt, kriegen wir mächtig Ärger.«

»Das ist jetzt nicht wichtig. Du bist in Gefahr.«

Mike sah, wie Kayla blass wurde. »Gefahr?«, wiederholte sie. »Was meinst du damit?«

In kurzen Sätzen berichtete ihr Mike, was er erfahren hatte. Als er endete, war Kayla noch bleicher geworden.

»Was machen wir jetzt?«, fragte sie.

Mike nahm sie in den Arm. Er spürte ihren Herzschlag, meinte fast, das Blut in ihren Adern rauschen zu hören.

»Ich bringe dich hier raus, aber wir müssen mit Goodman reden. Er scheint sich ebenso viele Sorgen um dich zu machen wie ich. Vielleicht lässt er uns sein Handy benutzen oder an den Computer in seinem Büro.«

»Können wir ihm vertrauen?«

»Die Frage habe ich mir auch schon gestellt, aber ich denke, wir haben keine Wahl.«

Kayla schwieg einen Moment, dann nickte sie. »Okay. Wann?«

»Sofort. Wenn uns jemand auf dem Weg zu seinem Büro begegnet, sagst du, dir ist schwindelig. Ich muss dich begleiten, wegen der Handfessel.«

Kayla holte tief Luft, löste sich von ihm, dann stand sie vom Bett auf und sah ihn an.

»Du riskierst ziemlich viel für mich«, sagte sie.

»Du würdest dasselbe für mich tun.«

27.

Als Kayla und Mike das Büro betraten, saß Goodman hinter seinem Schreibtisch. Sie hatten Glück gehabt und waren niemandem begegnet.

Goodman sah auf. Kayla entdeckte Unruhe in seinem Blick.

»Ist etwas passiert?«, fragte er. »Kayla?«

Sie schüttelte den Kopf. »Wir müssen mit Ihnen reden.«

»Ja, und ich mit euch«, sagte der Arzt.

Mike trat einen Schritt vor. »Ich habe Ihre Gespräche mit Bowden belauscht. Erst auf dem Sportplatz und später in seinem Büro. Wir wissen, dass Kayla in großer Gefahr ist. Aber da ist noch mehr.«

Goodman starrte ihn an. »Was meinst du?«

»Nachdem Sie Bowdens Büro verlassen haben, hat er telefoniert. Ich weiß jetzt, dass die Armee hinter der Sache steckt. Das Camp ist nur der Deckmantel für ein geheimes Experiment, bei dem die Handfesseln getestet werden sollen, und wir sind die Versuchskaninchen.«

»Was?« Goodman sprang auf.

Mike berichtete ihm den genauen Wortlaut des Gespräches.

Schließlich ließ sich Goodman wieder auf seinen Stuhl sinken. »Das habe ich nicht gewusst.«

»Mag sein«, sagte Kayla. »Aber Sie hätten es ahnen können. Schauen Sie sich Bowden und seine Männer an. Wie wirken die auf Sie? Wie psychologisch geschultes Personal oder wie Militärs?«

»Ja. Nein«, seufzte Goodman. »Ich ... ich habe nicht darüber nachgedacht. Ich war geblendet von der Möglichkeit, an diesem Projekt teilzunehmen, aber damit ist jetzt Schluss.«

»Gut«, sagte Mike. »Denn wir brauchen Ihre Hilfe.«

Einen Moment lang schien der Arzt mit sich zu kämpfen, dann nickte er entschlossen. »Was kann ich tun?«

»Kayla muss sofort raus aus dem Camp.«

»Das ist nicht so einfach. Bowden hat die Schlüssel für die Campfahrzeuge in seinem Büro, eingeschlossen in einem Safe. Ich habe das selbst gesehen.«

»Okay, dann brauche ich ein Handy.«

Goodman schüttelte den Kopf. »Kein Netz hier draußen. Es gibt auch kein Internet. Bowden hat ein Satellitentelefon, es ist die einzige Möglichkeit, mit der Außenwelt Kontakt aufzunehmen. Da kommen wir nicht ran.«

»Mist«, fluchte Kayla. Langsam wurde sie wütend. »Was machen wir jetzt?«

Mike legte ihr eine Hand auf die Schulter. »Wir müssen abhauen. Fort aus dem Camp. Wir gehen zu Fuß.«

»Das ist gefährlich«, wandte Goodman ein. »Sehr gefährlich. Kayla, die Handfesseln haben bei dir eine verheerende Wirkung. In deinem Blut findet man eine wahnwitzig erhöhte Adrenalinkonzentration, die sich nicht mehr abbaut und die deine Gesundheit gefährdet. Ernsthaft gefährdet, bis hin zu akuter Lebensgefahr. Kayla, du musst auf dich aufpassen. Du könntest bei der nächsten größeren Anstrengung einen Herzinfarkt erleiden oder ins Koma fallen.«

Kayla starrte ins Nichts und versuchte zu begreifen, was sie gehört hatte. Es stand noch viel schlimmer um sie, als sie gedacht hatte. Mike schwieg sichtlich geschockt über die Worte des Arztes. Sie wusste, dass er jetzt keine Entscheidung mehr treffen konnte. Immerhin ging es um ihr Leben, also lag es an ihr. Sie spürte Goodmans Blick und schaute auf.

»Wir riskieren es trotzdem. Hier können wir nicht bleiben.«

»Kayla ...«, begann Mike, aber sie ließ ihn nicht aussprechen.

»Wir müssen die Behörden verständigen und Bowden das Handwerk legen. Nicht nur wir sind in Gefahr, alle anderen sind es auch.«

»Bist du dir sicher?«, fragte Mike.

»Verdammt sicher!«

»Als Arzt kann ich dem nicht zustimmen, aber ich kann auch nicht sagen, bleibt hier. Wer weiß, was Bowden als Nächstes tut?«

»Was ist damit?« Kayla hob ihren linken Arm mit der Handfessel hoch.

»Wir wissen, dass die Fessel euch verbindet«, antwortete Goodman. »Aber ich glaube nicht, dass Bowden darauf zugreifen kann, wenn er mit dem Tracer nicht in unmittelbarer Nähe ist, um die Einstellungen zu verändern. Daher müsst ihr so weit wie möglich vom Camp weg. Wenn Bowden merkt, dass ihr geflohen seid, wird er alles daransetzen, euch wieder einzufangen.«

Für einen Moment herrschte Stille, dann fragte Mike: »Wohin können wir gehen?«

Goodman sprang auf, griff in das Regal hinter sich und entfaltete eine Wanderkarte. »Ich habe in meiner Freizeit die Gegend erkundet. Wir sind hier.«

Er deutete auf einen Teil der Karte, der nur ein großes, zusammenhängendes Waldgebiet zeigte, das durch einen Fluss in zwei fast gleich große Hälften geteilt wurde.

»Wenn ihr dem Weg folgt, den ihr jeden Morgen entlanglauft, aber euch nach dem Hügel nicht in Richtung Camp wendet, sondern diesem schmalen Pfad folgt, führt er euch zu einer Bundesstraße.« Sein Finger fuhr die Strecke auf der Karte nach. »Lauft zwölf Meilen in Richtung Westen und ihr stoßt auf eine kleine Ortschaft namens Oakgrove. Von dort aus müsst ihr die Polizei anrufen und den Behörden sagen, was hier abläuft.«

»Sie werden uns kein Wort glauben«, meinte Kayla. »Wir sind zwei Jugendliche, die aus einem Erziehungslager geflohen sind. Die packen uns in das nächste Auto und bringen uns wieder hierher.«

»Das kann passieren.«

Goodman wühlte in einer Schublade seines Schreibtisches und fischte einen USB-Stick heraus, den er in den Schlitz seines Rechners steckte. Er schien irgendwelche Daten zu kopieren. Als er fertig war, schaute er sie ernst an und reichte Kayla den Stick.

»Ich habe einen Bericht über die Vorkommnisse geschrieben und die Ergebnisse der Blutuntersuchungen abgespeichert. Das sollte Beweis genug sein.«

»Bowden wird uns erbarmungslos jagen«, meinte Kayla.

»Aber nur, wenn er mitbekommt, dass wir geflohen sind«, sagte Mike. »Wir gehen nachher zum Abendessen und lassen uns nichts anmerken. Später in der Nacht hauen wir ab. Wenn niemandem unser Fehlen auffällt, merken Bowden und seine Männer erst morgen früh, dass wir weg sind. Mit etwas Glück sind wir vor Sonnenaufgang mit der Polizei zurück. Aber so oder so sind Bowden die Hände gebunden. Er kann nichts unternehmen, die anderen hier im Camp nicht zum Schweigen bringen, solange er riskiert, dass wir durchkommen und die Öffentlichkeit von dem Versuch erfährt. Wir dürfen uns einfach nicht von ihm erwischen lassen.«

Kayla spürte Angst in sich aufsteigen, aber sie drängte sie zurück. »Okay, machen wir es so.«

Goodman öffnete die Schublade seines Schreibtisches.

»Hier ist eine Taschenlampe.« Er drückte sie Mike in die Hand. »Versteck sie unter deinem Hemd.«

Dann faltete er die Karte zusammen und reichte sie ihm zusammen mit etwas Geld und einem Zettel. »Das ist die Telefonnummer von Professor Hermann Wheeler, bei dem ich studiert habe. Er lebt in Denver. Wenn etwas schiefläuft, ruft ihn an und gebt ihm den Stick.«

»Denver ist verdammt weit weg von hier«, sagte Mike.

»Wheeler wird euch helfen. Ist ja nur für den Notfall.«

»Okay.«

Goodman legte Mike und Kayla seine Hände auf die Schultern. »Geht zum Abendessen. Seid wachsam. Bowden ahnt nicht, dass wir wissen, was hier abläuft, aber wir dürfen ihn nicht unterschätzen. Ich wünsche euch Glück.«

»Sie könnten mit uns kommen«, meinte Kayla.

Goodman schüttelte den Kopf. »Ich bin Arzt und verantwortlich für die Jugendlichen im Camp. Ich kann sie nicht allein lassen. Einer muss da sein, der Bowden aufhält, wenn alles aus dem Ruder läuft. Ich war Teil dieses Projektes und mich trifft große Schuld, daran kann ich jetzt nichts mehr ändern. Aber ich kann dafür sorgen, dass es nicht schlimmer wird.«

Kayla nickte ihm stumm zu, dann wandte sie sich um und verließ das Büro. Mike folgte ihr.

28.

Sie saßen im Speisesaal und versuchten, so normal wie möglich zu wirken. Vor beiden standen gefüllte Teller, aber durch die Aufregung hatte es ihnen den Appetit verschlagen. Selbst Kayla rührte heute ihre Sandwiches nicht an. Um sie herum brandeten die Gespräche, aber Kayla fühlte sich wie auf einer einsamen, sturmumtosten Insel.

Bald, sehr bald, würden sie und Mike fliehen müssen. Hinaus in die Nacht, in finstere Wälder. Nicht nur, dass es gefährlich war, sich einen Weg in der Dunkelheit zu suchen, Bowden würde sie gnadenlos verfolgen, wenn er entdeckte, dass sie weg waren.

Kayla wollte den Gedanken nicht denken, aber es ging um Leben und Tod. Wenn Bowden sie erwischte, würde er kurzen Prozess mit ihnen machen.

»Es fällt auf, wenn wir nichts essen«, murmelte Mike ihr zu.

Ja, besonders bei mir. Alle haben sich daran gewöhnt, dass ich riesige Portionen verdrücke.

»Ich krieg nichts runter«, antwortete sie leise.

»Du musst«, sagte Mike und biss in ein Sandwich.

Kayla nahm das labbrige Brot in die Hand und betrachtete es. Gekochter Schinken, Schmelzkäse und Ketchup. Wie hatte sie den Mist nur essen können? Trotzdem biss sie hinein und kaute betont auffällig. Sie schaute in die Runde, aber eigentlich beachtete sie niemand.

Halt, einer tat es doch. Steve.

Er saß wie üblich allein am Ende des langen Tisches und starrte zu ihnen herüber. Seine Hände waren in weiße Verbände eingehüllt, die erste Schmutzflecken aufwiesen. Kayla schaute kurz zu ihm hinüber, dann wandte sie den Blick wieder ab.

»Steve beobachtet uns«, sagte sie.

Mike drehte leicht den Kopf, ohne allzu auffällig nach Steve zu schauen. »Das ist nichts Neues.«

»Wir müssen ihm aus dem Weg gehen. Heute können wir keinen Ärger mit ihm gebrauchen.«

»Klar.«

Unruhig rutschte sie auf ihrem Sitz hin und her. »Ich habe kein gutes Gefühl. Lass uns verschwinden.«

Mike schaute sie an, dann nickte er. »Okay.«

Sie erhoben sich und brachten ihre Tabletts zur Ablage. Als sie an Steve vorbeikamen, sah dieser kurz auf, sagte aber nichts. Kayla atmete erleichtert auf. Sie verließen den Speisesaal und blieben vor der Tür stehen.

»Lass uns in die Unterkunft gehen. Wir treffen uns um Mitternacht am Sportplatz«, schlug Mike vor. »Von dort aus machen wir uns auf den Weg.«

»Wirst du Luis erzählen, was du vorhast?«

»Muss ich wohl. Aber ich werde ihm nicht verraten, warum

wir abhauen, sonst gerät er womöglich in Panik. Wie ist es mit dir und Pam?«

»Die würde sofort zu den Betreuern rennen. Sie hat nur noch zwei Wochen. Wenn ich fliehe, wird man sie beschuldigen, davon gewusst zu haben, dann kann sie ihre Entlassung vergessen. Nein, ich warte, bis sie eingeschlafen ist, und schleiche mich hinaus. Sie pennt immer wie ein Stein und wird nicht aufwachen.«

»Mann, ich hoffe, alles geht gut.«

»Das hoffe ich auch«, meinte Kayla.

Gemeinsam gingen sie los.

Mike lief neben Kayla über den Hof, als er plötzlich spürte, wie sich seine Nackenhaare aufrichteten. Instinktiv wirbelte er herum. Steve kam mit einem gewaltigen Sprung auf ihn zugeflogen. Obwohl er schnell reagierte, reichte es nicht mehr, ihm auszuweichen. Der rothaarige Junge krachte mit voller Wucht in ihn hinein. Sie gingen zu Boden. Alle Luft entwich seinen Lungen, als Steve auf ihm landete. Noch während er versuchte, den Schock zu verdauen, hämmerten schon die Fäuste des anderen auf ihn ein. Ein Schlag streifte Mike hart am Kinn, dann gelang es ihm, die Arme hochzureißen und sich wenigstens ein bisschen zu schützen.

Steve prügelte erbarmungslos weiter auf ihn ein. Es war nur eine Frage der Zeit, wann er einen entscheidenden Treffer landen würde, und Mike war vollkommen wehrlos.

Kayla hatte den Angriff nicht kommen sehen. Sie nahm aus dem Augenwinkel eine Bewegung wahr, dann lag Steve schon auf Mike, drückte ihn in den Staub und drosch wie ein Besessener auf ihn ein. Sie brauchte einen Moment, um die Lage zu erfassen, dann packte sie Steve am Hemdkragen, zog ihn mühelos hoch und hieb ihm ihre Faust in den Solarplexus.

Steves Körper klappte zusammen, er bekam keine Luft mehr. Keuchte. Röchelte. Als er sich wieder aufrichten konnte, starrte er Kayla hasserfüllt an, die verblüfft über ihre Kraft auf ihre Hände schaute.

»Dich mach ich alle, Bitch!«, krächzte er.

Unerwartet tauchte Duncan neben Kayla auf. Er stellte sich vor sie. »Auf die Knie, Steve«, brüllte er. »Sofort! Hände hinter den Kopf.«

»Leck mich!«, knurrte der Junge.

Steves Augen glühten regelrecht. Kayla bekam Angst, als sie den Wahnsinn darin sah.

»Ich sage das nicht noch einmal«, meinte Duncan betont selbstsicher, aber Kayla spürte seine Furcht und Steve fühlte sie auch.

Grinsend kam er näher. »Oder was, du Arsch?«

Kayla sah, dass Duncan einen Fuß nach hinten schob, um einen stabileren Stand zu bekommen. Ohne Steve aus den Augen zu lassen, beugte sie sich zu Mike hinunter, um ihm aufzuhelfen. Ächzend rappelte sich Mike wieder auf die Füße.

Dann war Steve heran und schlug zu.

Steve war verrückt, aber Duncan offensichtlich ein erfahrener Kämpfer. Er ließ sich nicht in die Defensive drängen.

Noch während Kayla überlegte, ob sie dem Betreuer zu Hilfe kommen oder Mike in Sicherheit bringen sollte, wurde Duncan von einem gewaltigen Schwinger getroffen und ging in die Knie. Benommen sackte sein Körper nach vorn, während Steve siegessicher mit geballten Fäusten vor ihm stand.

Plötzlich ging ein Ruck durch Duncans Körper. Seine Hand fasste nach hinten, schob sich am Rücken unter das Hemd und zog eine Waffe hervor. Der schwarze, matte Lauf richtete sich auf Steve, der verächtlich den Mund verzog.

»Junge ...« Duncan spuckte Blut in den Sand. »Du nimmst ...«

Weiter kam er nicht, denn Steve trat ihm mit voller Wucht gegen das Handgelenk. Die Waffe flog davon. Steve stürzte sofort hinterher.

»Los. Wir müssen weg!«, brüllte Mike.

Kayla erwachte aus ihrer Schockstarre. Als Steve sich bückte und nach der Waffe griff, wirbelte sie herum und rannte los. Mike lief dicht neben ihr. Hinter ihnen peitschte ein Schuss auf, der aber anscheinend nicht ihnen gegolten hatte. Duncan brüllte schmerzerfüllt.

Steves Stimme hallte über den Platz: »Und was jetzt, du Wichser?«

Kayla wagte nicht, sich umzudrehen. Gebückt lief sie hinter Mike her, der den Weg zum Sportplatz einschlug.

»Wo willst du hin?«, keuchte sie.

»Wir müssen sofort abhauen. Der Plan ist hinfällig«, erklärte er, ohne sein Tempo zu verringern. »Im Camp wird gleich der Teufel los sein. Wir müssen weg. Sofort.«

Am Sportplatz angekommen, bog er nach links auf den Waldweg ein. Die Luft hier war wesentlich kühler, es roch nach Erde und Tannenadeln.

Sie liefen, so schnell sie konnten, die Strecke entlang, die sie vom täglichen Morgentraining kannten, aber die einsetzende Düsternis zwang sie, langsamer und vorsichtiger zu werden.

Schließlich wurde es so dunkel, dass sie nur noch in raschem Schritt vorankamen.

»Schalt die Lampe an«, sagte Kayla. »Wir dürfen nicht stolpern. Wenn wir jetzt umknicken, haben wir ein echtes Problem.«

»Noch nicht«, entgegnete Mike. »Ich weiß nicht, wie stark die Batterien sind, und wir werden noch die ganze Nacht unterwegs sein. Wenn die Taschenlampe versagt, sind wir aufgeschmissen.«

Er hatte recht. Vor ihnen tauchte der Hügel auf, an dessen Fuß Mike stehen geblieben war. Es kam Kayla vor, als wäre das in einem anderen Leben geschehen. So viel war seitdem passiert.

Auch diesmal schnaufte er. Sie selbst fühlte sich voller Kraft und Energie, aber noch immer saß der Schock tief in ihr. Die Erkenntnis, dass sie einem Versuch des Militärs ausgeliefert waren, die Gefahr, die Bowden und seine Männer darstellten, Goodmans Erklärung, ihre Gesundheit sei gefährdet, all das hatte sie noch kaum verarbeitet. Und dann die Mühelosigkeit, mit der sie Steve hochgerissen und durch die Luft geschleudert hatte ...

Bin ich inzwischen so stark? Macht das die Handfessel mit mir? Warum hat Mike nicht solche Kräfte?

Sie dachte daran, dass Steve jetzt eine Waffe hatte.

Bowden wird kurzen Prozess mit ihm machen und ihn erschießen. Und danach wird er alle Zeugen aus dem Weg räumen, die ihm gefährlich werden können.

Hinter alldem stand die Army und die wurde von harten Männern geführt, die alles dafür tun würden, um die Sicherheit des Landes zu gewährleisten. Was immer sie mit den

Handfesseln vorhatten, sie würden sich dieses Vorhaben nicht von ein paar Jugendlichen versauen lassen. Dafür standen bestimmt zu viel Geld und zu viele Karrieren auf dem Spiel.

Scheiße!

Wir sind tot. Wenn Bowden uns kriegt, sind wir tot!

Neben ihr ging Mike schweigend durch den Wald.

»Vielleicht haben sie Ricky gar nicht ins Jugendgefängnis gebracht«, sagte er plötzlich. »Bowden hat uns in allem belogen, warum sollte er da ausgerechnet die Wahrheit sagen?«

Es klang, als spräche er mit sich selbst, aber Kayla fühlte sich trotzdem aufgefordert, etwas zu sagen. »Wir werden es herausfinden, wenn wir in Oakgrove in Sicherheit sind. Du rufst deinen Vater an und erklärst ihm alles. Er wird Himmel und Hölle in Bewegung setzen, um Ricky zu finden.«

»Ja«, meinte Mike. »Das wird er.«

Sie waren jetzt kurz vor dem Gipfel des Hügels und Mike atmete schwer.

»Was ist mit dir?«, fragte Kayla.

»Wahrscheinlich die Aufregung ... Ich bin ein wenig aus der Puste.«

»Wir sind gleich oben.«

»Gut.«

Als sie die Hügelkuppe erreicht hatten, blieb Mike stehen, beugte sich nach vorn und keuchte.

»Nur ... einen ... Augenblick ... muss ... Luft ... holen.«

Obwohl es Kayla drängte weiterzugehen, hielt sie an. »Okay, erhol dich kurz.«

Mikes Lunge pfiff bei jedem Atemzug. Kayla fiel es schwer, Geduld mit ihm zu haben. Sie selbst fühlte sich stark und energiegeladen, aber wenn sie Goodman richtig verstanden hatte, verdeckte dieser Eindruck die Überlastung ihres Körpers. Wie bei einem Auto fuhr sie längst auf Reserve.

Wann werde ich stehen bleiben und so schnaufen? Oder falle ich einfach um und bin tot?

Wenn man Goodman glaubte, konnte genau das geschehen.

Ich will nicht sterben und ich ...

Sie schaute zu Mike, dessen Gesicht in der einsetzenden Dunkelheit immer mehr mit der Umgebung verschwamm.

... will mit diesem Jungen zusammen sein. Ich möchte herausfinden, wie es ist, seine Freundin zu sein. Ihn tausendmal küssen. Mit ihm schlafen. Träumen. In ein verdammtes Kino gehen und einen schlechten Film anschauen. Ihn bei Sonnenaufgang umarmen und beobachten, wenn er schläft. All das darf man mir nicht nehmen ...

»Woran denkst du gerade?«

Kayla lächelte, wusste aber nicht, ob er das bei den Lichtverhältnissen sehen konnte. »Ich habe mir dich gerade nackt vorgestellt.«

»Was?«

Sie lachte. »War bloß Spaß.«

»Du hast echt Nerven.«

Sie spürte es mehr, als sie es sah – er grinste.

»Geht es wieder?«

»Ja.«

»Dann weiter. Vor uns liegt noch ein langer Weg.«

29.

Sie hatten die Abzweigung gefunden und folgten nun schon seit einer Stunde einem schmalen Weg, der sie immer tiefer in den Wald hineinführte.

Mike hatte die Taschenlampe eingeschaltet und ging vor Kayla her. Der Weg war zu schmal, um nebeneinanderzugehen, also blieb Kayla dicht hinter ihm. Sie sprachen nicht miteinander, schritten in Gedanken versunken in die Nacht hinein.

Nach einer weiteren Stunde ging der Mond auf. Die Bäume standen in diesem Teil des Waldes nicht so dicht und sein bleiches Licht tauchte die Umgebung in eine gespenstische Atmosphäre.

Obwohl man jetzt einigermaßen sehen konnte, richtete Mike den Strahl der Lampe auf den Boden, um nicht über die zahlreichen aus der Erde ragenden Wurzeln zu stolpern. Einmal blieben sie stehen und schauten auf die Karte, aber es war zwecklos, hier sah es überall gleich aus und sie konnten nicht abschätzen, wie weit sie gegangen waren und wie viele Meilen noch vor ihnen lagen. Schweigend folgten sie weiter dem Trampelpfad.

Kurz vor Mitternacht hörte Mike das erste Geräusch. Bisher war es absolut still im Wald gewesen, nur ihr leiser Atem und das sanfte Rauschen des Windes waren zu vernehmen, doch dann knackte irgendwo ein Ast. Mike blieb stehen und lauschte.

»Hast du es auch gehört?«, fragte Kayla leise.

»Ja. Könnte ein Tier auf der Suche nach Nahrung sein«, flüsterte Mike.

»Glaube ich nicht. Jemand folgt uns.«

Wer, war nicht schwer zu erraten.

Mike strengte sich an, noch etwas zu hören, aber es blieb still. Vielleicht war es doch ein Tier gewesen. In jedem Fall mussten sie weiter. Er gab Kayla ein Zeichen.

Zehn Minuten später war es ein auffälliges Rascheln. Viel zu gleichmäßig, als dass es ein Hirsch hätte verursachen können. Jemand stapfte durch den Wald, und so wie es klang, trug derjenige schwere Stiefel. Mike folgte Kayla in den Schutz eines Baumstammes.

Eben noch hatte er das helle Mondlicht begrüßt, nun war es zu ihrem Feind geworden. Das Licht der Taschenlampe würde sie ebenfalls verraten, also schaltete er sie aus. Er starrte in den Wald hinein, sah aber nichts. Mike fasste nach Kaylas Hand und zog sie mit sich, weg von dem Geräusch, weg von dem Weg in den Wald hinein.

Sie waren noch keine hundert Meter weit gekommen, als plötzlich ein Schemen vor ihnen aufragte.

»Stehen bleiben!«, befahl er.

Mike hielt abrupt an. Kayla stolperte in ihn hinein.

Der Mann trug Tarnuniform. Sein Gesicht war dunkel geschminkt und blieb hinter einem Nachtsichtgerät verborgen, das er über die Augen geschoben hatte.

»Hände hoch!«

Zögernd hob Mike die Arme an. Kayla tat es ihm nach. Es war aus. Bowdens Männer hatten sie erwischt. Die Tatsache, dass vor ihnen ein Soldat in voller Kampfausrüstung stand, machte ihm klar, dass der Campleiter Verstärkung gerufen hatte. Irgendwie war es ihm gelungen, seine Männer vor ihnen zu platzieren. Entweder hatten sie den Wald umfahren und waren von der anderen Seite in ihn eingedrungen oder ein Hubschrauber hatte sie auf einer der zahlreichen Lichtungen abgesetzt.

Warum haben wir das nicht gehört?

Verzweiflung übermannte ihn. Sie waren so weit gekommen und doch eingeholt worden. Was würde jetzt mit ihnen geschehen?

Der Mann schob sein Nachtsichtgerät auf die Stirn und Mike blickte in ein fremdes Gesicht, in dem die Augen unnatürlich weiß leuchteten. Eine am Gewehr montierte Lampe wurde eingeschaltet, der Strahl auf sie gerichtet.

»Rührt euch nicht!«, befahl der Soldat und griff nach einem am Gurt befestigten Funkgerät. Als sich seine Hand darum schloss, sprang Kayla in einem einzigen weiten Satz nach vorn und stieß dem Mann beide Hände vor die Brust. Er flog nach hinten und fiel in einen Busch.

»Lauf!«, brüllte Kayla.

Mike stürmte in den Wald hinein.

Das Licht des Mondes war hell genug, sodass er einigermaßen sehen konnte, denn die Taschenlampe wollte er nicht einschalten, um seine Position nicht zu verraten. Kayla sprintete an ihm vorbei und bahnte sich laut krachend ihren Weg durch das Unterholz.

Mike rannte noch schneller. Seine Lunge keuchte, brannte wie Feuer, aber ... er ... durfte ... nicht ... stehen bleiben.

Und dann geschah es.

Sein Fuß verhakte sich in einer aus der Erde ragenden Wurzel und Mike krachte zu Boden. Der Aufprall trieb ihm die verbliebene Luft aus den Lungen und ihm wurde schwarz vor Augen. Mit beiden Händen blind in der Erde wühlend, versuchte er, sich aufzurichten, obwohl er kaum wusste, wo oben und unten war. Als er endlich auf den Füßen stand, zitterten seine Beine so stark, dass er fast wieder umgekippt wäre. Schnaufend stand er da, als sich der Soldat auf ihn warf und erneut zu Boden riss.

Der Angriff kam so schnell, dass Mike überhaupt nicht reagierte. Er brauchte einen Moment, um zu verstehen, was geschehen war, dann wehrte er sich mit Händen und Füßen.

Bei dem Sturz war das Gewehr des Soldaten zwischen sie geraten. Mike klammerte sich daran fest und versuchte, die Waffe unter seine Kontrolle zu bekommen. Er hatte dem Angreifer allerdings wenig entgegenzusetzen. Der Mann drückte das Gewehr nach unten, sodass sich der Lauf gegen Mikes Hals presste und ihm die Luft abschnürte.

Er stemmte sich mit aller Kraft dagegen und verschaffte sich etwas Freiraum, aber der Soldat legte nun sein ganzes Gewicht in den Versuch, ihn zu ersticken. Unerbittlich wurde ihm die Kehle abgedrückt.

Plötzlich war Mike nicht mehr da. Kayla war so schnell gerannt, dass sie nicht bemerkt hatte, wie Mike hinter ihr zurückblieb.

Und dann kam die erste Schmerzwelle.

Es begann mit einem heftigen Kribbeln in ihrem linken Arm, aus dem rasch ein Brennen wurde. Kayla stoppte.

Verdammt, sie hatte Mike verloren und die Distanz zwischen ihnen war so groß geworden, dass sich die Fessel aktivierte.

Sie musste sofort zu ihm!

Aber wo ist er?

Kayla wirbelte einmal um ihre Achse. Das Mondlicht reichte aus, um in der näheren Umgebung etwas erkennen zu können, aber alles, was weiter als fünf Meter entfernt war, blieb in den Schatten verborgen.

Sie versuchte, den Weg zu erkennen, den sie sich durch den Wald gebahnt hatte.

Aussichtslos!

Die nächste Schmerzwelle jagte heran und sie war viel stärker als die erste. Heiße Nadeln wurde in ihren Arm und ihre Schulter getrieben. Kayla stöhnte laut auf.

Sie hatte keine Wahl, musste sich selbst verraten, wenn sie wissen wollte, wo Mike war.

»Mike!«, brüllte sie.

Mike zappelte und wand sich. Er kämpfte verzweifelt gegen den Soldaten, irgendwann schaffte er es, sein Knie hochzureißen. Der Mann fluchte. Für einen Moment glaubte Mike, er habe den entscheidenden Vorteil errungen, und riss mit aller Kraft an der Waffe, doch da jagte ohne Vorwarnung eine Welle schwarzen Schmerzes durch seine Arme. Er ließ nicht los, klammerte sich an dem Gewehr fest. Dann hörte er Kayla nach ihm rufen.

»Ich bin hier, Kayla!«, schrie er.

Gleißender Schmerz schoss durch seinen Körper. Die Kraft

verließ seine Glieder und sein Widerstand erlahmte mit jeder Sekunde, die verging.

Die Hände des Soldaten, die das Gewehr fast schon freigegeben hatten, schlossen sich nun wieder darum und zogen wild daran. Mike konnte dem nichts mehr entgegensetzen. Die Waffe glitt aus seinen Händen.

Mit einem Triumphschrei hob sein Gegner das Gewehr weit über seinen Kopf und drehte es, um den Kolben in Mikes Gesicht zu rammen.

Da traf ihn ein gewaltiger Schlag gegen die linke Schläfe. Sein Kopf ruckte zur Seite. Das Gewehr fiel ihm aus den Händen und er wurde hochgehoben.

Mike sah Kayla, die mit wutverzerrtem Gesicht den Mann so an der Kehle gepackt hatte, dass seine Füße einen halben Meter über dem Boden zappelten. Sie drückte unerbittlich zu. Die Augen des Soldaten traten aus den Höhlen. Er schlug wild um sich, aber er war chancenlos gegen diese Kraft.

Mike erkannte, dass Kayla dabei war, den Mann zu töten.

»Nein, Kayla«, stieß er hervor.

Ihre Augen glühten in der Dunkelheit. Sie schaute erst zu Mike herab, dann in das Gesicht des Angreifers. Schließlich hob sie den Mann noch ein wenig höher und schleuderte ihn in den Wald hinein. Der Soldat prallte in zwei Metern Höhe gegen den Stamm einer mächtigen Fichte, fiel zu Boden und rührte sich nicht mehr.

Keuchend stand Kayla da. Ihr Brustkorb hob und senkte sich in wilden Atemzügen. Noch immer schimmerten ihre Augen, als brenne ein Feuer darin.

Sie drehte den Kopf. Sah Mike an. Dann fiel sie auf die Knie.

Alles an ihr erschlaffte.

Mike rappelte sich hastig auf, kroch zu ihr hinüber. Kayla hockte auf den Knien, ihr Kopf war auf die Brust gesunken, aber sie war bei Bewusstsein. Mike hörte ihren flachen, unregelmäßigen Atem. Er wusste sofort, was los war. Das war einer der Erschöpfungszustände, von denen Goodman gesprochen hatte.

Goodman hat gesagt, sie könne einen Herzinfarkt erleiden oder ins Koma fallen. Was tue ich jetzt?

Sie mussten irgendwie weiter, aber wie?

»Was ist mit dem Soldaten?«, murmelte Kayla plötzlich.

Mike blickte zu seinem Angreifer, der regungslos unter einem Baum lag. »Ich weiß nicht.«

»Schau nach ihm«, forderte Kayla.

Der Typ wollte mich umbringen.

»Wie geht es dir?«

»Ich bin schwach, aber das wird gleich wieder. Gib mir einen Moment. Geh schon.«

Mike stand auf und lauschte in die Nacht. Nichts war zu hören. Anscheinend hatte Bowden nicht viele Männer auftreiben können und die wenigen, die er zur Verfügung hatte, verteilten sich über ein großes Areal. Das machte Hoffnung, mit etwas Glück konnten sie den Soldaten aus dem Weg gehen.

Der Mann wirkte wie eine Marionette, der jemand die Fäden durchschnitten hatte. Alle Glieder waren erschlafft. Mike bückte sich, schaltete seine Taschenlampe ein und strahlte seinem Angreifer ins Gesicht. Der Soldat blutete aus einer Platzwunde an der Stirn, aber er war eindeutig nicht tot. Ob er innere Verletzungen hatte, ließ sich nicht ausmachen, doch sein Brustkorb hob sich in gleichmäßigen Atemzügen.

Mike schaute sich nach dem Gewehr des Mannes um, konnte es aber nirgends entdecken. Das war okay, denn erstens wusste er nicht, wie man mit einer Waffe umging, und zweitens wollte er auch auf niemanden schießen. Trotzdem prüfte er noch, ob der Mann eine Pistole bei sich hatte, aber dem war nicht so.

Als er nach dem Nachtsichtgerät des Mannes griff und es ihm von der Stirn zog, musste er feststellen, dass eine Linse zersplittert war. Wertlos. Das vor dem Kinn befestigte Mikrofon des Helmfunkgerätes war verbogen. Mike riss es ab. Wenn der Mann wach wurde, konnte er niemanden zu Hilfe holen und sie waren für eine Weile sicher.

Er ging zurück zu Kayla.

»Und?«, fragte sie.

»Bewusstlos, scheint aber okay.«

Sie seufzte erleichtert auf. »Ich wollte ihn nicht umbringen. Irgendwas ... war plötzlich mit mir los. Ich wurde unheimlich wütend, als ich sah, dass er dich schlagen wollte. Es ... es ...«

»Ist schon gut«, beruhigte er sie.

Mike spürte, dass sie weinte. Er umarmte Kayla, hielt sie fest an sich gedrückt.

»Was geschieht mit mir?«, fragte sie.

»Ich weiß es nicht.« Er holte Luft. »Aber wir werden es stoppen. Kannst du weitergehen?«

»Ich ... denke schon.«

»Dann komm, nimm meine Hand.«

Schwerfällig kam sie auf die Füße und stand schwankend da. Sie richtete sich auf, stöhnte leise.

»Okay ... Sekunde«, keuchte sie.

»Tut dir etwas weh?«, fragte Mike.

»Da ist so ein komisches Ziehen, aber das spielt keine Rolle.

Wichtig ist jetzt nur, dass wir bald aus diesem verdammten Wald rauskommen.«

Mike versuchte, sich zu orientieren. Da sie quer durch den Wald geflohen waren, konnte er nicht mehr genau sagen, wo sich der Weg befand.

»Weißt du, in welche Richtung wir müssen?«, fragte er Kayla.

Sie deutete in die Dunkelheit. »Ich glaube, wir sind von dort gekommen. Der Mond war links von uns, jetzt laufen wir genau darauf zu, also müssten wir bald wieder auf die alte Route stoßen. Was machen wir mit ihm?« Sie nickte in Richtung des bewusstlosen Soldaten.

»Wir lassen ihn da liegen. Irgendwann finden ihn seine Kameraden. Ich bin mir sicher, dass Bowdens Männer über Funk miteinander verbunden sind und sich regelmäßig melden. Wenn sie nichts von ihm hören, werden sie ihn suchen. Wir müssen also sehen, dass wir so schnell wie möglich von hier verschwinden.«

»Mike?«

»Ja?«

»Ich war fast verrückt aus Sorge um dich.«

Er küsste sie auf die Stirn. »Danke.«

30.

Eine Stunde später hatten sie den Weg immer noch nicht gefunden. Im bleichen Mondlicht sah die Umgebung in jede Richtung identisch aus, egal, wohin man sich wandte, hoch stehende Bäume, Unterholz und Büsche. Sie kamen nur mühsam voran und machten viel zu viel Lärm, aber es ließ sich einfach nicht vermeiden, wenn man sich mitten durch den Wald kämpfte.

Mike hatte die Taschenlampe eingeschaltet. Ihm blieb gar keine andere Wahl, wenn sie nicht alle zehn Meter hinfallen wollten.

Innerlich fluchte er unablässig. Angst und die Sorge um Kayla hatten ihn erfasst und er konnte nur schlecht damit umgehen.

»Kayla?«

»Ja?«

»Wie fühlst du dich?«

»Mike, das hast du in den letzten zehn Minuten schon drei Mal gefragt. Nicht besser und nicht schlechter. Noch etwas wackelig, aber es geht schon.«

»Sollen wir anhalten? Eine Pause machen?«

»Nein, wir müssen weiter.«

»Meinst du, wir bewegen uns wenigstens einigermaßen in die richtige Richtung? Es könnte sein, dass wir immer tiefer in den Wald geraten.«

»Irgendwann treffen wir auf den Fluss, der auf der Karte eingezeichnet ist, es kann gar nicht anders sein. Wenn wir ihm nach Osten folgen, kommen wir automatisch nach Oakgrove.«

»Falls es einen Weg am Ufer entlang gibt«, meinte Mike. »Auf der Wanderkarte war nichts eingezeichnet.«

»Auch egal, dann schlagen wir uns durch die Büsche. Irgendwie werden wir schon dorthin gelangen. Dann sind wir in Sicherheit.«

Hoffentlich, dachte Mike. Ihm war der Gedanke gekommen, dass Bowden vielleicht ahnte, wohin sie wollten. Bei ihrem ursprünglichen Plan waren sie davon ausgegangen, dass ihr Verschwinden unbemerkt bleiben würde und sie am nächsten Morgen mit der Polizei im Camp anrückten, aber nun waren ihnen Bowden und seine Männer auf den Fersen.

Kayla ging hinter Mike her. Nur langsam kehrten ihre Kräfte zurück. Der Kampf mit dem Soldaten hatte ihr gezeigt, wozu sie fähig war, und das machte ihr mehr Angst als die Folgen für ihre Gesundheit. Obwohl sie wusste, dass sie Mike wahrscheinlich das Leben gerettet hatte, machte sie sich Vorwürfe wegen der Rücksichtslosigkeit, mit der sie seinen Angreifer außer Gefecht gesetzt hatte.

Innerlich war sie aufgewühlt. So vieles hatte sich in letzter Zeit verändert und nun wurde sie gejagt, ihr Leben war bedroht und das des Jungen, in den sie sich verliebt hatte. Ihr ganzes Dasein hatte sich in kürzester Zeit in eine Katastrophe verwandelt und sie spürte, dass sie niemals mehr der Mensch sein konnte, der sie gewesen war, bevor sie Tom geholfen hatte.

Trotzig hob sie den Kopf. Sie mussten es schaffen. Sie würde nicht zulassen, dass Bowden über ihr Leben bestimmte. Mike und sie – sie wollte herausfinden, ob sie beide eine Zukunft hatten.

Wenn wir das hier überleben, gehe ich zurück an die Schule und werde versuchen, ein ganz normales Mädchen zu sein. Mit einem ganz normalen Leben.

Mike wusste nicht, wie viel Zeit vergangen war. Der Mond war schon seit geraumer Zeit durch die Baumwipfel verborgen, und wenn einmal sein Licht zum Boden vordrang, reichte es gerade dazu aus, nicht hinzufallen. Obwohl es ihm nicht behagte, musste er die Taschenlampe eingeschaltet lassen.

Plötzlich explodierte etwas direkt neben seinem Kopf. Holzsplitter flogen surrend herum, irgendetwas war in den Baumstamm neben ihm eingedrungen und hatte die Rinde zerfetzt. Es dauerte einen Moment, bis er begriff, dass auf ihn geschossen worden war und dass derjenige, der geschossen hatte, einen Schalldämpfer benutzte.

Erschrocken schaltete er die Taschenlampe aus, wirbelte herum und riss Kayla zu Boden. Er hörte, wie sie keuchend die Luft ausstieß.

»Was …?«

»Psst, da ist jemand«, flüsterte er. »Er hat auf uns geschossen.«

»Ich habe keinen Schuss gehört, nur ein splitterndes Geräusch.«

»Schalldämpfer. Das sind Bowdens Männer. Sie haben uns aufgespürt.«

Irgendetwas pfiff durch die Luft, zischte fauchend durchs Unterholz.

Ein weiterer Schuss.

»Runter!« Mike drückte Kayla noch tiefer auf den Boden. »Ich glaube, er ist schräg hinter uns. Wahrscheinlich hat er ebenfalls ein Nachtsichtgerät.«

»Und jetzt?«

»Wir müssen hier weg.« Sein Atem keuchte vor Aufregung. »Ich glaube, der Typ versucht, uns hier festzunageln. Wahrscheinlich wartet er auf Verstärkung oder er hat Bowden über unseren Standort informiert. Eigentlich hätte er uns nicht verfehlen können, er hatte alle Zeit der Welt, uns ins Visier zu nehmen und zu schießen.«

»Das heißt aber nicht, dass er nicht versuchen wird, uns abzuknallen, wenn wir fliehen«, presste Kayla hervor.

Er verlagerte sein Gewicht, um ihr das Atmen zu erleichtern. »Aber wir können nicht herumsitzen und warten, dass Bowden kommt und uns aufsammelt.«

Nach einem Moment nickte Kayla. »Okay, dann haben wir keine Wahl.«

»Bleib ganz tief unten. Kriech mir nach, versuch, so wenige Geräusche wie möglich zu machen. Nach ein paar Metern springen wir auf und rennen los. Ich leuchte uns, du bleibst dicht hinter mir. Bist du so weit?«

»Ja.«

»Dann los.«

Mike presste sich auf den Boden und kroch langsam vorwärts. Hinter ihm raschelte es leise, ansonsten blieb es still – keine Schüsse mehr.

Nach etwa zwanzig Metern hielt er an. Kayla rutschte neben ihn.

»Okay, bei drei. Eins ... zwei ... drei!« Er sprintete los.

Bäume tauchten wie mächtige Finger vor ihm auf, die aus der Erde ragten und nach ihm griffen. Mike machte einen Satz nach rechts, seitlich von ihm brach Kayla durch das Unterholz.

Er spürte den nächsten Schuss mehr, als er ihn hörte. Etwas zischte an ihm vorbei, dann jagte etwas in den Boden vor ihm, wirbelte Erde auf, die ihm ins Gesicht spritzte.

Mike rannte wie noch nie zuvor in seinem Leben. Die Sicht war schlecht, aber irgendwie schaffte er es, nicht gegen einen Baum zu prallen oder zu stolpern. Noch immer war Kayla direkt neben ihm. Sie keuchte heftig, schien aber okay zu sein, denn sie hatte keinerlei Schwierigkeiten, mit seinem Tempo mitzuhalten.

In nur wenigen Sekunden legten sie eine große Strecke zurück. Hinter ihnen blieb es ruhig, soweit er das bei dem Lärm, den sie machten, feststellen konnte, aber ein seltsames Rauschen drang durch den Wald, das er nicht einzuordnen wusste. Vielleicht war es nur der Wind in den Bäumen.

Sie hetzten weiter.

Mike machte einen weiten Satz, aber unvermittelt trat sein Fuß ins Leere.

Dann fiel er in die Dunkelheit.

Eben war er noch da gewesen, doch dann war Mike plötzlich verschwunden. Kayla stoppte abrupt ihren Lauf, gerade noch rechtzeitig, als sich vor ihr eine Lücke zwischen den Bäumen auftat und das Licht des Mondes ungehindert auf die Landschaft fiel. Direkt vor ihr ging es in die Tiefe. Ihre Zehen ragten über eine Abbruchkante. Der Fluss, den sie bisher nur auf der Wanderkarte eingezeichnet gesehen hatte, stürzte an dieser Stelle in den Abgrund.

Kayla ruderte wild mit den Armen, um das Gleichgewicht nicht zu verlieren, und ihr wurde schlagartig bewusst, dass Mike da hinuntergefallen war. Sie suchte mit ihren Blicken das unter ihr strömende Wasser ab, aber das Licht war zu schwach, um in all dem wirbelnden Grau etwas zu erkennen.

Kayla ließ jede Vorsicht fahren. »Mike!«, brüllte sie verzweifelt. Sie lauschte, aber das Rauschen des Wassers war zu stark, um wirklich etwas auszumachen.

»Mike!«

Sie musste etwas tun. Mike befand sich in Gefahr. Oder, schlimmer noch, vielleicht war er verletzt oder tot!

Nein, nicht tot. Er darf nicht tot sein!

Unvermittelt kribbelte ihr Arm. Ihr Handgelenk begann zu brennen, dann jagte eine Feuerflamme durch ihre Schulter und den Brustkorb.

Die Handfessel! Sie hat sich aktiviert!

Warum?

Wie?

Dann verstand sie. Mike war in den Fluss gefallen und wurde jetzt von ihm davongetrieben.

Kayla biss die Zähne zusammen. Sie brüllte zornig auf.

Dann sprang sie in die Tiefe.

Mit unglaublicher Wucht klatschte Kayla auf das Wasser auf. Die eiskalten Wogen schwappten über ihren Kopf und sie ging unter, wurde aber sofort von den Wassermassen mitgerissen. Die Gewalt der Strömung wirbelte sie umher, stürzte sie ins Chaos. Unter Aufbietung aller Kräfte gelang es ihr, zur Oberfläche durchzubrechen. Prustend atmete sie die dringend benötigte Luft ein, nur um sich gleich zu verschlucken.

Röchelnd und würgend kam sie ein zweites Mal hoch. Diesmal konnte sie ihren Kopf über Wasser halten, aber sie wurde so sehr herumgeschleudert, dass sie jede Orientierung verlor.

»Mike«, gurgelte sie in die fahle Dunkelheit, aber hörte sich selbst kaum. Die Schmerzen in ihrem Körper raubten ihr den Atem und wieder und wieder zog sie die Kraft des Flusses unter Wasser.

Während Kayla darum kämpfte, nicht zu ertrinken, bildete sich ein vages Bild von Mike hinter ihren geschlossenen Augen. Sie sah ihn mit den Fluten treiben. Bewusstlos, aber am Leben.

Wie lange noch?

Kayla mobilisierte alle Energie, die sie noch hatte, warf sich nach vorn und begann zu schwimmen. Mit der Strömung glitt sie durch die Wellen, Mikes Bild vor Augen.

Plötzlich verschwanden die Schmerzen. Mike konnte nicht mehr weit von ihr entfernt sein. In der Hoffnung, dass sie schon nah genug war, ruderte sie mit den Armen in alle Richtungen, da sie kaum etwas sehen konnte. Dann prallte sie mit dem Oberkörper gegen etwas Weiches, Nachgiebiges und wusste, sie hatte Mike gefunden. Ihre Hände fassten nach ihm. Ihre Arme umschlangen seinen Oberkörper, dabei versuchte sie, seinen Kopf über der Oberfläche zu halten.

Die Wolkendecke riss auf und das Licht des Mondes zeigte ihr, dass sie nur wenige Meter vom Ufer entfernt waren. Keuchend schwamm sie darauf zu. Ihre Arme schmerzten von Mikes Gewicht und sie fühlte, wie sie schwächer wurde.

Sie biss die Zähne zusammen und strampelte noch heftiger mit den Beinen. Immer wieder schien Mikes Körper sie unter Wasser ziehen zu wollen, doch sie packte fest zu und stemmte sich dagegen. Meter um Meter legte sie zurück und hatte doch das Gefühl, kaum gegen die Strömung anzukommen. Ihre Lunge brannte, sie hatte kaum noch Kraft, doch dann merkte sie, wie das Wasser flacher wurde. Mit neuer Hoffnung warf sie sich nach vorn und endlich spürte sie festen Boden unter ihren Füßen.

Kayla schleppte Mike mit letzter Anstrengung aus dem Fluss und brach zusammen.

31.

Als Mike das Bewusstsein wiedererlangte, wusste er nicht, was geschehen war. Er war klatschnass und fror erbärmlich. Mühsam richtete er den Oberkörper auf und blickte sich um. Zuerst sah er den Fluss, dann Kayla, die regungslos neben ihm im Schlamm lag.

Als er sich ihr zuwandte, gurgelte etwas seine Kehle hoch und er musste sich würgend übergehen. Als sein Magen nicht mehr zuckte, beugte er sich zu Kayla herab und wälzte sie auf den Rücken.

Die Haare klebten an ihrem Gesicht und ließen es im Schein des Mondes wie das Antlitz einer Toten aussehen. Er schob seine Arme unter sie und hob sie an, presste sein Ohr auf ihren Brustkorb. Sie atmete, aber ihr Kopf fiel schlaff in den Nacken, als er sie vorsichtig wieder auf den Boden legte.

»Kayla«, flüsterte er. »Kayla, hörst du mich?«

Keine Reaktion. Sie rührte sich nicht.

Mike versuchte herauszufinden, ob sie verwundet war, konnte aber nichts erkennen. Zumindest sah er, dass sie nicht blutete, aber sie konnte innere Verletzungen haben.

Immer noch benommen schüttelte er den Kopf. Er spürte Panik in sich aufsteigen und wusste, er musste sich ablenken.

Fieberhaft tastete er nach der Taschenlampe, aber er fand sie nirgends. Verdammt, so konnte er überhaupt nicht sagen, wo sie sich befanden. Er lauschte in die Dunkelheit. Kein Geräusch war zu hören, aber das musste nichts heißen. Die Leute, die sie jagten, waren erfahrene Soldaten und verfügten über Hightech-Ausrüstung. Er würde sie wahrscheinlich erst bemerken, wenn es zu spät war, also schob er jeden Gedanken an sie zur Seite. Jetzt gab es nur eines, was er tun konnte: sich um Kayla kümmern.

Ihr Körper fühlte sich kalt an, so als wäre alles Leben daraus gewichen. Er musste sie irgendwie warm bekommen.

Ohne darüber nachzudenken, wusste er, dass sie aus den nassen Klamotten rausmusste, sonst wäre alles andere sinnlos.

Mit zitternden Fingern zog er ihr die Schuhe von den Füßen. Die Socken warf er direkt daneben. Dann folgten Jeans und Hemd.

Kayla lag vor ihm wie ein gefallener Engel. Ihr bleiches Gesicht schimmerte im Mondlicht, ihre Lippen waren leicht geöffnet. Er streckte seine Hand nach ihr aus und seine Finger strichen sanft über ihre Wange.

Dann begann er, Kaylas Körper mit seinen Händen zu reiben. Zunächst rieb er ihre Füße, knetete die Zehen, dann massierte er ihre Waden und die Oberschenkel. Er rubbelte über ihren Bauch, ihren Brustkorb und die Schultern. Dann nahm er sich die Arme und Hände vor und schließlich ihr Gesicht.

Irgendwann fühlte sich Kayla nicht mehr ganz so kalt an und er schöpfte etwas Hoffnung. Er selbst fror inzwischen so sehr, dass er mit den Zähnen klapperte. Mike wusste, dass er dafür sorgen musste, warm zu werden, denn sonst würde ihm die Kälte alle Energie aus dem Körper ziehen.

Er zog ebenfalls seine Kleidung aus, legte sie über die Felsen neben ihm und begann, wild herumzuhüpfen. Mike versuchte, sich vorzustellen, dass er im Footballtraining war und sein Aufwärmprogramm abspulte. Er machte Hampelmänner, Kniebeugen, sprang in die Luft und zog beide Beine an, bis er schwitzte.

Als ihm schließlich warm war, legte er sich zu Kayla und presste sich an ihren nackten Körper. Ihre Haut war wieder etwas kühler geworden, aber er hatte das Gefühl, dass sie sich erholte.

Kaylas leiser Atem kitzelte auf seiner nackten Brust, gab ihm für einen kurzen Augenblick das Gefühl, dass alles gut werden könne. Mike schloss die Augen.

Er versuchte, an nichts zu denken, wollte nur Kaylas Nähe spüren. Als sich sein Atem beruhigte, schlief er ein.

Kayla schlug die Augen auf und dachte, sie träume. Es dauerte etwas, bis sie begriff, dass dies die Wirklichkeit war und sie beinahe nackt neben Mike lag und ihr Kopf auf seiner Brust ruhte.

Sie fröstelte, aber es war nicht wirklich kalt. Ein grauer Schimmer beleuchtete den Himmel und sie wusste, dass ein neuer Tag anbrach.

Mike war ebenfalls nackt. Er schlief. Sein Kopf war zur Seite gesackt, sein Mund geöffnet, er atmete tief und gleichmäßig.

Sie dachte an Bowden und seine Männer. Irgendwo da draußen waren sie, verfolgten sie noch immer. Es war unvorstellbar, dass sie die Jagd abgebrochen hatten.

Aber vielleicht denken sie ja, dass wir in den Fluss gestürzt und ertrunken sind.

Nein, damit war nicht zu rechnen. Bowden würde auf Nummer sicher gehen und die Verfolgung erst abblasen, wenn er ihre Leichen gesehen hatte.

Ich muss Mike wecken. Wir müssen weiter.

Aber sie brachte es nicht übers Herz. Und sie wollte auch noch ein wenig neben ihm liegen bleiben, ihn spüren, ihm so nahe sein.

Mike regte sich, dann machte er die Augen auf.

»Hallo«, sagte er ohne jede erkennbare Verlegenheit.

»Hi.«

»Wie geht es dir?«

»Weiß nicht. Ich denke, okay.«

»Das ist gut.« Er schloss die Augen wieder.

»Machst du das öfter?«

»Was?«

»Ohnmächtige Mädchen ausziehen?«

Er grinste. »Wenn ich die Gelegenheit habe.«

Sie stupste ihn in die Seite und schmunzelte.

Eigentlich sollte es sich komisch anfühlen, mit ihm hier nackt zu liegen, aber das tut es nicht.

Einen Moment lang schloss sie die Augen, dann seufzte sie. »Wir müssen weiter.«

»Ja.«

»Bowden ...«

»Schsch.« Er legte einen Finger auf ihren Mund und beugte sich zu ihr. »Küss mich.«

»Mike ...«

»Jetzt.«

Und sie küsste ihn.

In diesem Augenblick war alles gut. So gut, wie es sein konnte. Mikes Lippen waren kühl, seine Zunge tanzte mit ihrer, seine Hände strichen über ihren Körper. Alles Frösteln verflog und Kayla spürte eine angenehme Wärme in sich aufsteigen.

Sie gab sich dem Kuss hin, obwohl sie wusste, dass sie keine Zeit verlieren durften. Irgendwann löste sich Mike von ihr und schaute sie nur an. Dann erhob er sich schweigend und half ihr auf die Füße.

Ihre Kleidung war noch immer klamm und es war sehr unangenehm, in die Sachen zu schlüpfen. Neben ihr zog sich Mike an. Plötzlich zuckte er zusammen.

Kayla erschrak. »Was ist?«

»Die Handfessel.« Er starrte darauf. »Sie leuchtet nicht mehr.«

Kayla sah verblüfft auf ihr Handgelenk. Tatsächlich, die kleine Leuchtdiode war erloschen.

»Meinst du, das heißt, sie funktioniert nicht mehr?«, fragte Mike.

Sie zuckte mit den Schultern. »Vielleicht ist Wasser eingedrungen und die Elektronik hat den Geist aufgegeben.«

»Kann aber auch bloß eine kurzfristige Störung sein. Wir sollten uns nicht darauf verlassen.«

Sie wünschte sich so sehr, dieses Mistding endlich loszuwerden, und die Hoffnung, dass die Fessel sie nicht mehr kontrollierte, gab ihr neuen Schwung.

Mike schien mehr Zweifel zu haben. »Wir müssen die Fesseln im Auge behalten, falls sie wieder anspringen.«

»Okay, aber ich hatte sowieso vor, in die gleiche Richtung wie du zu gehen«, sagte sie.

Er grinste, dann wurde er wieder ernst. »Ich lass dich nicht mehr allein. Niemals.«

Kayla trat zu ihm, legte eine Hand unter sein Kinn und hauchte einen Kuss auf seine Lippen. »Ich weiß. Ich dich auch nicht.«

»Dann lass uns gehen. Wir haben heute noch eine Verabredung mit Goodmans Professor. Ich denke, wir folgen dem Fluss, er wird uns nach Oakgrove führen.« Im nächsten Moment weiteten sich Mikes Augen. »Was ist mit dem USB-Stick?«

Kayla tastete ihre Hose ab und atmete auf. Sie zog den Stick aus der Tasche. »Keine Ahnung, ob er durch die Feuchtigkeit beschädigt ist.«

Mike hob sein Handgelenk. »Zur Not haben wir noch die Dinger, auch wenn sie nicht mehr funktionieren.«

»Meinst du, wir schaffen es?«

Er sah sie an, wich ihrem Blick nicht aus. »Ja, wir bekommen das hin. Bowden wird uns nicht kriegen.«

32.

Als sie den Wald verließen, war von ihren Verfolgern immer noch nichts zu sehen gewesen. Mike hatte die Hoffnung, dass Bowden die Jagd abgeblasen hatte, aber er wollte dem Gefühl nicht trauen. Sich jetzt in Sicherheit zu wiegen, konnte trügerisch sein.

Unter den letzten hohen Bäumen blieben sie stehen und blickten auf eine Graslandschaft, durch die sich der Fluss wie eine Schlange wand. So weit vom Wasserfall entfernt, hatte er jede Kraft verloren und floss nur noch träge dahin. Nebelschwaden stiegen im Morgenlicht des neuen Tages auf, waberten wie Geister um sie herum, boten ihnen Schutz, schränkten aber auch ihre Sicht ein.

Mike spähte auf das freie Land vor ihnen. Dort gab es kaum Deckung, denn es standen nur noch einzelne Bäume verstreut in der Landschaft.

»Sieht nicht gut aus«, sagte er. »Wenn Bowdens Männer da draußen auf uns lauern, haben sie freies Schussfeld.«

»Haben wir eine andere Möglichkeit?«, fragte Kayla. Sie lehnte sich gegen einen Baumstamm.

»Nicht, wenn wir nach Oakgrove wollen.«

»Dann lass uns gehen. Noch verbirgt uns der Nebel. Außerdem brauche ich dringend was zu essen.«

Mike stimmte ihr grinsend zu.

Vorsichtig verließen sie den Schutz der Bäume, witterten wie Rehe, die auf eine Lichtung traten. Alles blieb still. Hintereinander stapften sie durch das feuchte Gras, aber das spielte keine Rolle, denn in ihren Schuhen schmatzte noch immer das Wasser. Wenigstens war ihre Kleidung durch die Körperwärme ein wenig getrocknet.

Mike machte sich Sorgen um Kayla, auch wenn er es ihr nicht zeigte. Er hatte sie bei ihrem Marsch durch den Wald beobachtet. Kayla war noch immer schwach. Er erkannte es daran, wie sie einen Fuß vor den anderen setzte, so als müsse sie bei jedem Schritt erst die Beschaffenheit des Bodens prüfen. Er wusste, dass sie noch Probleme mit der Koordination hatte. Zudem wurde sie immer wieder langsamer, schnaufte schwer, aber wenn er fragte, ob sie eine Pause machen wollte, schüttelte sie jedes Mal den Kopf.

Mike hatte schon zwei Mal die Hand nach ihr ausgestreckt und angeboten, sie zu stützen, aber Kayla hatte lächelnd abgelehnt.

Die Sonne ging auf und ihre Strahlen durchfluteten seinen Körper mit Wärme. Nie hatte er den Anbruch eines Tages mehr begrüßt. Keine Kälte mehr, keine Dunkelheit.

Nach einer Stunde stießen sie auf Eisenbahnschienen, die sich durch die Landschaft zogen und in der Ferne verschwanden. Mike blieb stehen und blickte Kayla an.

»Sie bringen uns nach Oakgrove, wenn wir ihnen folgen,

aber das ist gefährlich. Bowden könnte auf die Idee kommen, dass wir genau das tun.«

»Ich glaube, er denkt, dass wir versuchen, die Bundesstraße zu erreichen und ein Auto anzuhalten. Vielleicht hat er nicht genug Männer und muss sich entscheiden, welche Route er überwacht.«

Mike kaute auf seiner Lippe herum. »Dann wagen wir es und gehen ab jetzt auf den Gleisen.«

»Würde ich auch sagen. So kommen wir schneller voran. Je früher wir in Oakgrove sind, desto besser.«

Während sie in der Morgensonne dahinwanderten, teilte Mike seine Befürchtungen. »Es kann sein, dass sie uns in Oakgrove erwarten.«

Kayla, die voranging, nickte nachdenklich. »Wir müssen vorsichtig sein. Wenn wir den Ort erreichen, sollten wir einen Bogen schlagen und von der anderen Seite in die Stadt gehen. Sie werden uns aus dieser Richtung nicht erwarten.«

»Irgendwie müssen wir an ein Telefon ran. Oakgrove ist zu klein, sie werden keine eigene Polizeistation haben.«

Kayla fasste ihre Haare im Nacken zusammen und begann, einen lockeren Zopf zu flechten. »Lass uns am ersten Haus klingeln und fragen, ob wir telefonieren können.«

Mike ließ seinen Blick über Kayla wandern, dann betrachtete er sein eigenes verdrecktes T-Shirt. »Schau uns an. Wir sehen aus wie Landstreicher. Die machen uns die Tür vor der Nase zu. Besser, wir suchen eine Telefonzelle.«

»Wann hast du denn das letzte Mal eine Telefonzelle gesehen? Die gibt es doch kaum noch.«

»Stimmt schon, aber vielleicht steht am Bahnhof eine.«

»Hast du das Geld von Goodman noch?«, fragte Kayla.

Mike zuckte zusammen, daran hatte er nicht gedacht. Hastig griff er in die Taschen seiner Jeans. Die Geldscheine waren noch da, feucht klebten sie zusammen

»Mist! Die Münzen hab ich verloren.«

»Dann wechseln wir eben«, meinte Kayla.

»Das ist ein weiteres Risiko.«

Kayla zuckte mit den Schultern und Mike fragte sich, woher sie die Ruhe nahm.

Vielleicht ist es die Müdigkeit, die ihr alles gleichgültig macht.

Mike wusste, sie durften nicht in ihrer Aufmerksamkeit nachlassen. Sobald sie die Stadt betraten, waren sie in höchster Gefahr.

»Wie fühlst du dich?«

»Oh Mike. Das fragst du mich alle fünf Minuten. Ich bin okay.«

»Ich sehe doch, dass du schwach bist.«

»Ein bisschen wacklig, aber ich komme schon klar. Wir müssen weiter, also hör auf, dir Sorgen um mich zu machen. Wenn ich nicht mehr kann, sage ich es dir.«

Die Schienen lagen vor ihnen wie ein Band aus Silber, das in der Sonne funkelte. Sie folgten ihnen nun schon eine Stunde, aber noch immer war Oakgrove nicht in Sicht.

»Verdammt, wie weit können zwölf Meilen sein?«, ächzte Kayla.

Goodman hatte ihnen gesagt, Oakgrove läge zwölf Meilen vom Camp entfernt, aber sie waren eine ganze Nacht durch den Wald gestolpert, hatten eine weite Graslandschaft überquert und gingen nun auf den Gleisen, ohne dass die Wanderung ein Ende nahm.

Kayla fühlte sich schwach, erschöpft, aber das würde sie vor Mike niemals zugeben. Er machte sich auch so schon genug Sorgen um sie. Außerdem half es ja nichts, sie mussten weiter, immer weiter.

Wenn wir in Oakgrove sind und die Polizei verständigt haben, lege ich mich hin und schlafe drei Tage lang.

Die Aussicht auf Schlaf war wie ein süßer Traum, aber ihre Muskeln brannten bei jedem Schritt und durch die nassen Schuhe hatte sich Kayla Blasen an den Fersen gelaufen.

Als sie einmal kurz angehalten hatten, um nach Verfolgern zu spähen, hatte sie ihre Ferse betrachtet. Die Blase am rechten Fuß war aufgeplatzt und blutete jetzt. Das Blut störte Kayla nicht weiter, aber seitdem die Blase offen war, hatte sie bei jedem Schritt das Gefühl, jemand versuche, ihre Achillessehne mit einer stumpfen Rasierklinge zu durchtrennen.

Hoffentlich ist es nicht mehr weit, sonst stehe ich das nicht durch.

Sich hinzusetzen und darauf zu warten, dass Mike Hilfe holte, war keine Option. Niemals würde sie ihn allein gehen und sich in Oakgrove in Gefahr begeben lassen.

Zähne zusammenbeißen, Mädchen, und einen Schritt vor den anderen.

Vor ihr blieb Mike stehen. Er deutete nach Osten, direkt ins Licht der Morgensonne hinein. »Siehst du das?«

Es war schon so heiß, dass die Luft flimmerte, aber Kayla entdeckte tatsächlich etwas. Sie seufzte erleichtert auf.

»Das muss es sein«, sagte sie. »Bald haben wir es geschafft.«

Mikes Gesicht war angespannt, wie aus Stein gemeißelt. »Der schwierigste Teil liegt noch vor uns.«

Ja, aber es wird ein Ende haben, so oder so. Ich kann nicht mehr laufen.

Mike wandte sich um und ging weiter.

Kayla folgte ihm. Sie versuchte, nicht zu humpeln.

Die ersten Häuser tauchten vor ihnen auf. Sie verließen die Gleise und marschierten Richtung Süden, um dann in einem weiten Bogen von Osten auf die Stadt zuzugehen.

Oakgrove war eine Kleinstadt wie aus dem Bilderbuch. Die Straßen waren von hohen Bäumen beschattete Alleen, die weißen Häuser hatten gepflegte Gärten, in denen schon zu dieser frühen Stunde die Rasensprenger aktiv waren. Hinter weiß gestrichenen Zäunen lag Kinderspielzeug und manchmal auch ein Fahrrad herum.

Der ganze Ort strahlte eine friedliche Ruhe aus, aber Kayla wusste, Sicherheit gab es erst, wenn Bowden und seine Männer verhaftet worden waren. Daran, dass die Polizei vielleicht gar nicht die Macht hatte, die Army aufzuhalten, wollte Kayla lieber nicht denken.

Schweigend gingen sie nebeneinanderher, betrachteten die Häuser, spähten im Vorbeigehen durch Fensterscheiben, aber nichts rührte sich. Nur wenige Menschen waren unterwegs und die beachteten sie nicht. Einzelne Autos fuhren an ihnen vorbei, Mütter, die ihre Kinder zur Schule brachten, Männer auf dem Weg zur Arbeit. Von Soldaten war nichts zu sehen.

»Ich denke, wenn wir der Straße weiter folgen, führt sie uns zum Bahnhof. Mit Glück finden wir da ein Telefon.«

Kayla antwortete nichts darauf. In ihrem Kopf war nur noch ein Gedanke.

Ich will stehen bleiben.

Die zweite Blase war nun ebenfalls aufgeplatzt und lag mit der anderen im Wettstreit, welche mehr Schmerzen verursachen konnte. Kayla war regelrecht übel davon.

Nach zehn Minuten erreichten sie den Bahnhof. Er lag mitten im Ort, teilte die Kleinstadt in zwei Hälften. Wahrscheinlich war er ein Überbleibsel aus der Zeit des Wilden Westens.

Im Schatten einer Platane blieben sie stehen. Aus dem Schutz des dicken Stammes heraus spähten sie auf den Vorplatz des Bahnhofes. Eine Vielzahl von Autos parkte dort. Offensichtlich benutzten viele der Einwohner den Zug, um zu ihrem Arbeitsplatz in der nächstgrößeren Stadt zu gelangen.

»Dort ist das Telefon«, murmelte Mike.

»Wo? Ich sehe es nicht.«

»Rechts vom Eingang in die Bahnhofshalle.«

Ja, jetzt entdeckte sie es auch. »Okay, dann nichts wie hin.«

»Warte noch«, sagte Mike. »Irgendetwas stimmt hier nicht.«

Kayla starrte auf den Platz. Alles lag still und friedlich im Sonnenlicht. Keine Soldaten. »Da ist nichts.«

»Doch, ich kann es spüren.«

Und dann sahen sie es. Ein schwarzer Van, ähnlich dem, der sie ins Camp21 gebracht hatte, stand halb verborgen hinter einem weißen Lieferwagen. Er hatte keine Aufschrift und sah auch sonst unauffällig auf, aber gerade eben hatte jemand im Inneren des Fahrzeugs die getönte Scheibe heruntergelassen und eine Kippe hinausgeschmissen. Mindestens zwei Männer saßen darin. An einem heißen Tag, auf einem Parkplatz vor einem Bahnhof, mit geschlossenen Fenstern. Das konnte nichts Gutes bedeuten.

»Sie sind da«, sagte Kayla. Am liebsten wäre sie in Tränen

ausgebrochen. Alles war umsonst gewesen. Was sollten sie jetzt tun?

»Wir müssen zurück, irgendwo anders unser Glück versuchen. Vielleicht sollten wir doch an einem der Häuser klingeln.«

Kayla schüttelte wütend den Kopf. »Das Thema hatten wir schon. Außerdem spielt es sowieso keine Rolle. Ich kann nicht weitergehen.«

»Was?«

Sie zeigte ihm ihre Füße.

»Warum hast du nichts gesagt? Scheiße, das sieht schlimm aus. Wir müssen etwas dagegen tun.«

»Nein, wir müssen aus der Stadt raus.«

»Du kannst nicht laufen.«

Sie nickte zum Bahnhof. »Deswegen nehmen wir den Zug.«

»Bist du verrückt? Das schaffen wir niemals, sie kontrollieren den ganzen Platz.«

»Wir müssen es versuchen. Zu Fuß geht es für mich nicht weiter, hier im Ort zu bleiben, ist zu gefährlich. Wenn wir es aber schaffen, unbemerkt in den Zug zu kommen, können wir zur nächsten Stadt fahren und von dort die Polizei verständigen.«

»Wie soll das klappen?«

»Wir machen es genauso wie mit der Stadt. Wir nähern uns dem Bahnhof von der anderen Seite, aus der Richtung werden sie uns nicht erwarten. Bis der Zug kommt, verstecken wir uns. Wenn er anhält, warten wir bis zum letzten Moment, dann steigen wir ein.«

Mike rieb sich über das Gesicht. Er wirkte frustriert. »Die Züge haben automatische Türen, sie öffnen sich nur in Richtung Bahnsteig. Da sehen sie uns.«

»Alles hängt vom Timing ab. Wir dürfen unsere Deckung erst in letzter Sekunde verlassen, kurz bevor der Zug anfährt. Dann ist es zu spät für Bowden und seine Männer.«

Mike lehnte sich gegen den Baumstamm. »Und dann? Sie werden sich in ihre Autos setzen, zum nächsten Bahnhof fahren und uns dort erwarten.«

»Falls sie uns sehen.« Kayla merkte, wie sie ungeduldig wurde. Mike hatte recht, ihren Plan zu hinterfragen, das wusste sie, trotzdem zerrten seine Einwände an ihren Nerven. »Vielleicht kommen wir aber auch unentdeckt an ihnen vorbei. In jedem Fall sind wir im Zug vorerst in Sicherheit. Dann rufen wir die Polizei an, sie soll uns am Bahnhof abholen. Bowden wird nichts tun können.«

Mike zögerte einen Moment, dann nickte er. »Okay, gehen wir es an.«

Sie verließen den Platz und gingen den Weg zurück, den sie gekommen waren. Nach zweihundert Metern stießen sie auf die erste Querstraße, der sie nach links folgten. Diese Straße endete in einer Sackgasse direkt vor einem hohen Maschendrahtzaun, der ein weites, verlassenes Fabrikgelände umschloss. Hohes, vertrocknetes Gras wuchs auf allen Flächen, die nicht von aufgeplatztem Asphalt bedeckt waren. Das große Gebäude aus rotem Ziegelstein mochte früher eine Transportfirma beherbergt haben, nun stapelte sich Müll auf den Rampen. Kayla ließ ihren Blick über eingeschlagene Fensterscheiben wandern. Alles sah trostlos und von der Zeit vergessen aus.

»Dort drüben ist das Tor«, sagte Mike neben ihr. »Es steht offen. Das Gelände ist perfekt für uns. Ich wette, es reicht bis an die Gleise und gibt uns Deckung.«

Kayla antwortete nicht. Der Anblick des alten Lagerhauses ließ sie frösteln. Obwohl es kindisch war, machten ihr die Schatten Angst, die von den Strahlen der Sonne nicht erreicht wurden. Fast konnte man meinen, darin verberge sich jemand.

»Dann los. Wir wissen nicht, wann der nächste Zug kommt und wie oft überhaupt einer fährt. Oakgrove ist eine Kleinstadt, allzu regen Zugverkehr wird es hier nicht geben und jede Minute, die wir hierbleiben, bringt uns in größere Gefahr.«

Kayla stapfte los. Die Haut an beiden Fersen war großflächig durchgescheuert. Bei jedem Schritt brannte es wie Feuer, aber sie biss die Zähne zusammen und huschte mit eingezogenem Kopf, so schnell sie konnte, auf das düstere Gebäude zu. Auch hier standen die Tore offen, aber sie mieden den Eingang und schlichen um das Haus herum. An einer Ecke blieben sie stehen und spähten zum Bahnhof. Keine fünfzig Meter trennten sie vom Bahnsteig.

Niemand war zu sehen. Kein Mensch weit und breit.

»Sieht so aus, als dauere es noch eine Weile, bis ein Zug kommt«, meinte Kayla.

»Ich kenne das. In solchen Kleinstädten muss man nicht früh am Bahnhof sein, da gibt es keine Staus und immer freie Parkplätze. Fünf Minuten bevor der Zug eintrifft, werden die Leute kommen.«

»Was denkst du, wie viel Uhr es ist?«

Mike sah zum Himmel auf. »So wie die Sonne steht, irgendwas zwischen neun und zehn. Um diese Zeit fahren bestimmt nicht viele Züge. Der Berufsverkehr ist längst weg. Wir können uns nicht in der Menge verstecken. Sobald wir den Bahnsteig betreten, fallen wir auf.«

»Wenn niemand da ist, kann uns auch niemand sehen«, meinte Kayla. »Oder denkst du, Bowdens Männer befinden sich auch im Bahnhofsgebäude?«

»Nein, sie kontrollieren den Zugang zum Bahnhof. Auf dem Parkplatz könnten sie uns schnappen und in ein Fahrzeug verfrachten, ohne dass jemand etwas bemerkt. Das Risiko, dass wir mit Geschrei oder Widerstand Aufmerksamkeit erregen, ist viel zu groß. Bowden wird schnell und effektiv zuschlagen.«

Kayla gähnte. Der Schlafentzug machte sich bemerkbar. Mittlerweile war auch der Durst so stark, dass sie Schwierigkeiten hatte, sich zu konzentrieren. »Das Problem ist, dass wir nicht wissen, wann der Zug kommt. Das kann Stunden dauern.«

»Ja, und dann muss alles schnell gehen. Wir dürfen nicht zögern, sonst sitzen wir hier fest. Ruh dich aus und kümmere dich um deine Füße. Ich behalte die Gleise im Auge.«

Kayla ließ sich an der Wand zu Boden sinken. Sie zog die Schuhe aus und untersuchte ihre Füße. Die sahen furchtbar aus, aber nicht zu gehen oder zu stehen, war eine Wohltat.

Sie spuckte in die rechte Hand und wischte damit das Blut weg. Rosafarbenes Fleisch kam zum Vorschein. Sie spuckte erneut auf die Finger und tupfte den Speichel auf die offenen Wunden. Den Trick kannte sie von ihrer Grandma, die immer gesagt hatte, die eigene Spucke heile besser als jede Salbe.

Mike ging vor ihr in die Hocke. »Zeig mal.«

Sie hob die Beine an und er drehte erst den linken, dann den rechten Fuß so, dass er die Verletzungen begutachten konnte. »Eigentlich müsste man das verbinden, damit kein Dreck reinkommt.«

Kayla lächelte ihn müde an. Mikes Sorge rührte sie, aber woher sollten sie etwas zum Verbinden nehmen?

»Im Zug wird es eine Toilette geben«, sagte er. »Dann können wir die Wunden waschen und kühlen.«

»Das wäre schön.«

Mike erhob sich wieder, stellte sich an die Mauerecke und schaute die Gleise entlang.

33.

Die Zeit verging endlos langsam. Nichts rührte sich. Die Sonne brannte erbarmungslos vom Himmel herab und ließ die Schienen gleißend funkeln. Vom vielen Starren zum Horizont tränten schon seine Augen, aber er wagte es nicht, für längere Zeit wegzuschauen. Sich rechtzeitig vorbereiten zu können, war wichtig.

Der Bahnsteig lag noch immer verlassen da. Niemand war zu sehen. Einmal war ein Bahnangestellter gekommen und hatte sich aus einem Getränkeautomaten eine Dose geholt, ansonsten war alles menschenleer.

Kayla hockte auf dem Boden. Sie hatte die Augen geschlossen und dämmerte vor sich hin. Die Hitze war unerträglich und zum Durst, der kaum noch auszuhalten war, kam jetzt auch noch der Umstand, dass er wie ein Schwein schwitzte. Dunkle Flecken zeichneten sich auf seinem Hemd ab und ließen ihn verwahrlost aussehen.

Kayla wirkte auch nicht frischer. Das Haar klebte ihr in Strähnen an Stirn und Wangen, ihr Gesicht glühte regelrecht, während Schweißtropfen über ihre Nase rannen.

Mike wischte sich über die Augen. Schlechte Idee, jetzt tränten sie noch mehr.

Und dann kam der Zug doch. Im Flirren der Hitze tauchte ein Schemen auf. Noch war nichts zu hören, vielleicht stand auch der Wind falsch, aber es war ihre Hoffnung, Bowden und seinen Männern zu entkommen.

»Es ist so weit«, sagte Mike.

Kaylas Kopf ruckte hoch. »Ja«, antwortete sie. Es klang entschlossen.

»Wenn er einfährt, rennen wir los.«

»Sagtest du gerade rennen? Ich bin froh, wenn ich irgendwie dahin komme.«

»Soll ich dich tragen?« Er meinte es ernst.

»Spinnst du? Ich laufe.«

»Okay. Bleib direkt hinter mir.«

Der Amtrak-Zug wirkte wie ein silberner Drache mit roten und blauen Schuppen, als er in den Bahnhof fuhr. Seine Metallhaut schimmerte im Sonnenlicht.

Mike schaute Kayla an. »Jetzt!«, stieß er aus und sprintete los.

Aus dem Augenwinkel vergewisserte er sich, dass Kayla mitkam. Es ging besser und vor allem schneller als erwartet. Zwar hinkte sie deutlich und machte immer wieder kurze Zwischenschritte, aber sie ließ nicht abreißen.

Sie rannten durch das Brachland, dann über die Gleise des Güterverkehrs. Unter ihren Füßen spritzten Rollsplitt und kleine Steine auf. Mikes Herz raste. Sie liefen den Zug entlang, umrundeten ihn, erreichten den Bahnsteig und hasteten zur nächsten offenen Zugtür.

Aus dem Bahnhofsgebäude traten jetzt Menschen und stiegen ebenfalls ein. Es waren nur wenige Personen, aber ein Mann fiel Mike sofort auf. Er trug nichtssagende Kleidung, Jeans und ein blaues T-Shirt mit Aufdruck, aber seine Haare waren sehr kurz geschnitten und er trug eine Sonnenbrille, obwohl er aus dem Gebäude kam.

Der Mann war fast am anderen Ende des Zuges und hatte sie noch nicht gesehen. Mike wirbelte herum, packte Kayla und stieß sie in den Zug. Dann sprang er hinterher.

»Was ist?«, fragte Kayla atemlos.

»Da ist ein Typ, der den Bahnhof sondiert. Könnte einer von Bowdens Männern sein.«

»Hat er uns gesehen?« In ihrer Stimme klang Panik mit.

»Nein, denke ich nicht. Er hat in die andere Richtung geblickt, aber sicher bin ich mir nicht. Komm!« Er fasste ihre Hand, zog sie mit sich. »Wir gehen auf die Toilette und schließen uns dort erst mal ein und versorgen deine Füße. Vielleicht ist das Wasser trinkbar. Ich komme um vor Durst.«

Kayla nickte.

Noch bevor sie den ersten Schritt gemacht hatten, erklang von draußen ein schriller Pfiff und der Zug ruckte an. Kayla, die nicht darauf vorbereitet war, stolperte gegen Mike, der schnell reagierte und sie auffing.

»Alles okay?«, fragte er.

Sie nickte. »Klar.«

Der Zug fuhr an. Sie betraten den ersten Wagen, der vollkommen leer war. Mike hielt Kayla an der Hand und zog sie mit sich. Draußen rollte der Bahnsteig vorbei. Als Mike durch das Fenster schaute, zuckte er zusammen. Der Mann, den er aus dem Bahnhofsgebäude hatte kommen sehen, stand am

Steig. Er hatte die Sonnenbrille abgenommen und schaute forschend in die Abteile. Ihre Blicke trafen sich für einen Sekundenbruchteil. Dann war er vorbei. Als Mike den Kopf drehte, sah er, wie sich der Mann abwandte und zurück ins Gebäude rannte.

Mike blieb stehen.

»Was ist?«, fragte Kayla.

»Der Typ vom Bahnhof, er hat uns gesehen.«

»Wie ...?«

»Wir sind gerade an ihm vorbeigefahren, er hat hereingeschaut.«

»Das heißt, Bowden weiß jetzt, dass wir im Zug sind. Am nächsten Bahnhof wird er auf uns warten.«

»Ja, uns muss etwas einfallen. Ich brauche den Zugfahrplan, ich muss wissen, wie viel Zeit uns bleibt.«

Sie gingen die Sitzreihen entlang, durchquerten den ganzen Wagen und betraten den nächsten. In einer Sitzablage fanden sie, was sie suchten. Sie setzten sich. Mike schlug das Faltblatt auf, las konzentriert.

»Wir haben Glück«, meinte er zu Kayla. »Der Zug hält erst wieder in einer Stunde in einer Stadt namens Waterfield.« Er spähte aus dem Fenster. »Wir fahren ziemlich schnell. Wenn sich Bowden in der Umgebung von Oakgrove aufhält, muss er sich ganz schön ranhalten, wenn er vor uns da sein will.«

»Das ist die Army«, wandte Kayla ein. »Die haben Hubschrauber.«

»Ich glaube nicht, dass er Aufmerksamkeit erregen will. Nein, sie kommen mit Fahrzeugen.«

»Was können wir tun? Sollen wir mit dem Schaffner reden?«

Lange Zeit sagte Mike nichts, dann blickte er auf und sah

Kayla in die Augen. »Wir haben kein Ticket. Der Schaffner wird uns für Ausreißer halten und genau die Geschichte wird ihm Bowden bestätigen, sobald wir in Waterfield sind. Er zückt die Einweisungspapiere und dann geht es zurück ins Camp. Dagegen ist selbst die Polizei machtlos, die uns wahrscheinlich so oder so kein Wort glauben wird.«

»Dann müssen wir aus dem Zug raus«, stellte Kayla nüchtern fest.

»Was?«

»Es ist unsere einzige Chance.«

Er starrte sie ungläubig an. »Willst du die Notbremse ziehen?«

»Nein. Selbst wenn wir ungesehen aus dem Zug kämen, Bowden würde davon erfahren und wüsste genau, wo wir sind. Und weil ich nicht richtig laufen kann, kämen wir auch nicht schnell vorwärts. Wir müssen vom fahrenden Zug abspringen.«

»Das ist Wahnsinn! Wir werden uns den Hals brechen.«

»Nicht, wenn der Zug langsam fährt.«

»Schau mal raus.« Er deutete zum Fenster, hinter dem die Landschaft vorbeiflog.

Kayla zuckte mit den Schultern. »Hier ist es überall ziemlich hügelig. Es werden Kurven kommen, in denen der Zug langsamer fährt, dann müssen wir es versuchen.«

»Du bist komplett irre.« Mike schwankte zwischen Entsetzen und Bewunderung.

»Vielleicht. Aber fällt dir etwas Besseres ein?«

Mike dachte nach. Er vermutete, dass die Entfernung zwischen Oakgrove und Waterfield über einhundert Meilen betrug. Wenn sie irgendwo auf der Strecke absprangen, konnten sie sich in einem riesigen Gebiet verstecken und Bowden würde sie nicht finden. Mit etwas Glück stießen sie auf eine Farm und konnten Goodmans Kontakt anrufen.

Es war riskant, aber es war nicht unmöglich.

»Wenn sich einer von uns verletzt, ist alles aus. Das weißt du«, sagte er.

»Wird schon gut gehen«, meinte Kayla. Sie lächelte.

»Wir müssen uns um deine Füße kümmern. Ich gehe zur Toilette und schaue mal nach, was ich dort finde. Du bleibst hier.«

»Was mache ich, wenn der Schaffner kommt?«

Mike grinste. »Sag, dein Freund ist auf dem Klo, er hat die Fahrkarten.«

34.

Mike durchquerte einen weiteren Wagen, ohne einem anderen Fahrgast zu begegnen. Er erreichte einen Zugwagen, in dem es Abteile gab. Alle bis auf zwei waren unbesetzt. Bei einem waren die Vorhänge zugezogen, sodass er nicht ins Innere des Abteils blicken konnte, das andere war abgeschlossen. Ein kleines Schild hing daran.

Zugpersonal.

Mike schaute hinein. Es war niemand drin, aber er entdeckte etwas, was sein Herz höherschlagen ließ. Einen Erste-Hilfe-Kasten. Genau das, was er brauchte. Er rüttelte an der Tür. Sie war verschlossen, aber die konnte er mit Gewalt aufbringen. Allerdings durfte er keinen Lärm verursachen und nicht dabei erwischt werden. Er musste herausfinden, wo sich der Schaffner gerade befand.

Mike ließ das Abteil hinter sich zurück und ging weiter durch den Zug. Er hatte nahezu alle Wagen hinter sich gebracht, als er den Schaffner entdeckte, der angeregt mit einem Fahrgast plauderte. Bevor ihn der Mann sehen konnte, wandte er sich wieder um und hastete den Weg zurück. Bei einer Bordtoilette hielt er an, ging hinein, nahm einen Stapel Papierhandtücher aus dem Spender und stopfte ihn sich in die Hose. Kurz spritzte er sich Wasser ins Gesicht, aber da ein Schild davor warnte, es zu trinken, ließ er es sein.

Als er das Abteil des Zugbegleiters wieder erreichte, zögerte er keinen Moment, sondern packte den Griff der Schiebetür mit beiden Händen und zog mit aller Kraft daran. Quietschend fuhr die Tür Zentimeter für Zentimeter in der Schiene zurück, dann klackte etwas laut und das Abteil stand offen.

Mike schnappte sich den Erste-Hilfe-Kasten. Er wollte sich schon wieder abwenden, als er zwei Flaschen Mineralwasser entdeckte, die wohl dem Schaffner gehörten. In Gedanken bat er den Mann um Entschuldigung, dann klemmte er sie sich unter die Arme. Er schob die Abteiltür wieder an die alte Position, sodass sie verschlossen aussah, und rannte zurück zu Kayla.

Sie saß noch da, wo er sie zurückgelassen hatte, und schaute ihm gespannt entgegen. Er reichte ihr eine Wasserflasche, aus der sie hastig trank. Dann löschte auch er seinen Durst.

»Die zweite Flasche heben wir uns auf.«

Kayla nickte. »Das hat gutgetan.«

Er hob den Erste-Hilfe-Kasten hoch. »Schau mal, was ich gefunden habe.«

Kayla lächelte.

»Ich ziehe dir jetzt die Schuhe aus und versorge deine Füße, okay?«

Sie grinste, lehnte sich zurück und hielt ihm ihre Füße entgegen. »Hast du den Schaffner gesehen?«

»Ist am anderen Ende des Zuges. Er wird noch eine Weile brauchen, bis er hier ist. Weiter vorn ist es voller.«

»Was denkst du? Wie viel Zeit haben wir?«

»Fünfzehn Minuten, höchstens zwanzig. Bis dahin müssen wir aus dem Zug sein.«

»Wo hast du das Wasser und den Kasten her?«

»Aus dem Schaffnerabteil.«

Kayla hob die Augenbrauen, fragte aber nicht weiter.

Mike setzte sich neben sie und zog ihr vorsichtig den Turnschuh von den Füßen. Er kramte die Papierhandtücher vor, befeuchtete sie mit etwas Wasser, dann wischte er ihre Fersen sauber. Beide waren total aufgescheuert, das rohe Fleisch leuchtete rosa, als er den Schmutz entfernt hatte.

Mike öffnete den Erste-Hilfe-Kasten und sondierte den Inhalt. Darin befanden sich Pflaster und Verbände in allen Ausführungen. Auf einem Päckchen stand »Wundschnellverband«. Er riss die Packung auf und entnahm ihr mehrere weiße Streifen, die wie eine Mischung aus Pflaster und Verband wirkten. Er kramte weiter in dem Koffer herum und entdeckte eine Tube Wundsalbe.

Perfekt.

Großzügig trug er die Salbe auf beiden Fersen auf, dann klebte er die Wundpflaster darüber. Kayla seufzte, als sie zurück in die Turnschuhe schlüpfte und aufstand.

»Geht es?«, fragte Mike.

»Ja.«

»Wir haben vielleicht noch zehn Minuten, bis dahin muss es eine Stelle auf der Strecke geben, an der wir abspringen können.«

Kayla antwortete nicht, sondern drehte sich um und durchquerte den Wagen, bis sie schließlich vor der Zugtür anhielt und durch das kleine Fenster nach draußen sah.

Mikes Blick folgte dem ihren. Der Zug hatte mindestens achtzig Meilen drauf. Wenn sie jetzt absprangen, würden sie sich den Hals brechen.

»Wir warten«, sagte Mike.

Er saß im Vorzimmer zu dem Testraum, in dem sie ihn täglich quälten. Er war müde. Unendlich müde. Sein Kopf schmerzte und seine Stirn fühlte sich heiß an.

Habe ich Fieber?, fragte er sich. Das Denken fiel ihm schwer.

Sein Blick wanderte zu dem silbernen Armband an seinem linken Handgelenk. Seit er es trug, bestand seine Welt nur noch aus Schmerzen.

Ich will heim, dachte er zum hundertsten Mal. Aber wo das war, wusste er nicht mehr.

Während er dumpf auf den Boden starrte, ging die Tür auf. Träge hob er den Kopf an und blickte in die blauen Augen eines Mannes, den er nicht kannte. Der Mann trug Uniform, auf seinen Schulterklappen funkelten goldene Sterne im Licht der Neonlampen.

Er wollte sich erheben, aber der Mann drückte ihn sanft zurück auf den Stuhl.

»Bleib sitzen.« Die blauen Augen sahen ihn an. Im Gesicht des Mannes war Bestürzung zu erkennen.

Stimmte etwas nicht mit ihm? War etwas anders, als es sein sollte?

»Wie lange bist du schon hier?«

Er kannte die Antwort nicht, also zuckte er mit den Schultern. »Darf ich jetzt nach Hause?«

»Hat dich Summers hierhergebracht?«

Summers? Er versuchte, sich zu erinnern. Er schüttelte den Kopf.

»Bowden? War es Bowden?«

Ja, einen Mann namens Bowden kannte er. Das war der Typ, der mit ihm im Auto gefahren war. Wann war das gewesen? Gestern? Letzte Woche?

»Bowden«, krächzte er.

Der Mann atmete scharf ein. Er wagte nicht, ihn anzusehen.

Nach einer langen Weile legte ihm der Mann eine Hand auf die Schulter. Er konnte nicht verhindern, dass er zusammenzuckte.

»Wo kommst du her?«, fragte der Mann.

Er deutete auf die Tür. Dort am Ende des Ganges lag sein Zimmer. Es war klein, ohne Fenster. Es gab nur ein Bett, einen Tisch, einen Schrank und einen Stuhl darin.

»Wie heißt du?«

Wie heiße ich?

Darüber musste er nachdenken.

Eine Minute verging.

Dann sagte er: »Ricky.«

35.

Mike hatte sein Gesicht an die Scheibe gepresst und versuchte, nach vorn in die Landschaft zu spähen. Fünf Minuten waren vergangen und noch immer rollte der Zug viel zu schnell dahin. Doch plötzlich entdeckte er etwas.

»Da vorn ist eine Brücke. Der Zug muss eine enge Kurve fahren, um auf sie einzubiegen. Das ist unsere Chance.«

Das alles war Wahnsinn. Selbst wenn der Zug langsamer wurde, während der Fahrt abzuspringen, barg große Gefahren. Auf was für einem Untergrund würden sie landen? Gras? Vielleicht, höchstwahrscheinlich sogar, aber es konnte Felsen und Steine geben, die darunter verborgen lagen. Mit Pech würden sie sich die Beine brechen, mit mehr Pech das Genick.

Er blickte Kayla an. »Du bist dir sicher?«

Sie nickte.

Mike legte seine Hand auf den Türgriff und drückte ihn herunter.

Nichts geschah. Der Hebel ließ sich herunterdrücken, aber die Tür ging nicht auf. Mike rüttelte wild daran.

»Automatisch verriegelt. Das Ding kriegen wir niemals auf.«

Kayla schwieg, dann sagte sie: »Vielleicht gibt es eine andere Möglichkeit. Das hier ist einer von diesen alten Zügen, in denen man von Wagen zu Wagen gehen kann. Das heißt, am Ende des Zuges im letzten Wagen muss es nach hinten raus eine Tür geben.«

»Sie wird ebenfalls verschlossen sein.«

»Ja, aber sie hängt bestimmt nicht am automatischen System, das macht keinen Sinn. Ich wette, sie lässt sich manuell öffnen.«

»Dazu braucht man bestimmt einen Hebel oder einen Schlüssel. Wir haben beides nicht«, wandte Mike ein.

»Lass es uns versuchen. Es ist unsere einzige Chance, aus dem Zug herauszukommen.«

Sie erreichten den letzten Wagen und durchquerten ihn mit hastigen Schritten. Es war so, wie es Kayla vermutet hatte. Es gab eine Tür und durch das Fenster konnte man die hinter ihnen liegende Gleisstrecke sehen.

Der Zug hatte nun deutlich an Tempo verloren, war aber immer noch zu schnell für einen Absprung, aber sie hoffte, dass er noch langsamer wurde.

Doch zunächst war da diese Tür und natürlich war sie verschlossen. Mike zog an den beiden Hebeln der Schiebetüren, aber da war nichts zu machen. Während er sich damit abplagte, schaute sich Kayla die Türen genauer an. An der rechten gab es etwas wie ein Schloss, aber es war quadratisch und vielleicht einen Zentimeter groß. Ein Schlüssel würde da nicht reinpassen. Das System musste also auf andere Art und Weise funktionieren. Sie sah sich um und entdeckte rechts unten neben der Tür ein kleines Kästchen. Flach, nicht besonders groß, fiel es im ersten Moment nicht auf.

»Schau mal«, sagte sie zu Mike.

Er folgte ihrem Blick und seine Miene hellte sich auf. Mike bückte sich und öffnete den Deckel des Kästchens. Darin war ein T-förmiges Metallstück befestigt, ähnlich einem Inbusschlüssel. Mike nahm ihn heraus und schob ihn in das Schloss. Eine Vierteldrehung im Uhrzeigersinn und die Schiebetüren ließen sich problemlos öffnen.

Sofort drang der Wind herein, wirbelte durch Kaylas Haar und nahm ihr kurz die Sicht. Sie entdeckte eine kleine Plattform außerhalb des Waggons, vielleicht fünfzig Zentimeter breit, ziemlich schmal für zwei Personen.

Mike machte einen Schritt und ging hinaus. Mit der Hand hielt er sich an der offenen Schiebetür fest. Er beugte sich nach rechts und schaute den Zug entlang.

»Da vorn kommt die Brücke. Es sieht gut aus. Hier ist überall weiches Gras. Wenn der Zug langsamer wird, springen wir ab.«

»Lass mich mal sehen.«

Mike kam wieder herein und Kayla trat auf die Plattform.

Es war nicht mehr weit bis zur Brücke, vielleicht zwei Meilen. Sie prüfte den Untergrund. Die Sache konnte tatsächlich klappen.

»Du springst zuerst«, sagte Mike.

»Ist es nicht besser ...«

»Du zuerst«, beharrte er. Er trat neben sie auf die Plattform.

Kayla versuchte, sich vorzustellen, wie sie es machen würde. Griff loslassen, dann einen Satz nach vorn, aufkommen und abrollen. Schweiß brach in ihrem Nacken aus.

Der Zug wurde nun noch langsamer.

Mike blickte über ihre Schulter hinweg und sagte: »Ich zähle bis drei. Bei drei springst du.«

Sie nickte. Ihr Mund war zu trocken, um ihm zu antworten.

»Eins.«

»Zwei.«

»Drei. Jetzt!«

Kayla sprang. Für einen Sekundenbruchteil war sie fast schwerelos, dann prallte sie mit den Füßen voran auf den Boden. Der Schwung drückte sie vorwärts, riss sie von den Beinen. Etwas ungeschickt kam sie auf der linken Schulter auf, konnte sich aber abrollen, wie sie es sich vorgenommen hatte. Als sie schließlich auf den Knien hockend zum Stillstand kam, stieß sie die angehaltene Luft aus.

Mike war zwanzig Meter von ihr entfernt aufgekommen und schon auf den Füßen. Schnell kam er zu ihr herübergelaufen.

»Hast du dir wehgetan?«

»Scheint alles okay zu sein. Ich habe doch gesagt, das klappt«, meinte sie grinsend.

Ein Stück weiter überquerte der Zug die Brücke, kurz darauf war er aus ihrem Sichtfeld verschwunden. Kayla blickte an sich herab. Nichts zerrissen, aber alles ziemlich schmutzig. Sie begann, sich abzuklopfen.

»In welche Richtung sollen wir gehen?«, fragte Mike.

Kayla beschattete mit der flachen Hand ihre Augen und schaute sich um. Überall nur Gras. »Ich würde sagen, über die Brücke. Vielleicht haben wir Glück und stoßen dahinter auf eine Straße. Wie sehe ich aus?«

»Hübsch.«

Sie knuffte ihn. »Jetzt ehrlich.«

»Hübsch. Und ziemlich erledigt.« Er wischte ihr einige Erdkrümel aus dem Gesicht und zupfte Gras aus ihrem Haar. Kayla tat bei ihm das Gleiche.

Plötzlich waren seine Lippen auf den ihren. Für einen Moment vergaß sie, wo sie war, spürte einfach nur seine Liebe. Als sie sich etwas atemlos von ihm löste, lächelte er sie an.

»Für eine Frau, die gerade aus einem fahrenden Zug gesprungen ist, küsst du fantastisch.«

Sie schloss die Augen, umfasste seinen Nacken und zog ihn an sich. »Mehr davon.«

Sie ließen die Eisenbahnbrücke, die sich über ein trockenes Flussbett spannte, hinter sich und folgten einem Trampelpfad, der sie nach einer Stunde Fußmarsch zu einem kleinen Wald führte. Hier stießen sie auf einen klaren Bach. Sie tranken und wuschen sich das Gesicht.

Mike fühlte, wie Energie und Zuversicht in seinen Körper zurückkehrte. Alles würde gut werden. Nicht mehr lange und sie würden auf eine Farm oder ein Haus stoßen. Die Gegend sah einsam, aber nicht unbewohnt aus, davon zeugte auch der Pfad, der von nun an neben dem Bach verlief.

Nach einer weiteren halben Stunde kamen sie an gefällten und gestapelten Holzstämmen vorbei. Frische Reifenspuren deuteten darauf hin, dass hier vor nicht allzu langer Zeit Waldarbeiter am Werk gewesen waren. Der Pfad wurde nun deutlich breiter. Mike konnte sich vorstellen, dass hier Holzlaster fuhren, um das gefällte Holz zur nächsten Sägemühle zu bringen.

»Ich glaube, der Weg führt uns in die richtige Richtung«,

sagte er. »Wir werden bald auf eine Straße stoßen. Was machen deine Füße?«

»Sind schon viel besser. Reibt zwar noch, ist aber auszuhalten. Meinst du, wir sollen ein Auto stoppen?«

Sollten sie? Er betrachtete Kayla und versuchte, sich vorzustellen, wie er selbst wohl aussah. Sie waren hier auf dem Land, wo die Leute Fremden gegenüber misstrauisch waren. Zwei Jugendliche kamen aus dem Nirgendwo, sahen abgerissen aus und hatten keine Wanderrucksäcke, sodass sie sich auch nicht als Touristen ausgeben konnten. Nein, besser war es, den Einheimischen aus dem Weg zu gehen, bis sie auf eine Ortschaft stießen und telefonieren konnten.

»Ich denke, das lassen wir lieber bleiben«, sagte Mike.

Zwei Meilen weiter mündete der Waldweg auf eine Landstraße. In der Ferne zeichneten sich die Häuser einer Kleinstadt ab. Mikes Herz begann, schneller zu schlagen. Bald, bald würde es vorbei sein. Neben ihm stieß Kayla einen kleinen Freudenschrei aus. Er konnte es ihr nachfühlen, bestimmt war sie froh darüber, nicht mehr laufen zu müssen.

Sie marschierten die Straße entlang, und je näher sie kamen, desto deutlicher wurde es, dass dieser Ort wesentlich größer als Oakgrove war.

Am Ortseingang verriet ihnen ein Schild, dass die Stadt Nashbucket hieß und siebentausendeinhundertachtundsechzig Einwohner zählte.

»Okay, jetzt gilt es«, meinte Mike. »Wir verhalten uns unauffällig und suchen ein öffentliches Telefon. Wenn wir Wheeler erreicht haben, wird es eine Weile dauern, bis er uns abholen kann. In der Zeit sollten wir uns möglichst verstecken.«

Schon an der ersten Straßenkreuzung begegneten sie einer

jungen Frau, die einen Kinderwagen vor sich herschob. Sie hatte ein offenes, freundliches Gesicht und Mike beschloss, sie nach einer Telefonzelle zu fragen. Die ganze Stadt danach abzusuchen, würde zu viel Zeit kosten. Zeit, die sie nicht hatten, denn früher oder später würde Bowden sie aufspüren.

»Guten Tag«, sagte er höflich. »Wir müssten mal telefonieren. Gibt es irgendwo eine Telefonzelle?«

Sofort zog die Frau misstrauisch die Stirn in Falten. »Habt ihr keine Handys?«

Mike versuchte, entspannt zu bleiben. Mit dieser Frage war zu rechnen gewesen, aber er hatte einfach nicht daran gedacht.

»Nicht dabei, leider«, meint er achselzuckend.

»Ihr seid nicht von hier. Ich habe euch noch nie gesehen.« Die Frau blickte über seine Schulter, suchte offenbar ein Auto, mit dem sie gekommen sein konnten. Als sie nichts fand, ging sie zwei Schritte zur Seite, zögerte, blieb wieder stehen. »Telefonzelle? Weiß ich nicht, aber die Straße runter ist ein Internetcafé, da müsste man auch telefonieren können.«

»Danke, Ma'am.«

Die Frau wandte sich abrupt ab und schob eilig ihren Kinderwagen davon.

»Na, jetzt sind wir auch nicht schlauer«, meinte Mike.

»Das sehe ich anders. Die Idee mit dem Internetcafé ist nicht schlecht. Zwei Jugendliche fallen dort nicht auf und wir sind von der Straße runter«, entgegnete Kayla. »Wir können telefonieren oder Wheeler im Internet suchen und ihm eine Nachricht schreiben. Bis er kommt, verstecken wir uns dort.«

36.

Das Internetcafé war in einem kleinen, schmalen Gebäude mit blauem Anstrich und Glasfront untergebracht. Über dem Eingang prangte ein Logo, das einen Papagei an einem Computermonitor zeigte. Blue Parrot Café hieß der Laden.

Gleich neben dem Eingang hatte jemand ein Motorrad geparkt. Eine Kawasaki Ninja, ein Sportbike, vollkommen schwarz. Auf der Seitenverkleidung stand die Webadresse eines Internetblogs.

Mike blieb kurz stehen und ließ seinen Blick über das Höllengefährt wandern.

»Geiles Teil. Ich stehe auf schnelle Motorräder«, meinte er zu Kayla. »Kostet fünfundzwanzigtausend Dollar. Ich würde gern mal mit so einer Maschine fahren.«

Kaylas Blick traf ihn. »Wir haben jetzt echt keine Zeit, uns Motorräder anzuschauen.«

Mike grinste schief und öffnete die altmodische Glastür. Das Summen der Computerlüftungen und an der Decke angebrachten Ventilatoren begrüßte sie. Die Luft war stickig und es war warm. Wenn es eine Klimaanlage gab, dann war sie eindeutig zu schwach, um gegen die Hitze der Straße anzukommen.

Vor den Bildschirmen saßen ein halbes Dutzend Jugendliche, die mit Kopfhörern auf den Ohren irgendwelche Games, zumeist Shooter, zockten. Im Hintergrund lief ein stummer Fernseher, der auf einen regionalen Sender eingestellt war. Eine blonde Frau las Nachrichten vor, während die neuesten Börsenzahlen auf einem Ticker durchs Bild liefen.

Mike steuerte die Theke an, hinter der ein schlaksiger Mittzwanziger mit langen schwarzen Haaren an einer Dose Cola nuckelte. Er trug ein schwarzes T-Shirt mit dem Aufdruck einer Band, die Mike nicht kannte.

Der Typ sah ihnen gelangweilt entgegen, aber als Kayla hinter Mike hervortrat, machte er große Augen. Mike konnte es ihm nicht verdenken, selbst total verschwitzt und mit vor Hitze glühendem Gesicht sah sie umwerfend aus. In jedem Fall für einen Typen aus dieser Einöde, der noch nie sein Kaff verlassen hatte.

»Hi«, grunzte der Typ und versuchte sich an einem Grinsen.

»Hi«, sagte Mike und versuchte, sich seine Abneigung nicht anmerken zu lassen.

»Wollt ihr zocken?«, wurden sie gefragt. »Surfen?«

Mike schüttelte den Kopf. »Wir müssten mal telefonieren. Geht das?«

»Ihr habt kein Handy?«

»Wir sind auf der Durchfahrt und hatten kurz vor Nashbucket eine Reifenpanne. Der Akku meines Handys ist leer, also sind wir hierhermarschiert. Jetzt will ich meinen Kumpel anrufen, damit er uns hilft.«

»Am anderen Ende der Stadt ist eine Autowerkstatt. Sie gehört dem alten Meyers, ich könnte ihn anrufen und er schleppt euch ab.«

Warum in aller Welt quatschte der Kerl so viel?

Wahrscheinlich will er sich bei Kayla beliebt machen. Arschloch.

»Ist nicht nötig, mein Freund bringt einen Ersatzreifen, wir kriegen das hin. Kann aber eine Weile dauern, bis er hier ist.«

Der junge Mann reichte ihm ein schnurloses Telefon. In dem Moment, als er es entgegennahm, fiel Mike siedend heiß ein, dass es komisch aussehen würde, wenn er jetzt Goodmans Zettel aus der Tasche zog und die Nummer seines angeblichen Freundes ablesen musste.

Kayla schien sein Zögern zu bemerken, denn sie kam ihm zu Hilfe. »Können wir zwei kalte Cokes bekommen?«, fragte sie mit einem bezaubernden Lächeln.

Der Typ grinste und ging zu einem Kühlschrank hinüber.

Mike griff schnell in seine Hosentasche und zog den Zettel heraus. Er gab Kayla fünf Dollar, damit sie die Softdrinks bezahlen konnte, während er sich umdrehte und Wheelers Nummer ablas.

Trotz seines Aufenthaltes im Fluss war die Nummer noch gut zu erkennen. Eilig tippte er die Ziffern ein und ging ein paar Schritte zur Seite, damit der Kerl hinter der Theke sein Gespräch nicht mithören konnte.

Es klingelte endlos.

Schließlich meldete sich der Anrufbeantworter: »Hier sind Nancy und Robert Wheeler. Leider sind wir im Moment nicht erreichbar. Bitte hinterlassen Sie eine Nachricht.«

Es piepte.

Mike sprach hastig in das Telefon. »Hallo, Professor Wheeler. Mein Name ist Mike Sanders. Dr. Goodman hat mir Ihre Telefonnummer gegeben. Ich …«

Piep!

Dann das Besetztzeichen.

»Fuck«, fluchte Mike leise. Er wählte die Nummer erneut, aber die Leitung war belegt.

Der Typ war zurück und stellte zwei Coladosen auf die Theke. Kayla gab ihm das Geld.

»Und, jemand erreicht?«, fragte er. Es klang komisch, so als glaube er Mikes Geschichte nicht.

»Nein«, meinte Mike. »Mein Kumpel ist nicht zu Hause. Kann ich es später noch mal versuchen?«

»Klar.«

»Was kostet die Computerbenutzung?«

»Halbe Stunde drei Dollar, ganze Stunde fünf Dollar. Wenn ihr länger surfen wollt, kann ich euch ein Angebot machen. Zehn Dollar, so lange ihr wollt.«

Mike dachte kurz nach. Es würde eine Weile dauern, bis sie Wheeler erreichten, und hier war es sicherer als an jedem anderen Ort. Außerdem konnten sie versuchen, den Professor über das Internet ausfindig zu machen und ihm eine Nachricht zu schicken.

»Wir nehmen das Tagesangebot.« Er legte zehn Dollar auf den Tisch.

»Nummer vier. Dort hinten in der Ecke.«

»Passwort?«

»Brauchst du nicht. Keine Pornoseiten, keine kostenpflichtigen Spiele oder Dienste«, erklärte der Typ.

»Nein, wir surfen nur ein bisschen, bis wir meinen Freund erreichen und er hier auftaucht.«

Der Kerl sah ihn misstrauisch an, sagte aber nichts.

Mike nahm Kaylas Hand und zog sie mit sich. Unterwegs griff er sich einen freien Stuhl, den er vor den Tisch stellte, sodass sie beide sitzen konnten. Er war erschöpft und müde. Kayla neben ihm sah man die Strapazen auch an, aber sie mussten sich jetzt zusammenreißen, bald war es vorbei.

Auf dem Monitor blinkte das Logo des Internetcafés. Es verschwand, als Mike die Maus bewegte. Er blickte sich unauffällig um.

Die zockenden Kids beachteten sie nicht, aber nicht weit entfernt saß ein junger Schwarzer in seinem Alter, der aufschaute, als er Mikes Blick spürte. Der Typ trug Jeans und ein dunkles T-Shirt, auf dem der Name des gleichen Blogs stand wie draußen auf der Seitenverkleidung der Kawasaki.

Ridefree-dieyoung.com/blog

Auf dem Tisch vor ihm lag ein schwarzer Helm mit getöntem Visier, an dem eine Helmkamera befestigt war, daneben Lederhandschuhe.

Dir gehört also das Bike da draußen, dachte Mike und fand es ungewöhnlich, dass ein Typ in dem Alter sich ein derart teures Motorrad leisten konnte. Der Blog musste gut laufen.

Der Biker musterte seine und Kaylas verdreckte Kleidung, verzog aber keine Miene. Er nickte ihm zu und Mike nickte zurück, dann wandte er sich zum Monitor um.

»Was war los?«, fragte Kayla leise. »Warum hast du Wheeler nicht erreicht?«

»Der Anrufbeantworter war dran. Ich habe versucht, etwas aufs Band zu sprechen, bin aber nicht weit gekommen, weil sich das Ding gleich wieder abgeschaltet hat. Mehr als meinen Namen konnte ich nicht sagen.«

»Und was machen wir jetzt?«

»Wir rufen später noch einmal an, bis dahin versuchen wir, Wheeler im Netz zu finden.«

»Sollen wir unsere Eltern anrufen?«

Mike dachte darüber nach. »Später vielleicht. Wir wissen nicht, ob sie überwacht werden. Immerhin haben wir es mit der Army zu tun, und wie ich Bowden kenne, hat er diese Möglichkeit bedacht. Er wird alle Kommunikationswege unserer Familien kontrollieren.«

»Auch Handys?«

»Bestimmt. Wenn Bowden schlau ist, hat er unseren Familien gesagt, dass wir aus dem Camp abgehauen sind und versuchen werden, Kontakt aufzunehmen. Er wird behaupten, es wäre zu unserem Besten, wenn wir so bald wie möglich zurück ins Camp kommen, weil wir verwirrt sind oder Disziplinprobleme haben oder etwas in die Richtung.«

»Meinst du echt, den Mist glaubt ihm jemand?«

»Denk mal darüber nach, wie du hier gelandet bist. Die Sache mit Tom hat ausgereicht, damit dich deine Eltern nach Black Hill geschickt haben. Dass es dort Schwierigkeiten gab, haben sie inzwischen bestimmt ebenso erfahren wie unsere Verlegung ins Camp 21. Abzuhauen würde in ihren Augen wie die Faust aufs Auge passen. Bei mir ist die Sache noch klarer, mich hat ein Richter ins Camp geschickt. Mein Dad wird alles dafür tun, dass meine Flucht nicht an die große Glocke gehängt wird, denn sonst wandere ich ins Jugendgefängnis. Nein, er wird tun, was er für das Beste für mich hält, und mich Bowden übergeben.«

»Also ist Wheeler unsere einzige Hoffnung«, stellte Kayla fest.

»Ja, lass uns ihn suchen«, sagte Mike entschlossen.

37.

Wheeler zu finden, war kein Problem. Es gab in Denver sieben Robert Wheeler, aber nur einer war Professor an der University of Colorado.

»Das ist er«, meinte Mike.

Er klickte auf die Website der Universität, auf der Wheeler als Dozent geführt wurde, aber eine Kontaktadresse war nicht angegeben. Es dauerte eine Weile, bis sie seine E-Mail-Adresse auf der Seite einer Stiftung fanden, bei der er im Vorstand saß.

»Ich schicke ihm eine Nachricht, dass wir versucht haben, ihn zu erreichen. Vielleicht hat er eine automatische Benachrichtigungsfunktion auf seinem Handy, die ihm den Posteingang meldet.«

»Schick ihm Goodmans Daten, dann sind wir die Sachen los und Bowden kann uns nichts mehr anhaben«, sagte Kayla.

Mike hielt inne. Er wollte Kayla nicht noch mehr beunruhigen und wusste nicht, wie viele seiner Befürchtungen er mit ihr teilen sollte. Aber dann sagte er sich, dass es gefährlicher war, wenn sie sich in falscher Hoffnung wiegte. »Ich glaube nicht, dass ihn das aufhalten wird. Er wird versuchen, alle Zeugen aus dem Weg zu räumen. Wir wissen nicht, was mit Goodman und den anderen im Camp geschehen ist.«

Kayla schwieg einen Moment. »Glaubst du wirklich, dass er so weit gehen würde?«

»Ich weiß es nicht.« Mike sah ihr in die Augen. »Aber wir können es uns nicht leisten, ihn zu unterschätzen. Goodmans Bericht wird niemanden dazu bringen, Untersuchungen aufzunehmen, wenn es keine Zeugen gibt und seine Echtheit nicht bestätigt wird. Von einem Unbekannten aus einem Internetcafé abgeschickt wird es der Bericht sogar schwer haben, Wheeler davon zu überzeugen, dass alles wahr ist. Wir müssen unbedingt persönlich mit ihm sprechen. Aber du hast recht, es kann nicht schaden, ihm die Daten zu senden, dann kann Bowden sie uns schon mal nicht abnehmen, falls er uns erwischt.«

Mike sah, wie Kayla die Luft anhielt.

Schnell fügte er hinzu: »Wird schon gut gehen. Wir haben es bis hierher geschafft. Bowden weiß nicht, wo wir sind, und bald reden wir mit Wheeler. Dann ist es vorbei.«

Mike holte den USB-Stick aus seiner Hosentasche, zog die Schutzkappe ab und schob ihn in den Desktopcomputer. Das Symbol eines mobilen Datenspeichers erschien. Er doppelklickte darauf und ein Fenster öffnete sich.

Kryptische Buchstabenfolgen tauchten auf. Weder einzelne Bezeichnungen noch Datenformate waren zu erkennen. Der Stick hatte ihre Flucht nicht überstanden.

Es war aus. Alles war aus. Ohne Goodmans Bericht würde ihnen keiner glauben.

Neben ihm entfuhr Kayla ein leises »Scheiße«. Nach einer kurzen Pause fragte sie: »Kannst du was tun?«

Er schüttelte heftig den Kopf. »Der Stick ist im Arsch.«

Kayla schwieg einen Moment, dann sagte sie: »Versuch es trotzdem.«

»Kayla, das ist sinnlos.«

»Mach es einfach«, zischte sie ihn wütend an. »Ich habe mich nicht bis in dieses Kaff geschleppt, um jetzt einfach aufzugeben.«

»Lass uns Wheeler schreiben.«

»Du hast selbst gesagt, ohne die Daten wird er uns nicht glauben.«

»Wir haben nichts anderes mehr.«

Sie hob den linken Arm. »Wir haben die Handfesseln und meine Blutwerte.«

»Die Fesseln funktionieren nicht mehr und ein erhöhter Adrenalinspiegel ist auch nicht so ungewöhnlich, wenn man bedenkt, dass wir auf der Flucht sind und was wir durchgemacht haben.«

»Und was soll das heißen?«

Mike sah in Kaylas wütendes Gesicht. Ihre Augen schienen zu glühen. Die Nasenflügel bebten.

»Ich weiß nicht, was wir noch tun können«, sagte er leise.

»Aber ich. Der USB-Stick zeigt immerhin etwas an, das heißt, etwas ist da drauf. Vielleicht kann ein Spezialist die Daten retten.«

»Kayla, da ist ...«

»Du schreibst jetzt Wheeler eine Nachricht, wie er uns telefonisch erreichen kann. Sag ihm, wir hätten eine Nachricht von Goodman für ihn und dass er uns zurückrufen soll.«

»Und wenn er sich nicht meldet?«

»Er wird es tun! Anders darf es nicht sein. Wir warten hier.«

»Okay.«

Mike klickte auf Wheelers E-Mail-Adresse und ein Outlook-Fenster öffnete sich. Er tippte eine Begrüßung ein und dachte darüber nach, wie er die Mail beginnen sollte, als ihn Kayla anstieß.

»Was denn?«, entfuhr es ihm.

»Schau mal unauffällig zum Fernseher«, flüsterte Kayla.

»Wieso, was ...«

»Schau hin!«

Es dauerte zwei geschlagene Sekunden, bis sein Verstand begriff, was seine Augen sahen.

Sich selbst.

Auf dem Flachbildschirm war sein Foto abgebildet, neben dem von Kayla. Im Newsticker wurde von einem Feuer in einem Jugendcamp berichtet. Von zwei toten Jugendlichen war die Rede. Von Brandstiftung. Und davon, dass sie beide im Zusammenhang mit dem Brand gesucht wurden.

»Das kann nicht wahr sein«, stieß Mike hervor. »Sie schieben uns die Sache in die Schuhe. Scheiße, zwei Tote!«

»Dreh jetzt nicht durch«, zischte Kayla. »Da ist ein Junge an der Theke, der mit dem Typ vom Café spricht. Sie schauen immer wieder hierher. Du weißt, was das bedeutet?«

»Sie haben uns erkannt. Wir müssen sofort raus hier!«

»Ja, unbedingt. Der Typ hinter der Theke hat telefoniert, als ich bemerkt habe, dass er uns beobachtet. Wahrscheinlich hat er die Cops angerufen. Uns bleibt nicht viel Zeit.«

Mike griff unter dem Tisch nach Kaylas Hand und drückte sie. »Okay, wir stehen langsam auf und gehen ganz ruhig raus.«

Kayla erwiderte seinen Händedruck einen Moment, dann ließ sie los und erhob sich. Mike stand ebenfalls auf. Betont entspannt gingen sie zwischen den Tischen hindurch. Der Biker war gerade dabei, seine Sachen zusammenzupacken, beachtete sie aber nicht.

Ganz im Gegensatz zu dem Kerl hinter der Theke.

»Wollt ihr schon gehen?«, fragte er merkwürdig aufgeregt. Er hielt sein Telefon hoch. »Du wolltest doch noch mal deinen Kumpel anrufen.«

Er versucht, uns aufzuhalten. Die Cops sind bestimmt auf dem Weg hierher.

»Ich habe ihm eine Facebook-Nachricht geschickt«, log Mike. »Er ist schon unterwegs. Wir warten beim Auto auf ihn.«

Er sah den Frust in den Augen des anderen.

Jetzt hast du Sorge, dass dir etwas entgeht. Dass du nicht mitbekommst, wie sie uns hochnehmen.

Der schmächtige Junge neben dem Internetcafébesitzer starrte ihn unverhohlen an.

Und du, kleine Ratte, hast auch irgendetwas damit zu tun, dachte Mike. Er winkte freundlich und schob Kayla zur Tür hinaus.

Grelles Sonnenlicht empfing sie und Mike musste mehrfach blinzeln, bevor er etwas erkennen konnte.

»Wohin?«, fragte Kayla.

»Egal, nur weg hier.«

Sie bogen nach links in Richtung Zentrum. Mike hoffte, dort weniger aufzufallen.

Sie waren noch keine zwanzig Schritte gegangen, als er abrupt stehen blieb.

»Was ist?«, fragte Kayla.

Mike schluckte schwer. »Ich hab den USB-Stick vergessen. Er steckt noch im Computer.«

»Oh nein.«

»Ich muss zurück, ihn holen. Ohne den Stick haben wir gar nichts.«

»Mike, das ist zu gefährlich. Wir müssen schleunigst verschwinden.«

»Es geht nicht anders. Bleib du hier, ich bin gleich zurück.«

Ohne ein weiteres Wort wirbelte er herum und rannte zum Internetcafé.

Die Tür ging auf, als Mike gerade nach dem Griff fassen wollte. Der junge Schwarze trat heraus, den Motorradhelm unter dem Arm. Er blickte Mike verwundert an, sagte aber nichts. Mike stürmte an ihm vorbei.

Der Kerl hinter der Theke riss die Augen auf, als er erkannte, wer da zurückgekommen war. Hastig wich er einige Schritte nach hinten. Der schmächtige Junge glotzte ihn nur an.

Mike schritt eilig zwischen den Tischen hindurch. Als er sah, dass der Stick noch im Computer steckte, atmete er erleichtert auf. Mit schweißnassen Fingern zog er ihn aus dem Schlitz.

Plötzlich kreischten die Bremsen eines Autos auf der Straße auf.

Was war das?

Ein Schrei!

Mikes Kopf flog herum.

Kayla!

Mit dem Stick in der Faust raste er aus dem Café. Was er sah, traf ihn wie ein Schock. Nur wenige Meter entfernt hielt ein schwarzer Van mit getönten Scheiben. Die Seitentüren wurden aufgerissen. Zwei bullige Männer in dunkler Montur sprangen heraus, fassten nach Kayla, packten sie und warfen sie ins Auto, sprangen selbst hinterher.

Mike stürmte los, aber schon krachten die Autotüren wieder ins Schloss und der Van jagte mit aufkreischenden Reifen davon.

Die ganze Sache hatte keine zehn Sekunden gedauert.

Und Kayla war verschwunden.

Wie vom Donner gerührt stand Mike auf der Straße und versuchte zu verstehen, was gerade geschehen war. Er hatte damit gerechnet, dass die Polizei auftauchen würde, aber nicht, dass es Bowdens Männern gelingen würde, sie aufzuspüren und Kayla zu entführen.

Alles war so schnell gegangen. Er hatte gar nicht reagieren können und nun war Kayla in der Gewalt ihres größten Feindes. Er konnte nur hoffen, dass Bowden ihr nichts antun würde.

Eines begriff Mike nicht: Warum hatten sie nur Kayla entführt? Warum ihn nicht auch gleich geschnappt?

Das konnte nur bedeuten, Bowden wusste nichts von dem USB-Stick. Er sah Kayla als einzige Bedrohung an und wollte verhindern, dass ein Arzt ihre Blutwerte untersuchte.

Mike war klar, dass jeden Augenblick die Polizei auftauchen und ihn festnehmen würde, damit wäre er aus dem Spiel. Die Behörden würden ihm nicht glauben und mit dem defekten USB-Stick hatte er nichts mehr in der Hand, um sie zu überzeugen. In jedem Fall würde er viel Zeit verlieren. Zeit, in der Kayla sonst was geschehen konnte.

Er musste handeln, wenn er sie retten wollte.

Sofort.

Aber wie?

Sein Blick fiel auf den Typ mit dem Motorrad, der mit dem Zündschlüssel in der Hand auf der Straße stand und ihn verblüfft anglotzte.

Offensichtlich hatte er mitverfolgt, was geschehen war, denn er fragte: »Was war das denn?«

»Meine Freundin wurde entführt«, sagte Mike hastig.

»Echt jetzt?«

»Gib mir dein Motorrad!«

»Spinnst du? Ruf die Cops!«

»Du gibst mir sofort das Bike.«

»He, Mann, beruhig dich.«

Mike warf sich auf ihn, versuchte, dem anderen den Zündschlüssel zu entreißen, aber der Typ war kräftiger, als er aussah, und beide gingen zu Boden. Mike gelang es, den Kerl in den Schwitzkasten zu nehmen, aber der rammte ihm den Ellbogen in den Magen, sodass sich sein Griff gleich wieder löste.

Keuchend blieb er auf den Knien hocken, während der andere aufsprang und in Kampfstellung ging.

»Los, steh auf, du Arsch, dann gibt's noch mehr«, schimpfte er.

Mike hielt noch immer beide Hände auf den Bauch gepresst, als ihm bewusst wurde, dass er direkt neben dem Bike zu Boden gegangen war. Vor seinen Augen prangte die Blog-Adresse des Motorradfahrers auf der Seitenverkleidung. Plötzlich wusste er, was er tun konnte.

»Eine Million Klicks!«, sagte er schwer atmend.

»Was?«, fragte der andere verblüfft.

»Ich verspreche dir eine Million Klicks für deinen Blog, wenn du mir dein Motorrad gibst.«

»Bist du irre, was soll der Scheiß?«

Mike hob seinen linken Arm an. »Hast du so etwas schon mal gesehen?«

Der Typ trat vorsichtig einen Schritt näher. »Was ist das?«

»Eine Handfessel der US-Army, kontrolliert dich über Schmerzen. Das Mädchen, das gerade entführt wurde, und ich sind aus einem Bootcamp geflohen, in dem geheime Versuche an Jugendlichen vorgenommen werden.«

Der andere lachte auf. »Blödsinn!«

»Hast du nicht die Nachrichten im Fernsehen verfolgt?«

Der Biker schüttelte den Kopf.

»Hör zu«, sagte Mike weiter. »Gleich kommen die Cops und packen mich ein, dann ist Kayla verloren. Sie werden sie umlegen, damit sie nicht aussagen kann.«

»So ein Schwachsinn, Alter. Du erzählst mir hier doch den größten Scheiß aller Zeiten.«

»Du hast es doch selbst gesehen, sie wurde gekidnappt.« Mike rappelte sich auf. »Ich habe keine Zeit mehr, ich muss den Kerlen hinterher und Kayla befreien. Gib mir das verdammte Bike!«

»Niemals! Alter, das kannst du vergessen. Ja, ich habe gesehen, wie irgendwelche Typen dein Mädchen mitgenommen haben, aber vielleicht ist alles ganz legal und ihr habt einfach irgendwas ausgefressen.«

»Und warum bin ich dann noch hier?«, fragte Mike. »Warum haben sie mich nicht auch mitgenommen? Und außerdem waren das keine Cops, das hast du selbst gesehen.«

Der andere schien zu überlegen, dann verzog er die Lippen

zu einem Grinsen, streifte sich den Helm über und setzte sich auf das Motorrad.

»Los, steig auf«, sagte er zu Mike.

Mike schaute ihn verblüfft an.

»Jetzt mach schon«, forderte der Typ ihn auf. »Ich bin Ruben Washington. Wenn das wahr ist, was du mir erzählt hast, wird das der Durchbruch für meinen Blog. Wenn nicht, wirst du dir gleich in die Hosen scheißen, ich fahre nämlich einen heißen Reifen.«

Mike zögerte nicht länger, sondern sprang hinter dem Typ auf das Bike. Der Seitenständer wurde eingeklappt, dann brüllte der Motor auf.

»Festhalten!«, rief Ruben.

Wie bei einem Raketenstart ging es los. Das Bike beschleunigte so schnell, dass Mike beinahe den Halt verloren hätte. Gerade noch rechtzeitig konnte er sich in Rubens Lederjacke krallen, sonst wäre er vom Motorrad geflogen.

Ruben schaltete die Gänge in atemberaubendem Tempo hoch. Der Motor jaulte auf und zog voll durch. Mit quietschenden Reifen ging es in äußerster Schräglage in die Kurve.

»Wo fährst du hin?«, brüllte Mike gegen den Fahrtwind an. Seine Augen tränten, die Haare peitschten gegen seinen Schädel.

»Zum Highway«, kam es dumpf unter dem Helm zurück. »Die Wichser versuchen bestimmt, so schnell es geht, das Gebiet zu verlassen. Wo lag dieses Scheißcamp, von dem du gesprochen hast?«

»Dahin sind sie nicht unterwegs. Das ist abgebrannt.«

»Aha. Und du hast nicht zufällig was damit zu tun?«

»Nein, das war jemand anderes. Da waren wir längst weg.«

Ruben löste seine linke Hand vom Schalthebel und fummelte an seinem Helm herum.

»Was tust du da?«, rief Mike.

»Helmkamera einschalten.« Ruben lachte. »Wir gehen jetzt live auf Sendung.«

38.

Im Fahrzeug kämpfte Kayla mit aller Kraft gegen ihre Entführer. Die zwei Männer hatten sie auf den Boden des Vans geworfen und versuchten nun, sie festzuhalten, damit sie ihr Handschellen anlegen konnten, aber es gelang ihnen nicht.

Kaylas Kräfte waren wieder erwacht und sie schlug, kratzte und biss um sich. Das Adrenalin in ihrem Körper versetzte sie in einen Rausch, in dem jedes Denken erlosch und sie zum Tier wurde.

Zu einem Tier, das verzweifelt um sein Leben kämpfte.

Ihr linker Arm wurde von einem der beiden Männer auf den Fahrzeugboden gepresst, der andere Entführer versuchte, ihre Beine festzuhalten.

Beide waren bullige Kerle, die über hundert Kilo wiegen mochten, aber darauf, womit sie es hier zu tun hatten, waren sie offensichtlich nicht vorbereitet. Kayla hatte sie noch nie gesehen, aber ihre Klamotten und die kurz geschnittenen Haare ließen vermuten, dass es Soldaten waren.

Ihre rechte Hand war frei und sie schmetterte ihre Faust gegen die Stirn des Mannes, der versuchte, ihren linken Arm festzuhalten. Mit einem Stöhnen prallte er gegen die Fahrzeugwand.

»Was ist dahinten los?«, brüllte eine Stimme von vorn.

Bowden!

Der Mistkerl war auch hier!

Unfassbarer Zorn durchflutete Kaylas Geist, schien sie verbrennen zu wollen. Sie brüllte auf und ließ ihn frei.

Sie riss sich aus der Umklammerung des zweiten Mannes, zog die Knie an und trat ihm ins Gesicht. Er schrie.

Gut so!

Sie trat wieder nach ihm, landete aber keinen weiteren Treffer, weil er sich zu einer Kugel zusammengerollt hatte.

Durch den Kerl abgelenkt, hatte sie nicht mitbekommen, dass der andere Mann sich erholt hatte. Zwei riesige Hände schlossen sich um ihren Hals, pressten mit aller Kraft zu. Kayla bekam keine Luft. Silberne Flecken tanzten vor ihren Augen.

Sie schlug nach dem Mann, aber er hatte die Arme ausgestreckt, um sie sich vom Leib zu halten, und mit den Füßen kam sie nicht an ihn heran.

Ihr Körper bäumte sich auf. Kurz konnte sie nach Luft schnappen, dann wurde der Würgegriff noch enger.

Schwarze Flecken schoben sich in ihr Sichtfeld. Sie war dabei zu ersticken.

Mike blickte über Rubens Schulter. Sie hatten Nashbucket hinter sich gelassen und rasten jetzt über eine Landstraße Richtung Norden. Das Bike hatte eine halsbrecherische Geschwindigkeit drauf und die Landschaft flog in undeutlichen Schlieren an ihm vorbei.

Er konnte immer nur kurz nach vorn sehen, denn sobald er sein Gesicht in den Wind hielt, bekam er keine Luft mehr. Atmen ohne Windschutz war bei der Geschwindigkeit nicht möglich.

Von dem schwarzen Van war weit und breit nichts zu sehen. Verzweiflung machte sich in ihm breit. Was, wenn sie die falsche Entscheidung getroffen hatten? Was, wenn die Entführer gerade in diesem Moment in die entgegengesetzte Richtung fuhren? Dann war alles verloren.

Die Straße lag vollkommen verlassen vor ihnen, in einer schnurgeraden Linie zog sie sich bis zum Horizont. Hitze flimmerte über dem Asphalt, während sie dahinjagten.

Mike konnte hören, dass Ruben immer wieder etwas vor sich hin murmelte. Zuerst hatte er gedacht, er wolle ihm etwas sagen, aber dann war ihm klar geworden, dass Ruben für seinen Blog live die Bilder kommentierte. Mehrfach hatte er geglaubt, seinen Namen zu hören und etwas über Flucht, aber sicher war er sich nicht. Letztendlich war es egal, es galt einzig und allein, Kayla zu finden.

»Bist du sicher, dass wir in die richtige Richtung fahren?«, brüllte er nach vorn.

»Hundertpro«, kam es zurück. »Irgendwo vor uns sind diese Typen, wir werden sie kriegen. Haben die Waffen?«

»Mann, das ist die Army! Klar haben die Waffen, die haben schon im Wald auf uns geschossen.«

»Echt? Wahnsinn!«

»Was lässt dich glauben, dass sie vor uns sind und nicht in eine ganz andere Richtung fahren?«

»Jede andere Richtung führt ins Nirgendwo. Da ist nur Land, sonst nichts. Nein, die wollen mit Sicherheit zum Highway, raus aus dem Staat. Wie wir sie aufhalten sollen, weiß ich allerdings nicht. Ich hoffe da auf die Macht des Internets. Wenn die Bilder live raus in die Welt gehen, können sie uns nur schwer etwas tun.«

»Wie viele Follower hat dein Blog?«

»Sechsunddreißig«, meinte Ruben und klang dabei sehr stolz.

»Sechsunddreißig?«

»Yeah!«

Bowden wird sich einen Dreck um sechsunddreißig Zuschauer kümmern, wahrscheinlich alles Kids.

Aber Ruben hatte recht, was sollten sie tun, wenn sie den Van tatsächlich einholten? Die Entführer würden sich von zwei Jugendlichen auf einem Motorrad nicht aufhalten lassen, ganz im Gegenteil, sie mussten aufpassen, dass man nicht versuchte, sie von der Straße zu drängen.

»Hast du ein Handy?«, rief er nach vorn.

»Alter, du kannst jetzt nicht telefonieren. Wir sind zu schnell. Und nein, habe ich nicht.«

»Du quatschst doch die ganze Zeit in ein Mikro«, sagte Mike.

»Ja, ich erkläre den Leuten, um was es geht, was wir hier machen. Ich habe die Story rausgehauen, die du mir über das Camp erzählt hast, ob mir aber jemand glaubt, ist eine andere Frage.«

»Sag ihnen, sie sollen der Polizei sagen, in welche Richtung wir fahren. Das ist unsere ...«

»Längst geschehen. Ich bin ja nicht blöd.«

»Kriegst du mit, was im Netz passiert?«

»Zero«, meinte Ruben. »Das ist eine Einbahnkommunikation.«

Das Motorrad wurde etwas langsamer, da nun eine kurvige

Strecke vor ihnen lag. Noch immer war nichts von dem Van zu sehen. Die erste Kurve kam und Ruben legte die Maschine so tief, dass Mikes Knie fast die Straße berührte. Zwischen den Kurven beschleunigte Ruben auf aberwitzige Geschwindigkeiten, nur um dann wieder voll runterzubremsen, wenn es nach links oder rechts ging.

Er hatte recht gehabt, Mike war drauf und dran, sich vor Angst in die Hosen zu machen. Manchmal hatten sie eine derart tiefe Lage, dass Mike selbst kleine Löcher im Asphalt ausmachen konnte. Schweiß rann über seine Stirn. Wenn hier irgendetwas schiefging und Ruben die Kontrolle über die Maschine verlor, würden sie pulverisiert.

Nach der nächsten Kurve gab Ruben so abrupt Gas, dass das Bike aufbockte und sich der Vorderreifen von der Straße hob. Während er begeistert aufjauchzte, hätte sich Mike am liebsten übergeben. Dann rasten sie schon auf weitere Kurven zu.

Kayla versuchte, sich aus dem Würgegriff zu befreien, aber die Pranken des Mannes waren wie Stahlbänder, die sich immer enger zusammenzogen. Er atmete keuchend in ihr Ohr, während er mit aller Kraft zudrückte. Ihr Arm schlug gegen die Fahrzeugwand. Hart klatschte ihr linkes Handgelenk auf das Blech und flog wieder zurück, sodass sie die Fessel direkt vor dem Gesicht hatte, während sie mit weit aufgerissenen Augen versuchte, den Griff zu lösen.

Und dann begann die Handfessel zu blinken.

Dem Ersticken nahe, kaum noch fähig, sich zu wehren, starrte Kayla auf das Metallband, das sich in diesem Moment aktivierte.

Eine erste Schmerzwelle tobte durch ihren Körper.

Als sein Handgelenk zu brennen begann, verstand Mike nicht, was geschah. Verblüfft starrte er auf das silberne Armband. Die Fessel hatte er vollkommen vergessen. Seit er in den Fluss gefallen war und sie festgestellt hatten, dass die Dinger nicht mehr funktionierten, hatte er keinen Gedanken mehr an das Folterinstrument verschwendet.

Nun blinkte das Scheißding hektisch.

Ein Gedanke zuckte durch seinen Kopf. Wenn Kayla tatsächlich weit von ihm entfernt war, würde er sich gleich vor Schmerzen krümmen und vom Motorrad fallen, aber er glaubte, dass es genau anders war. Sie musste in der Nähe sein, denn warum sonst hatte sich die Handfessel aktiviert?

»Sie sind nicht mehr weit vor uns!«, brüllte er Ruben zu.

»Woher willst du das wissen?«, rief er nach hinten.

Mike hob die Handfessel vor das Visier, sodass Ruben sie sehen konnte.

»Sie blinkt, das heißt, sie ist aktiv.«

»Ich versteh kein Wort. Was bedeutet das?«

»Erklär ich dir später. Glaub mir einfach, dass Kayla nicht mehr weit entfernt ist. Wir müssen näher an sie herankommen, sonst senden diese verdammten Teile Schmerzimpulse aus, bis wir bewusstlos sind. Sobald wir unter einem Abstand von zweihundert Metern sind, schalten sich die Fesseln wieder aus.«

Zehn Sekunden war Ruhe, dann sagte Ruben: »Okay, dann lass uns mal richtig schnell fahren.«

Mike stöhnte auf.

Die Schmerzwelle war so stark, dass sich Kaylas Körper aufbäumte. Der Griff des Mannes um ihren Hals lockerte sich, als seine Hände abrutschten.

Sie bekam jetzt wieder Luft und atmete würgend, gleichzeitig war sie fast von Sinnen vor Schmerzen. Sie landete einen Zufallstreffer, als ihre Faust das Kinn des Mannes traf, der sie erneut packen wollte. Sein Kopf wurde zurückgeschleudert und knallte mit einem dumpfen Laut gegen die Seitenverkleidung, aber er ging nicht k. o., sondern warf sich gleich wieder auf sie. Der andere Typ hatte sich inzwischen ebenfalls berappelt und versuchte erneut, ihre Beine festzuhalten.

Von alldem bekam Kayla kaum etwas mit. Immer neue Schmerzwellen rollten nun durch ihren Körper. Es war ein Gefühl, als würde ihr bei lebendigem Leib die Haut abgezogen. Wie von fern hörte sie sich selbst schreien.

Irgendjemand brüllte: »Bringt sie endlich unter Kontrolle!«

Für einen Moment wurde Kayla ganz klar. Sie verstand, was geschehen war. Die Handfessel hatte sich aktiviert, das bedeutete, Mike musste in der Nähe sein. Er kam, um sie zu retten.

Kurz schöpfte sie Hoffnung.

Dann wurde alles um sie herum schwarz.

39.

Die Schmerzen endeten abrupt. So schnell, wie sie gekommen waren, waren sie auch wieder verschwunden. Mike schaute verblüfft nach vorn, ob der Van zu sehen war. Nichts!

Dann starrte er auf die Handfessel. War das Ding wieder defekt?

Mike kam nicht dazu, sich zu fragen, was die Ursache für die erneute Störung sein konnte, denn Ruben jagte in die nächste Kurve. Als er wieder herausbeschleunigte, stieß er einen Schrei aus.

»Da sind sie!«, rief er nach hinten.

Mike blickte über Rubens Schulter. Tatsächlich, keine dreihundert Meter vor ihnen raste der Van dahin. Ruben ließ den Motor aufjaulen und das Bike machte einen riesigen Satz nach vorn. Allerdings schien sie der Fahrer des Wagens bemerkt zu haben, denn auch der Van beschleunigte.

Mit aberwitzigem Tempo jagten sie über die Landstraße. Mike presste sich eng an Rubens Rücken, damit er die Bewegungen des Motorrads besser aufnehmen konnte und keinen Luftwiderstand bot.

Bisher war die Straße leer gewesen und sie hatten kaum Fahrzeuge überholt und noch weniger waren ihnen entgegengekommen, aber da sie jetzt in die Nähe des Highways kamen, nahm der Verkehr zu. Immer wieder zog der Van vor ihnen abrupt auf die Gegenspur und überholte langsamere Fahrzeuge.

Jedes Mal, wenn der Wagen ausscherte, war Ruben gezwungen, sich zu orientieren, bevor er selbst überholen konnte, weil er erst dann freie Sicht hatte. Mike bewunderte ihn dafür, mit welcher Kaltblütigkeit er sich aus dem Windschatten fallen ließ und an den Autos vorbeijagte.

Obwohl der Fahrer des Vans sein Handwerk ebenfalls verstand, kamen sie ihm immer näher. Letztendlich hatte der Van der Power des Motorrads nichts entgegenzusetzen, und nachdem sie eine kurze gerade Strecke erreichten, schloss Ruben zu ihm auf.

Sie waren jetzt genau hinter den Entführern, aber Mike konnte nicht ins Fahrzeug sehen, da die Scheiben des Vans dunkel getönt waren.

Als Ruben kurz ausscherte, erhaschte er einen Blick auf das Gesicht des Fahrers, das im Seitenspiegel des Vans auftauchte.

Bowden!

Mit angespannter Miene starrte er in den Spiegel und beobachtete das Motorrad. Mit Ruben, der hinter dem Visier seines Helmes unsichtbar war, konnte er sicherlich nichts anfangen, aber er musste schon blind sein, wenn er ihn nicht längst auf dem Rücksitz ausgemacht hatte.

»Halt dich fest!«, brüllte Ruben nach hinten. »Ich zieh jetzt vorbei!«

Mike krallte sich noch mehr an seiner Lederjacke fest. Das Motorrad kippte nach links und Mike dachte schon, sie landeten auf der Straße, da ruckte es wieder hoch und schoss nach vorn. Doch Bowden schien das Manöver geahnt zu haben, denn er riss das Lenkrad des Vans herum, sodass das Fahrzeug die Spur blockierte.

Ruben bremste so abrupt, dass Mike auf dem Sitz nach vorn geworfen wurde und sein Kopf gegen Rubens Helm schlug. Im allerletzten Moment gelang es Ruben zu vermeiden, dass sie in den Van hineinkrachten. Der Vorderreifen blockierte kurz, als die Scheibenbremsen griffen, und sie kamen ins Trudeln, aber kurz darauf hatte Ruben die Kontrolle wiedererlangt und ließ sich zurückfallen.

»Okay, du Bastard«, hörte Mike ihn fluchen.

Ruben beschleunigte wieder auf ein halsbrecherisches Tempo und raste erneut auf den Van zu.

Diesmal versuchte er, rechts vorbeizuziehen, aber wieder reagierte Bowden schnell. Der Van schlingerte, als er kurzzeitig von der Straße abkam und über den unbefestigten Seitenstreifen fuhr, dann schoss er zurück auf die Spur, verfehlte das Motorrad nur knapp und jagte wieder dahin.

»Ich komme nicht an ihm vorbei«, rief Ruben nach hinten. »Und ich habe eine Scheißangst, dass er uns rammt, wenn wir es noch einmal versuchen. Was machen wir jetzt?«

Ja, was sollen wir jetzt tun?

Bisher war all sein Denken darauf ausgerichtet gewesen, die Entführer einzuholen, aber nun, da sie an ihnen dran waren, konnten sie nichts ausrichten, ohne ihr eigenes Leben zu gefährden.

Wenn doch bloß die Cops kommen würden, fluchte Mike

stumm. Sie könnten Bowden anhalten, mit dem Motorrad schaffen wir das nicht.

Mike musste einsehen, dass er im Augenblick keine Möglichkeit hatte, Kayla zu befreien.

»Häng dich dran, aber halt Abstand. Wir verfolgen sie«, sagte er schließlich zu Ruben.

Im nächsten Moment kreischte Ruben: »Fuck!«, und riss so stark an der Bremse, dass das Motorrad bockte.

Mike schaute an seinem Helm vorbei. Was er sah, versetzte ihm einen Schock.

Die Heckklappe des Vans stand offen. Darin saß ein Mann, der mit einem Gewehr auf sie zielte, aber noch viel schlimmer war das, was er hinter dem Mann sah. Kayla lag regungslos auf dem Boden des Fahrzeugs und ein zweiter Mann beugte sich über sie.

Was war da los?

War sie bewusstlos? Tot?

Dann peitschte der erste Schuss auf. Er verfehlte Rubens Helm und zischte so dicht an Mikes Gesicht vorbei, dass er das Gefühl hatte, den Windzug der Kugel zu spüren.

Ruben warf sich auf dem Sitz herum, das Motorrad kippte abrupt nach rechts, er bremste noch immer. Dann gab er wieder Vollgas und schoss nach links auf die Gegenspur. Dort tauchte gerade ein roter Kleinwagen auf, hinter dessen Steuer eine junge Frau saß. Als sie das Motorrad auf sich zurasen sah, riss sie den Mund und die Augen vor Schreck weit auf.

Erst im allerletzten Moment gelang es Ruben, das Bike wieder unter Kontrolle zu bringen und auf die richtige Spur zu biegen. Der kleine Toyota verfehlte sie nur um Haaresbreite, aber der Außenspiegel streifte Mikes Knie. Er schrie auf.

»Bist du okay?«, fragte Ruben hektisch.

Mike atmete tief durch. Das verdammte Knie fühlte sich an, als habe jemand ein Messer hineingerammt. »Geht schon.«

Ein zweiter Schuss wurde abgefeuert, krachte direkt vor dem Vorderreifen in den Asphalt und riss große Brocken Belag heraus.

Ruben stieg wieder in die Eisen. Das Motorrad sackte nach vorn durch, aber diesmal hatte der Schütze Ruben nicht überraschen können. Er vollführte eine Hundertachtziggraddrehung, gab Gas und jagte in die Gegenrichtung davon, weg von dem Van.

»Was machst du?«, brüllte Mike. »Wir müssen dranbleiben, sonst verlieren wir sie.«

Ruben schaute über seine Schulter, dann reduzierte er die Geschwindigkeit, wendete mitten auf der Straße und hielt auf dem Seitenstreifen an.

»Die knallen uns ab! Scheiße, Mann, hast du gesehen, wie knapp das war?«, fuhr er Mike an.

»Ruben, ich ...«

»Halt die Klappe«, zischte Ruben und schob sein Visier hoch. »Ich habe nicht gesagt, dass wir aufgeben, aber wir müssen die Sache vorsichtiger angehen. Wir fahren ihnen wieder hinterher, aber wir halten Abstand, schauen, wohin sie wollen, und verständigen irgendwie die Cops. Eine andere Möglichkeit haben wir nicht.«

»Etwas ist mit Kayla«, sagte Mike verzweifelt. »Sie lag im Auto und hat sich nicht gerührt. Es geht ihr nicht gut. Ich spüre das.«

Ruben schaute ihn mitfühlend an. »Ich hab's auch gesehen. Mann, ich versprech dir, wir holen sie da raus, aber wir müssen vorsichtig sein. Wenn wir draufgehen, hilft ihr das auch nicht.«

Mike nickte stumm.

»Bist du bereit? Gehen wir es an?«

»Ja.«

Ruben gab Vollgas.

40.

Als Kayla die Augen aufschlug, lag die Welt hinter einem grauen Schleier. Sie konnte keine Formen erkennen, nur Licht und Schatten, die ineinanderflossen. Sie lag auf dem Fahrzeugboden und spürte, wie der Van über die Landstraße jagte. Um sie herum waren Stimmen, aber sie verstand nicht, was sie sagten.

Was war geschehen?

Mike? Wo ist Mike?

»Sie ist wieder da«, sagte jemand neben ihr.

Kayla wandte dem Sprecher den Kopf zu. Es war das Gesicht eines Mannes. Woher kannte sie dieses Gesicht?

Dann kam die Erinnerung zurück. Mit Wucht.

Sie war entführt worden. Der Typ war einer ihrer Kidnapper, sie hatten miteinander gekämpft.

Ich muss ohnmächtig geworden sein, dachte Kayla.

Sie versuchte, die Hand zu heben, sich erneut zu wehren, aber ihr Körper wollte ihr nicht gehorchen.

»Schscht«, machte der Mann. »Ist gut. Bleib still liegen.«

»Rogers, gib ihr was für den Kreislauf«, sagte Bowden von vorn.

Der Mann neben ihr fingerte in einem Koffer herum und zog eine Glasflasche heraus.

»Mach den Mund auf«, sagte er zu Kayla. »Das ist Etilefrin, das stabilisiert dich. Gleich geht es dir besser.«

Kayla presste die Lippen zusammen, aber sie war zu schwach. Der Mann schob seinen Finger dazwischen und flößte ihr die Flüssigkeit einfach ein.

»Was ist mit unseren Verfolgern?«, fragte Bowden.

»Haben sich zurückfallen lassen«, sagte der zweite Mann.

Kayla musste den Kopf anheben, um ihn sehen zu können.

Verfolger? Das konnte nur Mike sein.

»Hast du sie erwischt?«, wollte Bowden wissen.

Erst jetzt bemerkte Kayla das Gewehr in der Hand des Mannes und sie roch auch die abgefeuerte Waffe. Schreck durchfuhr sie. Der Typ musste auf Mike geschossen haben.

»Nein, knapp daneben. Der Fahrer hat schnell reagiert und sich aus der Schussweite zurückgezogen. Die sind wir los.«

»Glaube ich nicht. Wegen der Verfolgungsjagd und der Ballerei müssen wir runter von der Straße, bestimmt hat irgendwer die Cops alarmiert. Ich verständige jetzt Beast One, wir brauchen Unterstützung. Ich hab da so eine Idee, wie wir das Problem lösen.«

»Was ist mit ihr?«, fragte der Mann neben ihr.

»Halt sie am Leben. Wir brauchen sie noch.«

Erschöpft ließ Kayla den Kopf zurück auf den Boden sinken. Ihr Blick fiel auf die Handfessel an ihrem linken Handgelenk.

Das rote Licht hatte wieder begonnen zu blinken. Schwach noch, mehr ein Flackern, aber es zeigte an, dass die Fessel in den Aktivmodus schaltete.

Kayla starrte wie hypnotisiert auf das rote Licht.

Ich kann das nicht mehr aushalten. Ich kann einfach nicht mehr.

Der Mann neben ihr regte sich, auch er schien das Blinken der Handfessel bemerkt zu haben.

»Colonel«, sagte er hektisch. »Wir haben ein Problem.«

»Was ist?«, fragte Bowden unwirsch.

»Die Fessel wird aktiv. Wenn sie sich einschaltet, ist es vorbei. Ein zweites Mal kann ich sie nicht zurückholen.«

Bowden fluchte und ging vom Gas.

Als sie um die Kurve bogen, sahen sie den Van. Er stand mitten auf der Straße. Die Heckklappe war geschlossen, trotzdem bremste Ruben sofort und hielt an.

Dann kehrte Stille ein. Nur das leise Blubbern des Motors im Leerlauf war zu hören.

»Was ist da los?«, fragte Ruben. »Warum sind die stehen geblieben?«

Mike wusste es nicht. Die neue Situation verblüffte ihn ebenso.

»Meinst du, es gab einen Unfall?«, fragte Ruben.

Die Landstraße lag verlassen vor ihnen. »Nein, kein anderes Fahrzeug zu sehen.«

»Vielleicht haben sie technische Schwierigkeiten. Der Motor könnte überhitzt sein.«

»Glaub ich nicht. Sieht mir mehr nach einer Falle aus. Ich wette, wenn wir näher herankommen, knallen sie uns ab.«

»Und was machen wir jetzt?«

Darauf hatte Mike keine Antwort. Sosehr es ihn auch drängte, nach vorn zu stürmen und Kayla zu befreien, wusste er doch, dass hier etwas nicht stimmte. Für einen Moment hatte er geglaubt, die Fessel an seinem Handgelenk hätte sich wieder aktiviert, aber das musste Einbildung gewesen sein, denn die rote Leuchte war erloschen.

Dreißig Sekunden lang starrten sie auf den Van, dann setzte der sich langsam wieder in Bewegung.

Der Van fuhr mit sechzig Meilen dahin und machte keinerlei Anstalten, sie abzuhängen. Es schoss auch niemand mehr auf sie. Es war, als würde Bowden sie einladen, ihm zu folgen.

Mittlerweile war sich Mike sicher, dass es eine Falle war. Nur was konnten sie tun? Sie mussten an Bowden dranbleiben, wenn sie Kayla retten wollten.

In jedem Fall spielte die Zeit nun für sie. Noch immer filmte Ruben mit seiner Helmkamera das Geschehen und übertrug die Bilder live ins Netz. Irgendwann musste jemand die Polizei alarmieren. Die Cops würden dem Spuk ein Ende setzen.

Oder machte er sich etwas vor? Bowden und seine Männer waren schwer bewaffnet, dass sie kampflos aufgeben würden, glaubte er nicht. Und dann blieb da noch die Frage, ob die Polizei überhaupt etwas gegen die Armee ausrichten konnte. Vielleicht war für Straftaten von Militärangehörigen auch nur die Army zuständig.

Mike musste sich eingestehen, dass sie noch immer viel zu wenig über die Hintergründe von Camp21 wussten. Was, wenn Bowden nur ein kleines Licht war und die wahren Verantwortlichen in hohen Positionen saßen? Wie sollten sie gegen so viel Macht und Einfluss ankommen?

Er blickte auf die Handfessel. Egal, wie man über das Scheißding dachte, dabei handelte es sich um Hochtechnologie. Bowden und seine Hintermänner würden alles tun, um die Sache geheim zu halten. Sie würden sich das nicht von ein paar kriminellen Jugendlichen kaputtmachen lassen. Und von ein paar Kleinstadtpolizisten sicherlich auch nicht. Kayla und er waren so gut wie tot, wenn ihm nicht etwas einfiel, wie er das Blatt noch wenden konnte.

Eigentlich blieb ihnen nur die Öffentlichkeit. Es musste ihnen gelingen zu beweisen, dass sie die Wahrheit über Camp21 sagten, dass sie nicht am Tod zweier Jugendlicher die Schuld trugen und kein Jugendcamp abgefackelt hatten.

Die Beweise befanden sich an ihren Handgelenken und in Kaylas Blut. Und da wurde es kompliziert. Bowden hatte eine Fessel bereits an sich gebracht, die zweite Handfessel fuhr ihm gerade freiwillig hinterher und das Mädchen, dessen Blutzusammensetzung alles aufschlüsseln konnte, befand sich in seiner Gewalt.

Als das Licht der Handfessel wieder erlosch, atmete Kayla tief durch. Sie schöpfte etwas Hoffnung, denn das konnte nur bedeuten, dass Mike ihr nahe war. Was er allerdings gegen Bowden und die beiden Soldaten ausrichten konnte, wusste sie nicht. Aber allein die Tatsache, dass er nicht aufgab, versuchte, sie zu retten, tröstete sie. Was auch immer geschah, Mike und sie waren durch mehr als die Handfessel verbunden und das konnte selbst Bowden nicht zerstören.

Vielleicht sterben wir heute, aber wir werden nicht allein sterben. Was auch immer kommt, wir werden es gemeinsam durchstehen.

Kayla ließ den Kopf zur Seite sinken. Obwohl sie es nicht wollte, liefen nun doch Tränen über ihr Gesicht. Sie spürte den Blick des Soldaten, der neben ihr saß und sie beobachtete, aber das war ihr egal.

Bowden sprach in ein Funkgerät. Zwischen all dem Knistern und Rauschen verstand Kayla nur, dass alles bereit sei, was damit gemeint war, wusste sie nicht.

»Noch zwei Meilen«, meldete Bowden nach hinten. »Wir sind gleich da. Macht euch fertig.«

Der Typ mit dem Gewehr lud seine Waffe durch. Rogers öffnete ein verborgenes Fach in der Seitenverkleidung und zog eine Pistole hervor, die er kontrollierte und entsicherte.

Kaylas Herz schlug schneller

Ich muss etwas tun!

Ich muss etwas tun!

Was?

Ihr Blick fieberte umher. Sie hatte keine Kraft mehr und die beiden Soldaten waren bewaffnet. Sie brauchte etwas, womit sie zuschlagen konnte.

Als sie aufschaute, bemerkte sie, dass Rogers sie anstarrte.

»Denk nicht mal dran!«, knurrte er und richtete die Waffe auf sie. »Ich habe dir gerade das Leben gerettet, das heißt aber nicht, dass ich zulasse, dass du irgendwelche Dummheiten machst. Wenn du dich auch nur rührst, schieße ich dir ins Bein, und glaub mir, eine Kugel hat noch jeden von seinem Vorhaben abgebracht. Haben wir uns verstanden?«

Kayla blickte ihn hasserfüllt an.

»Gut«, sagte der Typ. »Dann genieß die Show.«

41.

Vor ihnen öffnete sich ein kleiner Wald. Hohe Bäume und dichtes Buschwerk säumten hier den Straßenrand. Sie fuhren zwei Meilen dahin, als eine Nebenstraße auftauchte, die von der Landstraße fast rechtwinklig abbog. Der Van setzte den Blinker und fuhr ohne Zögern hinein.

Mike schaute über Rubens Schulter, aber er konnte nicht viel ausmachen, denn die Bäume standen zu dicht.

»Was machen wir?«, fragte Ruben, ohne die Geschwindigkeit zu verringern.

»Hinterher, wir dürfen sie nicht verlieren.« Mike wusste, dass sie ein Risiko eingingen. Er glaubte immer noch, dass Bowden sie in eine Falle locken wollte. Aber er durfte nicht zulassen, dass sie den Van aus den Augen verloren. Wenn sich die Handfesseln wieder aktivierten, konnte das Kayla das Leben kosten.

»Mir gefällt das nicht«, sagte Ruben.

Mike klopfte ihm auf die Schulter. »Wenn dir etwas seltsam vorkommt, halt sofort an.«

»Okay.«

Der Van war nun aus ihrem Blickfeld verschwunden. Ruben gab Gas und bog ebenfalls in die schmale Straße ein. In etwa einhundert Metern Entfernung entdeckten sie das Fahrzeug der Entführer. Mit gleichbleibender Geschwindigkeit fuhr es dahin. Ruben und Mike folgten ihm.

Die Fahrt ging nicht weit, denn unvermittelt hielt der schwarze Van an. Ruben stoppte das Motorrad.

Mike starrte nach vorn. Begann jetzt wieder das gleiche Spiel wie auf der Landstraße? Oder hatte der Van tatsächlich technische Probleme?

Nichts von alledem!

Plötzlich röhrte ein bulliger Motor hinter ihnen auf und ein getarnter Armeelaster brach aus dem Wald. Mike und Ruben verdrehten den Hals.

Äste und Zweige flogen durch die Gegend, als das tonnenschwere Ungetüm einen Satz auf die Straße machte, mit kreischenden Reifen einbog und auf sie zuraste.

Es ist doch eine Falle!, schoss es Mike durch den Kopf. Er wollte Ruben zurufen abzuhauen, aber der hatte längst reagiert und gab Gas. Allerdings war Flucht nur in eine Richtung möglich, auf Bowden und seine Männer zu, die gerade aus dem Van stiegen und ihre Waffen auf sie richteten.

Zu wenden und in die andere Richtung davonzujagen, war nicht möglich, denn der Lkw füllte die ganze Breite der Straße aus und links und rechts stand das Buschwerk so dicht, dass es kein Durchkommen gab. Hier war es zu Ende.

Um nicht überrollt zu werden, fuhr Ruben bis dicht an das Fahrzeug der Entführer heran, dann hielt er an und hob beide Hände. Bowden hatte eine Armeepistole in der Hand und zielte auf Mike, der nun ebenfalls aufgab.

Hinter ihnen bremste der Lastwagen ab und kam mit wippender Federung zum Stehen. Eine Klappe öffnete sich und ein halbes Dutzend schwer bewaffneter Soldaten sprang ab und nahm um sie herum Aufstellung. Gewehre richteten sich auf sie.

»Motor aus!«, befahl Bowden. »Absteigen!«

Ruben drehte den Schlüssel um, dann stiegen er und Mike ab. Mit immer noch erhobenen Armen blieben sie vor dem Campführer stehen.

Mikes Herz klopfte bis zur Brust. Sein Gesicht brannte und er bekam vor Aufregung kaum Luft. Er war Bowden in die Falle gegangen. Es war alles verloren.

»Helm runter«, sagte Bowden.

Ruben kam der Aufforderung sofort nach.

»Wer bist du?«, wurde er gefragt. »Und keine Lügen!«

Ruben nannte ihm seinen Namen.

»Rühr dich nicht vom Fleck!«

»Wo ist Kayla? Wie geht es ihr?«, stieß Mike heftig hervor.

Bowdens kalter Blick richtete sich auf ihn. Er nickte dem Mann neben sich zu, der sich umwandte, den Van öffnete und etwas ins Innere rief. Einen Moment später taumelte Kayla heraus. Als sie Mike sah, wollte sie zu ihm stürzen, aber Bowden packte sie grob am Arm und zog sie zurück.

»Lassen Sie sie los!«, keuchte Mike wütend.

Unbeeindruckt hob Bowden seine Waffe und setzte die Mündung an Kaylas Schläfe.

»Und jetzt sagst du mir, wer alles von der Sache weiß.«

Mike presste die Lippen aufeinander.

Überrascherweise antwortete Ruben für ihn. »Ich würde sagen, das ganze Internet.«

Bowdens Augen fixierten ihn. »Wie meinst du das?«

»Ich bin Blogger. Live-Blogger!« Er deutete auf seinen Motorradhelm. »Das ist eine Helmkamera, das Neueste auf dem Markt. Wie mit einem Handy kann man mit ihr Daten direkt ins Netz übertragen.« Er klappte das Visier auf. »Und hier ist das Mikrofon. Ich habe alles kommentiert. Da draußen weiß jetzt jeder, was Sie hier abziehen.«

»Junge, so solltest du nicht mit mir reden!«, knurrte Bowden.

»Was? Warum? Weil Sie bei der Army sind?« Ruben war kaum noch zu halten. »Scheiß drauf! Gleich werden die Bullen hier auftauchen, dann ist das Spiel zu Ende und ihr wandert alle in den Knast.«

Bowden schmunzelte. »Und das glaubst du? Du hast doch keine Ahnung, mit wem du dich da anlegst. Ich kann dich hier und jetzt abknallen und gar nichts wird geschehen. Niemand kommt an mich ran und die Polizei schon gar nicht. Deren Befugnis reicht nicht so weit, Armeeangehörige zu verhaften.«

Der Campleiter betrachtete den Schriftzug auf dem Motorrad.

»Rogers, gib mir dein Handy.«

Der Soldat griff in seine Hosentasche und reichte es ihm. Bowden tippte darauf herum und Mike ahnte, dass er versuchte, ins Netz zu kommen. Eine Zeit lang sagte niemand etwas, dann hatte Bowden gefunden, was er gesucht hatte. Er fummelte am Handy herum und plötzlich erklang Rubens Stimme:

»Wir sind hier auf der Landstraße Richtung Mayo Springs. Was ihr jetzt seht und hört, wird euch aus den Stühlen reißen. Auf meinem Rücksitz hockt Mike Sanders, ein Junge, dessen Bild gerade überall im Fernsehen zu sehen ist und der im Zu-

sammenhang mit dem Tod zweier Jugendlicher und Brandstiftung in einem Jugendcamp gesucht wird. Der Typ ist auf der Flucht und sagt, dass die Wahrheit ganz anders aussieht und seine Freundin entführt wurde, und jetzt ratet mal, warum ich über die Straße jage und euch alle live mitnehme. Richtig …«

Bowden schaltete den Ton ab und gab Rogers das Handy zurück. Als er wieder Ruben anblickte, war sein Blick wild.

»Du denkst, das ist Macht? Du denkst, damit kannst du mich aufhalten?« Er stieß Kayla von sich, die stolperte und zu Boden fiel. Sofort sprang Mike zu ihr, bückte sich und nahm sie in den Arm.

Kayla zitterte wie Espenlaub. Mike fühlte die Panik, die in ihr aufstieg, aber auch die grenzenlose Erschöpfung, die sie erfasst hatte.

»Es wird alles gut«, flüsterte er und strich ihr über das Haar.

Bowden machte eine Handbewegung. »Taylor, gib mir den Tracer.«

Mike zuckte zusammen, als er das Gerät sah, mit dem Bowden die Entfernung und die Intensität der Handfessel einstellen konnte. Irgendetwas war mit dem Campleiter geschehen. Er hatte seine kalte Ruhe abgelegt und wirkte zornig. Vielleicht lag es daran, dass Ruben ihn vor seinen Männern herausgefordert hatte.

»Ich zeige dir, was Macht ist!«, zischte Bowden Ruben an. »Und das wirst du nie wieder vergessen.«

Er tippte auf das Display des Tracers, kam zu Kayla, riss ihren Arm hoch und fuhr mit dem Gerät darüber. Das Gleiche machte er bei Mike. Augenblicklich begannen beide Handfesseln, hektisch zu blinken.

Mike starrte entsetzt auf das Metallband. Kayla und ihn

trennte nicht einmal eine Handbreit und die Fesseln aktivierten sich. Wie war das möglich?

Bowden schien seine Gedanken erraten zu haben, denn er sagte: »Ich habe die Distanz auf null Meter gestellt. Schauen wir mal, was nun passiert.«

»Sir«, meldete sich Rogers. »Das können ...«

»Still, Soldat. Ich mache, was ich will, und im Moment möchte ich genau das!«

»Unser Auftrag ...«

»Den habe ich nicht vergessen.«

»Das Mädchen steht das nicht ...«

Den Rest verstand Mike nicht mehr, denn die erste Schmerzwelle raste heran, fegte über ihn hinweg und ließ ihn erzittern. Diesmal war es anders. Ganz anders. Es gab kein langsames Anschwellen des Schmerzes, keine Intensität, die sich steigerte. Die Qualen waren eine dunkle Horde, die ihn zu verschlingen drohte. Ein Biest, das sich geifernd auf ihn warf, und er hatte ihm nichts entgegenzusetzen.

In seinen Armen bäumte sich Kayla auf. Mike konnte kaum etwas erkennen, die Schmerzen raubten ihm die Sinne, aber er sah Kaylas weit aufgerissenen Mund, dem ein stummer Schrei entfloh. Ihre Augen waren unnatürlich geweitet, rollten in den Augenhöhlen. Speichelblasen bildeten sich auf ihren Lippen, während sie wieder und wieder den Mund öffnete, so als drohe sie zu ersticken.

Sie wird sterben. Ich ... darf ... das ... nicht ... zulassen.

Mike presste seine Kiefer so sehr aufeinander, dass er seine Zähne knirschen hörte. Er biss fest zu und seine Lippe platzte auf, Blut schoss daraus hervor, aber er bekämpfte Schmerz mit Schmerz.

Es half. Der scharfe Schmerz in seiner Lippe machte seinen Kopf klar. Er schlug die Augen auf und schaute Kayla an. Langsam, mühevoll öffnete er seine zu Fäusten geballten Hände und streckte sie nach Kayla aus, legte sie ihr auf die Schultern. Sie knieten einander gegenüber und alles um sie herum war bedeutungslos.

»Sieh mich an«, flüsterte Mike. Ihr Bild tanzte vor seinen Augen und er musste sich konzentrieren, sie anzuschauen. In seinem Körper jagte eine Schmerzwelle die nächste, aber der Geschmack des eigenen Blutes auf seinen Lippen rief ihn in die Wirklichkeit zurück, verhinderte, dass die dunklen Wogen über ihm zusammenschlugen und sich sein Geist in die Bewusstlosigkeit flüchtete.

Eine Bewusstlosigkeit, die für Kayla den Tod bedeuten konnte. Er musste ihr helfen. Jetzt für sie da sein. Sie würde sterben, wenn er ihr nicht half, das durchzustehen.

Kayla reagierte nicht. Schwer lehnte sie an ihm, schlaff, wie leblos.

»Sieh mich an«, wiederholte er.

Sie hob den Kopf, aber ihr Blick war leer.

»Sieh mich an«, sagte er erneut und all seine Liebe für sie strömte durch seine Hände in ihren Körper.

Und dann sah sie ihn an.

»Mike«, sagte sie leise.

»Ich bin hier.«

»Ich sterbe.«

»Nein«, sagte er. »Wir werden leben.«

42.

In Kaylas Augen trat ein Schimmer. Ein Funkeln tauchte darin auf. Sie war wieder bei ihm. Die Schmerzen ließen ihre Lider flattern, aber sie quälte sich ein tapferes Lächeln ab.

Mike blickte sie an. Sein Herz war erfüllt mit Liebe und seine eigenen Schmerzen traten in seinem Bewusstsein zurück. Er zog Kayla an sich und drückte sie fest.

Als er wieder aufblickte, entdeckte er eine Bewegung am Waldrand. Wie aus dem Nichts tauchten Soldaten zwischen den Bäumen auf. Geistergleich, vollkommen geräuschlos betraten sie die Straße. Ihre Gesichter waren mit Tarnfarbe unkenntlich gemacht, ihre Waffen auf Bowdens Männer gerichtet.

Die Soldaten des Campleiters hoben nun ebenfalls ihre Waffen, zielten auf die fremde Einheit, aber es waren viel zu viele, die zwischen den Bäumen hervortraten. Während sie ins Fadenkreuz genommen wurden, irrten die Läufe ihrer Gewehre und Pistolen umher, schwankten unentschlossen von links nach rechts und wieder zurück.

Bowden selbst schien als Letzter zu bemerken, dass sie nicht mehr allein waren. Alles vollzog sich in so unnatürlicher Stille, dass er scheinbar erst auf die Bedrohung aufmerksam wurde, als ein Soldat neben ihn trat und die Mündung seines Gewehres auf sein Gesicht richtete.

Nach einem kurzen Überraschungsmoment hatte Bowden sich sofort wieder gefasst.

»Was ist hier los?«, fragte er gefährlich leise.

Der Mann, der ihn bedrohte, befahl mit professioneller Kühle: »Waffe fallen lassen.«

»Wer sind Sie? Wer hat hier den Befehl? Ich bin Colonel ...«

»Sofort!«

Mike sah, wie Bowden mit sich kämpfte, dann hörte er nur ein Wort von ihm: »Nein!«

Ein weiterer Mann trat zwischen den Bäumen hervor. Er trug ebenfalls Tarnkleidung, aber sein Gesicht war nicht beschmiert. Er war nicht groß, strahlte aber Autorität aus. Blaue Augen richteten sich beim Näherkommen auf Bowden.

»Sie sollten tun, was Sergeant Wilkins Ihnen sagt«, meinte er ruhig und blieb vor Bowden stehen.

»Wer sind Sie?«

»General Richard Dalken. Der Mann, der Sie vors Militärgericht bringt.«

Bowden salutierte. »Bei allem Respekt, Sir, Sie haben mir nichts zu befehlen. Ich gehöre zu einer Spezialeinheit unter General Summers. Dies ist eine Geheimoperation. Bitte ziehen Sie sich zurück.«

»Das werde ich nicht tun. Zum letzten Mal, lassen Sie die Waffe fallen und befehlen Sie Ihren Männern, sich zu ergeben.«

»Das kann ich nicht tun, Sir. Ich ...«

»Wilkins, erschießen Sie den Mann«, sagte Dalken vollkommen beherscht.

Als Mike schon glaubte, den Schuss zu hören, ließ Bowden seine Pistole fallen, die klappernd auf den Asphalt schlug.

Der General wandte sich zu Bowdens Männern um. »Wer in zwei Sekunden noch seine Waffe in der Hand hält, kommt vor ein Militärgericht.«

Nachdem die Soldaten gesehen hatten, dass ihr Anführer sich ergeben hatte, gab es keinen Widerstand mehr. Alle ließen sich die Waffen abnehmen. Dalken befahl ihnen, sich auf den Boden zu knien und die Hände hinter dem Kopf zu verschränken.

»Summers wird Ihnen den Arsch aufreißen!«, sagte Bowden.

Der General drehte sich zu ihm um. »Summers wurde seines Ranges enthoben und ist auf dem Weg ins Militärgefängnis nach Fort Leavenworth, wo ihm der Prozess gemacht werden wird. Ich erkläre Sie für verhaftet. Wilkins, schaffen Sie mir diesen Menschen aus den Augen.«

Der Sergeant packte Bowden, aber Dalken hielt ihn noch mal auf. »Das geben Sie mir.« Er riss ihm den Tracer aus der Hand.

Mit dem Gerät ging er zu Kayla und Mike hinüber, die noch immer auf dem Asphalt knieten und sich umarmten. Der General fuhr mit dem Gerät über die Handfesseln. Die letzten verbliebenen Schmerzen endeten augenblicklich.

»Captain Smith«, bellte Dalken.

Ein weiterer Soldat hastete heran.

»Sagen Sie Bescheid, dass das Gebiet gesichert ist. Sie sollen den Arzt herbringen. Er soll ihnen die verdammten Handfesseln abnehmen.«

Kurz darauf tauchte ein Jeep am Ende der Straße auf. Mike blinzelte in die Sonne. Er raste heran und kam hinter dem Lkw zum Stehen, der Bowdens Männer hergebracht hatte. Neben dem Fahrer saß ein Mann in Zivil. Der Beifahrer stieg aus und kam mit hastigen Schritten auf ihn und Kayla zu, die neben ihm auf dem Asphalt saß und schwer keuchte.

Er kniete sich neben Kayla und legte ihr eine Blutdruckmanschette an. Mit einem Stethoskop hörte er ihren Herzschlag ab.

»Hallo, Dr. Goodman«, sagte sie.

»Wie fühlst du dich?«, fragte der Arzt.

Sie lächelte müde. »Ging mir schon besser.«

»Ich werde dafür sorgen, dass du in ein Krankenhaus kommst. Ein Rettungswagen ist schon unterwegs.«

»Danke, Doc.«

»Was ist mit den anderen im Camp?«, fragte Mike erschöpft. Sein Körper fühlte sich zerschlagen an und er war unendlich müde. Kayla neben ihm schien es ähnlich zu gehen, denn ihre Arme hingen schlaff neben den Knien herunter. Ihr Brustkorb hob und senkte sich wie nach einem Marathonlauf.

Der Arzt seufzte traurig. »Steve und Maddy sind tot.«

»Was ist passiert?«

»Nachdem ihr geflohen seid, herrschte Chaos. Ein Feuer brach in der Unterkunft der Jungs aus, wahrscheinlich hat es Steve gelegt. Bowdens Männern ist es nicht gelungen, den Brand zu löschen, denn Steve hatte sich in der Nähe verschanzt und schoss auf alles, was sich bewegte. Dabei hat es Maddy erwischt. Kurz darauf hat Mason Steve mit zwei Kugeln niedergestreckt. Sie haben mich geholt, aber da war nichts mehr zu machen. Maddy war bereits tot, Steve starb kurz darauf. Bowden hat mich und die restlichen Jugendlichen in den Speisesaal gesperrt und sich an eure Verfolgung gemacht. Wir wurden heute Morgen befreit, aber es dauerte eine Weile, bis wir eure Spur gefunden haben. Dass wir rechtzeitig hier waren, verdankst du dem verrückten Motorradfahrer. Seine Übertragung hat das ganze Internet in Aufregung versetzt.«

Als Ruben das hörte, sagte er: »Yeah!«

»Jemand ist bei mir, Mike«, meinte Goodman.

Mike sah ihn verständnislos an. Goodman winkte zum Jeep. Mike richtete sich etwas auf, aber ihm fehlte noch die Kraft aufzustehen, also blieb er sitzen.

Die Gestalt, die auf ihn zukam, schien ihm vertraut, aber das Licht der Sonne blendete ihn und so konnte er nicht erkennen, wer es war.

Ein Schatten fiel auf ihn.

Mike schaute auf.

»Ricky.«

»Hi, Mike.«

Sein Bruder zog ihn hoch, umarmte ihn fest. Mike spürte seinen wilden Herzschlag und eine Welle der Erleichterung und Freude durchflutete ihn.

»Ricky, wie kommst du hierher? Ich denke, du bist im Jugendknast.«

»Ich war ganz woanders. An einem ... schrecklichen Ort. Sie ... sie haben Versuche an mir durchgeführt«, sagte Ricky.

»Versuche? Was für Versuche?«

»Darüber reden wir später«, mischte sich Goodman ein. »Du und Kayla müsst erst einmal medizinisch versorgt werden.«

Mike blickte seinen Bruder an. »Oh Gott, Ricky, ich bin so froh, dass es dir gut geht.«

Ricky grinste ihn an. Er sah aus wie immer und doch war es anders. Er wirkte reifer und vernünftiger. Der Eindruck verflog bei Rickys nächstem Satz.

»Weißt du, worauf ich jetzt Bock hätte?«, fragte Ricky.

Mike schaute ihn an. »Was?«

»Eine Tour mit Dads Ford Mustang«, sagte Ricky lachend.

Und Mike wusste, alles würde gut werden.

Als Bowden und seine Männer fortgebracht worden waren, kam der General zu Kayla, Mike, Ricky, Ruben und Goodman herüber. Er lächelte, wirkte aber dennoch ernst. Kayla fragte sich, was er von ihnen wollte. Sie hatte für den Rest ihres Lebens genug von Militärs.

»Ich muss mit euch allen sprechen«, sagte er. Er schaute Goodman an, der gerade dabei war, seine Arzttasche einzuräumen. »Zunächst zu Ihnen. Sie haben etwas, was Sie mir geben sollten.«

»Was meinen Sie?«, fragte Goodman.

Dalken streckte die offene Handfläche aus. »Ich habe gesehen, wie Ihnen der Junge etwas zugesteckt hat.«

»Sie müssen sich täuschen. Mike hat mir nichts gegeben.«

»Goodman«, sagte Dalken sanft.

»Da ist ...«

»Ich kann Sie auch durchsuchen lassen.«

Goodman seufzte und zog den USB-Stick aus der Tasche. Er reichte ihn Dalken.

»Was ist da drauf?«, fragte der General.

»Meine Berichte über die Vorkommnisse im Camp und die Auswertungen der Blutuntersuchungen der Jugendlichen.«

Dalken ließ den Stick zu Boden fallen und zertrat ihn unter

seinem schweren Stiefel. Kayla blickte auf die Metall- und Plastiksplitter.

»Sie werden es nicht aufhalten. Es ist im Netz«, sagte Ruben.

Dalken lächelte ihn an. »Was? Die wilde Verfolgungsjagd? Ein Blogger, der sich wichtigmacht.«

»Alle konnten sehen, wie auf Mike und mich geschossen wurde.«

»Eine Auseinandersetzung unter Kriminellen. Oder ein Fake. Eine gespielte Szene. Uns wird etwas einfallen.«

»Es gibt Zeugen«, sagte Mike.

»Du meinst die anderen Campinsassen? Niemand wird euch glauben und ihr habt keine Beweise mehr.«

»Was ist mit den zwei toten Jugendlichen? Wie wollen Sie das verheimlichen?«, fragte Goodman.

Dalken zog die Augenbrauen amüsiert hoch. »Oh, das werden wir nicht verheimlichen, wir schieben es Bowden in die Schuhe. Offiziell ist er schon vor Jahren aus der Armee ausgeschieden und zu einem Privatunternehmen gewechselt, das sich um schwer erziehbare Jugendliche kümmert. Seine Vita ist lückenlos. Steve ist durchgedreht, Bowden wollte ihn aufhalten, so kam es zur Katastrophe und genau dafür habe ich Zeugen.«

»Wer steckt wirklich hinter der ganzen Sache?«, wollte Kayla wissen.

»Nun, so viel kann ich euch sagen, Bowden hat nicht in offiziellem Auftrag gehandelt. Er gehörte zu einer geheimen Abteilung unter General Summers, die sich ein wenig zu sehr verselbstständigt hat. Es wurden Versuche gemacht, im Camp21, aber auch in der Basis der Abteilung, die zum Ziel hatten, eine Möglichkeit der perfekten Kontrolle über Soldaten zu erreichen. Die zusätzliche Kraftentwicklung durch die Adrenalinausschüttung war ein willkommenes Nebenprodukt. Wir untersuchen den Fall und werden die Abteilung auflösen. Die Schuldigen werden weggesperrt oder unehrenhaft entlassen. So etwas wird nie wieder geschehen. Wir sind die Army, keine Nazis.«

»Das alles lässt sich nicht geheim halten«, meinte Kayla. »Wir werden die Wahrheit ans Licht bringen.«

»Ich stehe hier im Namen des Präsidenten der Vereinigten Staaten. Die ganze Sache fällt unter die höchste Geheimhaltungsstufe. Wenn irgendjemand von euch etwas von der Sache öffentlich macht, ist das Landesverrat und wird dementsprechend bestraft. Euch drohen bis zu dreißig Jahre Gefängnis.« Seine Stimme veränderte sich, nahm einen gefährlichen Unterton an. »Und wenn ihr jetzt nicht sofort damit aufhört, mir zu drohen, werde ich dafür sorgen, dass ihr ebenso wie Bowden verschwindet.«

»Dann sind Sie nicht besser als er«, sagte Goodman.

Der General blieb vor ihm stehen. Seine blauen Augen fixierten den Arzt. »Ich diene meinem Land und das sollten Sie auch tun. Also seien Sie ein ›Good Man‹ und schweigen Sie.«

Abrupt wandte sich Dalken um und ging mit langen Schritten davon.

Kayla sah ihm nachdenklich hinterher. War es das? Wie würde es nun weitergehen? Was konnten sie tun? So durfte es doch nicht enden!

Mike sah sie stumm an. Sie entdeckte in seinen Augen die gleiche Frustration, die sie selbst spürte. Das Militär würde dafür sorgen, dass von Camp21 nichts bekannt wurde, und sie hatten keine Möglichkeit, etwas dagegen zu unternehmen.

Sie ging zu Mike, der sie in den Arm nahm. Kayla legte ihren Kopf an seine Brust und schloss die Augen.

Sie waren noch am Leben und zusammen.

Vielleicht war das auch schon etwas.

Vielleicht war das sogar genug.

Epilog

24 Monate später

Die Sonne verschwand langsam hinter den hohen Gebäuden der Stadt und ließ die Schatten länger und länger werden. Es war kühler als an den vorangegangenen Tagen. Dieser Sommer war anders als die Sommer in den Jahren zuvor, statt großer Hitze gab es immer wieder Kälteeinbrüche.

Ein leichter Wind wehte durch die Straßen und ließ Kayla frösteln. Mit den Händen rubbelte sie über ihre Arme, während sie vor der Buchhandlung von einem Fuß auf den anderen trat.

Wo bleibt er nur?

Sie zog ihr Handy heraus und blickte auf die Uhr.

In zehn Minuten würde sie die erste Lesung ihres Lebens geben und ihren Roman *Grenzenlos gefangen* vorstellen. Dementsprechend nervös war sie. Bis zu diesem Tag war Camp21 ein Geheimnis geblieben. Ein Geheimnis, das sie heute lüften würde. Dalken hatte seine Drohungen wahr gemacht und Rubens Video der Ereignisse als Fake dargestellt. Daraufhin war das Interesse der Öffentlichkeit an den Geschehnissen im Camp schnell erloschen, aber Kayla war nicht bereit gewesen, alles auf sich beruhen zu lassen. Darum hatte sie dieses Buch geschrieben. Sie war sich bewusst, dass viele Menschen ihre Geschichte trotzdem anzweifeln würden, aber darauf war sie vorbereitet.

Das Handy piepste, eine Nachricht ging ein. Kayla öffnete sie. Tom schrieb, dass er immer noch clean war und jetzt sogar einen Job hatte. Er wünschte ihr Glück für die Lesung. Kayla lächelte in sich hinein.

Plötzlich legte ihr jemand die Hand auf die Schulter. Erschrocken fuhr sie herum. Vor ihr stand Mike und lächelte.

Kayla stieß ihn gegen die Brust. »Blödmann, du hast mich erschreckt.«

Er breitete seine Arme aus und sie ließ sich hineinsinken. »Sorry, wollte ich nicht.«

Sie roch den Duft seiner Haut und fragte sich zum wahrscheinlich tausendsten Mal, wie man nur so verliebt sein konnte.

Mikes Lippen berührten ihre in einem sanften Kuss.

»Kommt Ricky auch?«

»Zusammen mit meinem Vater. Das wollen sie sich auf keinen Fall entgehen lassen. Was ist mit deinen Eltern?«

Kayla schüttelte den Kopf. »Sie halten es für zu gefährlich, damit an die Öffentlichkeit zu gehen. Es ist ihre Art, mir zu zeigen, dass sie nicht einverstanden sind mit dem, was ich tue.«

»Dann hat sich nichts geändert«, stellte Mike fest.

Seit zwei Jahren waren sie und Mike ein Paar, aber ihre Eltern weigerten sich, ihn kennenzulernen. Für sie war er derjenige, der Kayla ins Camp 21 gebracht hatte, und das würden sie ihm niemals verzeihen.

»Hat dein Dad inzwischen das Manuskript gelesen?«, fragte sie.

Mike nickte. »Er hat sich mit einem Anwalt beraten, Möglichkeiten gecheckt, was man jetzt noch tun könnte, aber der Typ war ein Feigling und hat ebenso wie zwei weitere Anwälte meinem Vater geraten, die Sache auf sich beruhen zu lassen. Die Folgen wären unabsehbar. Für ihn und für uns.«

Beide schwiegen für einen Moment.

Kayla holte tief Luft. »Wollen wir hinein?«

»Ja, es wird Zeit.«

Mike legte seinen Arm um sie.

Die Buchhandlung war gut gefüllt. Ein regionaler Fernsehsender hatte seine Kamera aufgebaut. Der Kameramann lächelte Kayla an, als sie zu einer Mitarbeiterin der Buchhandlung ging, um mit ihr noch einmal kurz den Ablauf der Lesung zu besprechen. Neben einem kleinen Tisch hatte man einen Stuhl platziert, direkt daneben erhob sich auf einem weiteren Tisch ein Stapel ihres Buches. Offensichtlich erwartete die Buchhandlung ein gutes Geschäft.

Als alle Besucher einen Platz gefunden hatten, ging es los. Die Verlagsleiterin begrüßte die Besucher mit vor Aufregung gerötetem Gesicht und stellte Kayla vor, die die Gelegenheit nutzte, um nach Ruben Ausschau zu halten.

Sie entdeckte ihn hinter der letzten Stuhlreihe, wo er neben Ricky und Mr Sanders stand. Ruben hatte ein Stativ aufgebaut, auf dem eine Kamera befestigt war. Als er Kaylas Blick bemerkte, grinste er und hob den Daumen. Ricky lächelte sie an, sein Vater nickte ihr aufmunternd zu. Plötzlich entdeckte sie eine vertraute Gestalt, die im Hintergrund neben einem Regal stand und sie beobachtete.

Kayla musste schlucken.

Woher weiß er von der Lesung?

Egal jetzt. Reiß dich zusammen.

Die Vorstellung durch die Verlagsleiterin war zu Ende. Kayla war an der Reihe. Sie begrüßte die Besucher und nahm hinter dem Tisch Platz, auf dem eine Leselampe und ein Glas Wasser standen. Mit ruhiger Stimme, aber klopfendem Herzen begann sie zu lesen.

Gebannt lauschten die Zuhörer ihren Worten, aber würden sie ihr auch glauben, dass dies die Wahrheit war? Dass alles genauso geschehen war?

Nach dem letzten Satz legte Kayla das Buch auf den Tisch und lehnte sich im Stuhl zurück. Die ersten Fragen wurden gestellt, die sie ruhig beantwortete.

»Woher nehmen Sie eigentlich die Inspiration für diese fantastische Geschichte?«, fragte der Mann im Hintergrund plötzlich.

Kayla war auf diese Frage vorbereitet, sie gehörte zu ihrem Plan, aber dass ausgerechnet dieser Mann sie ihr stellte, verwirrte sie. Wollte er sie provozieren? Herausbekommen, wie weit sie bereit war zu gehen?

Kayla zwang sich, nicht wegzusehen, erwiderte seinen Blick, so fest sie konnte.

»Ich habe das alles selbst erlebt, Sir. Und nein, es ist keine Fantastik. Ich war in diesem Camp, es ist so geschehen, wie ich geschrieben habe. Die Handfesseln, die Qualen, der Tod zweier Jugendlicher. Es hat sich so zugetragen.«

Unruhe machte sich im Raum breit. Die Menschen flüsterten ungläubig miteinander.

Der Mann im Hintergrund lachte und klatschte in die Hände. »Sie haben eine blühende Fantasie.«

Kayla sah, wie manche Zuhörer in sein Lachen einstimmten, erleichtert darüber, dass alles nur Fiktion war. Nichts anderes sein konnte. Solche schlimmen Dinge geschahen in anderen Ländern. Nicht hier. Nicht durch ihre Armee oder Regierung. Sie alle waren die Guten.

»Es ist alles wahr«, sagte Kayla laut.

»Und wo sind Ihre Beweise für diese Behauptungen?« Die Stimme des Mannes hatte einen harten Klang angenommen. »Sie sollten uns nicht für dumm verkaufen.«

Plötzlich erhob sich jemand in der vorletzten Stuhlreihe. Ohne zu zögern, ging er auf Kayla zu und stellte sich neben sie.

Kayla stand auf. »Ich habe dieses Buch nicht allein geschrieben, sondern hatte Unterstützung bei allen medizinischen Fragen und Ereignissen, bei denen ich selbst nicht anwesend war. Darf ich Ihnen meinen Koautor vorstellen – Dr. Edward Goodman.«

Im Raum hielten nun alle die Luft an. Selbst der Mann im Hintergrund schwieg.

Goodman ließ sich Zeit, bevor er das Wort an die Zuhörer richtete.

»Vor zwei Jahren stand ich einem Mann gegenüber, der zu mir Folgendes sagte: ›Ich diene meinem Land und das sollten Sie auch tun. Also schweigen Sie.‹ Nun bin ich hier und diene meinem Land, indem ich die Wahrheit über Camp21 sage. Jedes Wort in diesem Buch ist wahr, alles ist so geschehen. Ich war Arzt in diesem Camp.«

Erneut breitete sich Unruhe im Raum aus.

»Wo sind Ihre Beweise für diese ungeheuerlichen Anschuldigungen?«, meldete sich erneut die tiefe Stimme aus dem Hintergrund. Der Fragesteller war ein Mann mit eisgrauen, kurz geschnittenen Haaren und blauen Augen. Zorn spiegelte sich in seinem Gesicht.

Goodman zeigte sich unbeeindruckt. »Mister Dalken, schön, dass Sie es hierher geschafft haben.« Der Arzt kratzte sich nachdenklich am Kinn, dann wandte er sich wieder an die Zuhörer. »Sie müssen wissen, ich hatte alles aufgezeichnet, aber meine Berichte wurden vernichtet, darum möchte ich allen hier im Raum eine Frage stellen: Was könnte meine Behauptungen zweifelsfrei beweisen?«

Nun war Mike an der Reihe. »Wenn Sie die Handfessel vorweisen könnten, von der im Buch die Rede ist«, sagte er laut vernehmbar.

Goodman fasste in seine Jackentasche. Zur Verblüffung aller zog er zwei Fesseln heraus, die er mit ausgestrecktem Arm nach oben hielt. »Das sind die Folterinstrumente, die im Camp verwendet wurden, um an Jugendlichen zu testen, wie man Menschen durch Schmerzen kontrollieren kann.«

Goodman sah Dalken direkt an.

»Ja, Sie haben den USB-Stick zertreten und meinen Computer im Camp sowie alle Unterlagen vernichtet. Sie haben mir natürlich auch die Handfesseln der zwei geflohenen Jugendlichen abgenommen, aber etwas haben Sie vergessen.«

Goodman machte eine kleine Pause, bevor er weitersprach.

»Maddy Megan und Steve Johnson starben im Camp. Ich wurde zu ihren reglosen Körpern gerufen, um nachzusehen, ob man ihnen noch helfen konnte, aber es war zu spät. Bowden teilte gerade seine Männer für die Verfolgungsjagd der Geflohenen ein und ich war für einen Moment mit den beiden Leichen allein.«

Goodman ließ die Handfesseln im Licht der Leselampe funkeln.

»Ich habe den Toten die Fesseln abgenommen und sie eingesteckt. Niemand hat sich jemals gefragt, was mit ihren Handfesseln geschehen ist. Bowden und seine Männer waren verhaftet und weggebracht worden und Sie dachten im Chaos der Ereignisse nicht daran, General.«

Bei dem Wort »General« sprangen die Menschen von ihren Stühlen auf und drehten sich nach Dalken um. Alle riefen durcheinander.

Goodman drehte sich zu der Fernsehkamera des Regionalsenders und hielt die Handfesseln hoch. »Ich stelle den Behörden diese Folterinstrumente zur Untersuchung zur Verfügung und werde eine eidesstattliche Erklärung zu den Vorkommnissen im Camp abgeben. Diesmal kommen Sie nicht davon, Dalken, und denken Sie nicht einmal daran, die Aufnahmen des Senders zu konfiszieren. Darauf sind wir vorbereitet.«

Kayla hörte ihr Stichwort und wandte sich an Ruben, der sie vom anderen Ende des Raumes angrinste. »Und, alles im Netz?«, fragte sie laut und deutlich.

Ruben machte mit seinen Fingern das Siegeszeichen. »Alles drin! Live und in Farbe!«

»Wie viele Klicks haben wir?«

»Wir knacken gleich die Million.«

Mike kam zu Kayla herüber und legte einen Arm um ihre Schultern. Gemeinsam beobachteten sie, wie Dalken in sein Handy sprach und dann hastig den Raum verließ.

Mike griff sich ein Exemplar von Kaylas Roman und fragte: »Wo kann ich das bezahlen? Ich will der Erste sein, der dieses Buch kauft.« Dann wandte er sich grinsend an Kayla. »Du musst es mir signieren.«

»Das werde ich. Was soll ich reinschreiben?«

»Hm, das überlasse ich dir. Übrigens schreibe ich jetzt auch ein Buch.«

»Ach ja?«, fragte Kayla amüsiert. »Wie soll es heißen?«

»Grenzenlos verliebt!«

Rainer Wekwerth

978-3-401-50791-0

Das Labyrinth erwacht

Sieben Jugendliche werden durch Raum und Zeit versetzt. Sie wissen nicht mehr, wer sie einmal waren. Aber das Labyrinth kennt sie. Jagt sie. Es gibt nur eine einzige Botschaft an jeden von ihnen: Du hast zweiundsiebzig Stunden Zeit das nächste Tor zu erreichen oder du stirbst. Problem Nummer Eins, es gibt nur sechs Tore. Problem Nummer Zwei, ihr seid nicht allein.

978-3-401-50792-7

Das Labyrinth jagt dich

Fünf Jugendliche. Sie haben gekämpft, sich gequält und zwei Welten durchquert, um die rettenden Tore zu erreichen. Neue Gefahren erwarten sie, aber letztendlich entpuppt sich etwas Unerwartetes als ihr größtes Hindernis: die Liebe. Jeder von ihnen mag bereit sein, durch die Hölle zu gehen, doch wer würde das eigene Leben für seine Liebe opfern?

978-3-401-50793-4

Das Labyrinth ist ohne Gnade

Sie sind nur noch zu dritt und sie sind geschwächt. Aber sie wollen überleben – um jeden Preis. Zweifel überschatten den Kampf gegen das Labyrinth, das mit immer neuen Mysterien für die Jugendlichen aufwartet. Ihr mühsam erworbener Teamgeist scheint nicht zu brechen, doch lohnt sich für Jeb, Jenna und Mary der gemeinsame Kampf, wenn nur einer von ihnen überleben kann?

Claudia Pietschmann

GoodDreams

Wir kaufen deine Träume

Leah will nicht mehr träumen. Zu sehr treibt sie die Angst um, nicht in die Realität zurückkehren zu können. Ihr Zwillingsbruder Mika versteht Leah nicht. Er ist Profiträumer und verdiente lange mit seinen Träumen Geld. Geld, das die Geschwister dringend für ihren kranken Vater brauchen. Eines Tages erhält Mika eine anonyme E-Mail und damit die Chance auf 250.000 Dollar: Er soll bei einem geheimen Spiel mitmachen und gegen drei andere Jugendliche antreten. In einem Traum, der zum Albtraum wird …

Beatrix Gurian

Lügenherz

Mila ist die Freundin, nach der Ally sich immer gesehnt hat. Als Mila sie bittet, ihr bei der Umsetzung eines Racheplans zu helfen, zögert Ally nicht lange. Schließlich handelt es sich dabei um Landgraf – einen ihrer Lehrer, den sie noch nie leiden konnte. Als Mila aber jedes Maß aus den Augen verliert, will Ally ihre Freundin stoppen. Ein tödlicher Wettlauf gegen die Zeit beginnt.